平生相见 不如怀念

姜永宁 著

中国华侨出版社

图书在版编目（CIP）数据

平生相见，不如怀念 / 姜永宁著. —北京：中国华侨
出版社，2015. 8（2021.4重印）

ISBN 978-7-5113-5618-5

Ⅰ.①平… Ⅱ.①姜… Ⅲ.①言情小说—中国—当代
Ⅳ.①I247.5

中国版本图书馆 CIP 数据核字（2015）第 192414 号

平生相见，不如怀念

著　　者 /	姜永宁
策划编辑 /	周耿茜
责任编辑 /	文　喆
责任校对 /	高晓华
封面设计 /	一个人·设计
经　　销 /	新华书店
开　　本 /	880 毫米×1230 毫米　1 /32　印张 /9. 5　字数 /235 千字
印　　刷 /	三河市嵩川印刷有限公司
版　　次 /	2015年11月第1版　2021年4月第2次印刷
书　　号 /	ISBN 978-7-5113-5618-5
定　　价 /	42.00 元

中国华侨出版社　北京市朝阳区静安里 26 号通成达大厦 3 层　邮编：100028

法律顾问：陈鹰律师事务所

编辑部：(010) 64443056　64443979

发行部：(010) 64443051　传真：(010) 64439708

网　　址：www. oveaschin. com

E - mail：oveaschin@sina. com

目录

1. 童年的往事 / 001

2. 锵锵三人行 / 008

3. 我们的梦想 / 015

4. 诡异的任务 / 025

5. 初见夏叮咚 / 032

6. 李然的让步 / 036

7. 曲折的恋情 / 041

8. 简单的温暖 / 051

9. 勇敢的心灵 / 058

10. 父母的质问 / 065

11. 彻夜的长谈 / 070

12. 相见即眉开 / 076

13. 夏叮咚之死 / 088

14. 高考的记忆 / 095

15. 宁静的海边 / 105

16. 不在一起了 / 112

17. 曲罢愁无涯 / 121

18. 全新的开始 / 125

19. 林默的告白 / 135

20. 只有一颗心 / 147

Contents

21. 何乔木回归 / 156

22. 同居生活纪 / 167

23. 愤然地转身 / 174

24. 李然的抉择 / 187

25. 何乔木被骗 / 193

26. 再会何乔木 / 203

27. 留下或离开 / 210

28. 找工作很难 / 221

29. 李然的改变 / 225

30. 新婚的李然 / 230

31. 爱情的坟墓 / 238

32. 疯丫头与我 / 247

33. 李然的女儿 / 253

34. 追爱疯丫头 / 256

35. 李然离婚记 / 261

36. 她无从忘怀 / 269

37. 随你到天边 / 275

38. 乌龙寻人纪 / 283

39. 相约这一生 / 288

40. 重归于南城 / 296

1.

童年的往事

一

南方的城市最相似的时候总是在盛夏。

白天，阳光灿烂得有些耀眼，绕过浅灰色的屋顶，透过玻璃窗和门缝，简直有些无孔不入地投射进房子里。

这样的时候，整个城市都是悄无声息的，街上吵吵嚷嚷的永远只有我和我的小伙伴们，不分男女都穿着一条小短裤，捉迷藏，打弹珠，或者做一个小弹弓，朝那些镇定自若地在电线杆上站着的鸟儿们打去……

"一，二，三……准备!"我趴在地上不动声色，像深度潜伏在敌军阵营的革命志士一样，眼睛眯成半条线，拉开弹弓——

"你在干啥呢?"一双手突然地拍在我肩上，我转过头，看见了笑嘻嘻的何乔木的大脸。鸟儿听到声响，伸展开橙黄色的爪子，迅速地飞走了。

"这不明摆着么？"我没好气地说，"都让你给搞砸了。"

"我赔你，赔你行不行？"何乔木赶紧摆出一副笑脸来，"大白天这大太阳底下，你把自己当成烤肉了还是怎么着？赶紧的，陪我喝绿豆冰去。"

小时候，我和何乔木永远是这样，不管发生了什么，不管我们其中一个惹得另外一个有多么生气，过了一分钟保管两个人都喜笑颜开重归于好。

我和何乔木喝完绿豆冰以后，两个人就会光着膀子去篮球场打球，直到体力全部耗光，出了一身臭汗才终止。

打完球我们俩通常不急着回家，球场搁的两块废弃水泥板是我们休息的地儿，我们两个人老是得在那儿坐上一阵子，才慢慢悠悠地回家吃饭。

"你看那个，那姑娘。"何乔木用肩膀撞了撞我。

"哪个？戴眼镜那个，不好看呀。"

"你看哪儿了？我说的是长头发那个，眼睛大大的那个。"

"哦，人家应该是在球场等男朋友。"

"我等会儿就能追到她，你信不信？"

"不信。"

"那我们来打个赌。"

这次打赌以何乔木请我一瓶雪碧、一袋牙签牛肉告终。姑娘果真有了男朋友，男朋友是我们当时就读那所学校篮球队的，长得膀大腰圆气势如虹，一耳刮子上去就把何乔木打得眼冒金星。

"现在的孩子都怎么了……"回家路上，何乔木一直在和我抱怨：

"谈恋爱这么早，一个个还都这么凶悍……"

"你自己不也是小孩。"我冷不丁来了一句。

"……"

后来何乔木回家之后，他爸妈又给他来了次惨烈的男女混合双打。直到深更半夜，我还能听到窗户外头传来的何乔木的惨叫声，"我再也不敢了……爸我可是你亲生儿子……我不就弄坏了一身衣服么？不就去玩球没写作业，你至于这样么！……爸，哪怕我真是垃圾箱里捡来的，你也不能这样啊……"

但到第二天，保准儿他还是这样，嬉皮笑脸没个正形，好了伤疤忘了疼。同时他特别自恋，《灌篮高手》火的那阵儿他常常学樱木花道，自比天才，还去买了件红背心，在上面用黑色马克笔写了个大大的"10"号，天天上学放学都穿着，特别臭美地等着女孩子给他送情书……

渐渐地，何乔木的红背心变成了机车夹克，手里每天拿的篮球变成了民谣吉他。而我呢，我戴上了近视眼镜，手里拿的篮球变成了厚厚的参考书……

时间一眨眼就过去了，不变的仅仅是我和何乔木一直都是好邻居、好同学、好同桌，一直到上完整个高中。

二

我叫陈文武，我的故事从这里拉开帷幕——这时候我17岁，在这座南方小城唯一的一所市重点高中念高一。

我最好的小伙伴叫何乔木，和我同龄，是我的邻居、同学、同桌，从幼儿园到高中……

他永远和我意见不一致，如果他能看到这本书，估计他现在照样儿是甩一甩头，说一句："什么玩意儿？"——因为他从小到大都是这么做的，这个家伙，母亲经商，父亲是干部，对我偶尔写点东西的做法永远指手画脚，嗤之以鼻。

我清楚记得上初中的时候开始看《红楼梦》，一头钻进宝哥哥林妹妹的爱情故事里欲罢不能，从早到晚每时每刻一会儿吟唱莲花落，一会儿歌颂桃花开，周而复始不得安生。那种为赋新词强说愁，语不惊人死不休，文艺不息、肉麻到底的奋斗精神让我自个儿都被自个儿感动了。但不幸的是破坏氛围的何乔木，天杀的何乔木那时候就坐在我身边，手里面紧紧握着游戏机的手柄，啃着个鸡腿满嘴油汪汪地45度角仰望着天空，带着些淡淡的忧伤说："双全，也就只有你对这么文艺范儿的东西感兴趣，像我，从来都只解得一些岛国女子的风情。"

"……去死。"

不过，对何乔木这个猥琐的回答愤怒归愤怒，除了嘴上嘟囔着骂他一句我也没有其他的法子。这家伙从小擅长体育，肌肉发达，四肢尤其壮硕，在小学的时候就荣获我们小区马拉松比赛第二名——第一名是街上卖烧饼的王二，他每天都要推着烧饼车绕过全城去卖烧饼，马拉松对他而言不是挑战人体意志力的一项极限运动，反而类似傍晚聚集在人民广场上的大娘跳一通健美操一样轻而易举。而何乔木以6岁的小小年纪，在王二芝麻烧饼的引诱下，鏖战紧跟其后的张三、李四、刘五，以新人之姿取得第二名的好成绩，着实不易。

另外，何乔木的这个回答也在一定程度上说明了要讲这个故事必须说明的一些问题。

何乔木称呼我为"双全"，这是他对我的爱称。

这在一定程度上证明了何乔木和我真心是一对穿一条儿开裆裤长

大，革命情谊深厚的好朋友之外，也引出了我童年的一段辛酸的血泪史——

小时候玩过家家，何乔木老嫌弃我名字听起来比他霸气、抢占了他的风头，于是他开动脑筋，他苦苦思索，他体内本来就不多的几个文学细胞在这种时候才充分地发挥了它们的作用。

于是，在一个炽热的夏日，在何乔木的淫威之下，我被他威逼利诱下收服的虾兵蟹将所俘虏，我被五花大绑，甚至连嘴里都塞上了布条，一路挣扎着押送到何乔木面前。当我闭上眼睛，绝望地回想起诸如刘胡兰、邱少云、沂蒙六姐妹一类坚强勇毅的革命烈士并试图模仿的时候，他慢慢悠悠踱着步子走到我身边，一脸容嬷嬷针扎紫薇的气势，手在我脸上胡乱摸来摸去，并且把我整个头像烙大饼一样翻来覆去地转圈儿。

在这种严峻的形势下，我怀着正义必将胜利的坚定信念，怀着牺牲小我成就大我的精神，面对着铁血的敌人、无耻的手段，在何乔木把我嘴巴上的布条取下来之后用力地呼吸了几口新鲜空气，对他说："行了，这次算我胆小，输给你了，你要干啥我都答应你，不过你得把我放了。"何乔木听到这句话，眼睛在眼眶里贼溜溜地转起来……

从那以后，我就在何乔木的奸计之下，认可了"双全"这个土里土气、听上去十足像旧社会丫鬟才有的名字作为我别号的合法性，并且让这厮从小学开始叫到了高中，或许还会叫得更久，如果我和何乔木有幸能够继续在一所大学里念书的话。

但万万没有料到，何乔木偏离了坐在电脑前两眼放光口吐白沫的宅男们的生长航线。喜爱《灌篮高手》的他在樱木花道、流川枫为了篮球而坚持不懈的精神的感召下，长成了身高一米八三、身材匀称并且颇有几分姿色的大小伙。并且更可气的是，他除了在我面前使坏之外，总能够用那张纯真无邪的脸给左邻右舍的三姑六婆留下"我们的祖国是花园，花园里花朵真鲜艳"的彬彬有礼的三好学生印象——从小到大！

是的，尽管我很想否认，但事实上的确不可否认，何乔木无孔不入地充斥着我从小到大十来年的记忆中，痛苦和快乐的种种往事历数起来他全都能兼备，而且不但做梦的时候能梦着他，我睡醒了，穿透用来上课看小人书的便利而摞起来的厚厚一叠教材中间的缝隙，仍旧能够看到他拿着一支笔缠在手上转来转去。

"喂。"我揉了揉惺忪的睡眼，手笔直伸过去戳了戳何乔木的后背，"你别搞这些好不好？你多大的人了？"

何乔木把头转过来正对着我的脸："双全，你知不知道，这种有高技术含量的手部运动是建立在强大的逻辑思维之上的！这对于人智商的提升是有着莫大意义的……"

"我不听你的歪理邪说。"我果断地打断了要滔滔不绝的何乔木。

"好，那我问你，所有的科学家和文学家，他们写调查报告，写小说，写诗歌，要用的必备工具是什么？"

"笔。"

"所以说啊，双全，你想想，有多少天才的创意和灵感是来自于这些科学家和文学家转笔的刹那。而你竟然不让我尝试这项人类文明史上的创举，你……"

"你真的很低俗！何乔木！"

在我吼出这句话然后带着些小得意看着震惊的何乔木的时候，班主任大分贝的狮子吼总会在两三秒之后准时准点传音入耳从而彻底打断我这种"小得意"的情绪让我痛哭流涕洗心革面重新做人。

"陈文武，何乔木，上自习课的时候说话，到外面去罚站！"

于是，我和何乔木就灰溜溜地立在了墙角跟前面。

"都怪你！"何乔木提提站久之后自然变得酥麻的脚后跟，叫苦不迭，"你说我是做了什么孽啊，你神经大条还非要把我也拉下水。"

"喂，你还好意思说我？我是因为你玩那些低俗的游戏才被罚站的哎，何乔木，我是为你的人生考虑才会义正词严地制止你哎，何乔木。我都没有说你，你还好意思说我啊。"

"转笔不是低俗游戏！"

"强词夺理。"

"哼……"

在我和何乔木在墙角跟前面也说开了之后，班主任的狮子吼再一次如期而至。

"陈文武，何乔木，你们两个，不好好反思自己的错误，站到外面去了居然还敢说话，现在，蹲马步！到第三节晚自习下课为止！"

我和何乔木相互对视了一眼，何乔木冲着我吐了吐舌头。

月黑风高之下蹲着马步的我和何乔木看上去特别像清宫剧里面被人点了穴的大内刺客……

等到班主任拿着水杯去办公室倒茶，风情万种的身影彻底消失在我和何乔木的视野中的时候。何乔木才长舒一口气，冲着我小声地吐槽："班主任最近怎么这么凶神恶煞的?"说完了这句话他又稍微站起身来，把手叉到腰上，夸张地模仿起班主任的样子来。

我看着面前神气活现模仿着班主任的何乔木，实在忍不住了，"扑哧"一声笑了出来。

2.

锵锵三人行

一

我只能够告诉你这不是偶像剧，所以相应的，女主角李然也不像偶像剧里面一切都设定得平平凡凡除了可爱善良别无长处的那些女孩子——更可气的是那些女生明明在开场白里就有一句"长相一般"却常常找一个长相不那么一般的女明星来挑大梁。我和何乔木也不可能为了李然闹得翻天覆地兄弟反目。当然，更不用担心的是我们彼此——那种"他的体温覆盖着他的体温""他对他一笑倾城，而他看他第一眼起便已认定，他是生生世世牢牢缠住他的那只小妖精"的关系，这样细腻笔触并不在这个故事考虑的范围之内。

李然长得并不漂亮，1 米 63 的个子也算不上高挑——当然对于外形上面的这些不足，李然有她自己的一套理论来表达她对于世俗审美的诸多不屑"爹生娘养的，又不用走江湖去卖艺，我长什么样儿就是什么样儿！""我不是到 T 台上去走秀的模特，也用不着走到红毯上笑得跟个大尾巴狼似的，长那么高干嘛！"

吸引我和何乔木注意的，是李然的干练、自信、洒脱——这些特质在她的高中时代就已经初露端倪，而且在她进入狼争虎斗鱼龙混杂的社会之后更像一张 ID 卡一样如影随形，证明着她的身份，替她保驾护航。用个现在流行的某种拟人化物种来形容她，那么简直可以直截了当的这么说——李然就是个假小子！

我和何乔木第一次见到李然的时候，是在学生会组织的一场聚会里，李然那时候是学生会副会长，我和何乔木分别在两不同的部门里担任着干事。

那次聚会因为学生会会长临时胃胀胃酸不消化，急着用斯达舒平抚情绪。组织活动的重任就顺理成章地落到了李然的身上。而李然那一天的穿着打扮等零星琐事也因为何乔木第一次看见李然的时候的愤慨之辞而在我的记忆里异常清晰。短头发，一身白色的休闲装，看起来特别神似隔壁王二家老过来串门的邻家妹妹，和大家闺秀全都搭不上边——也怪不得那时候何乔木意难平，学生会副会长好歹也算个领导阶级，而我和何乔木的干事身份注定了我们此时此刻就是端茶送水的杂役小工，在同一届的前提和基础之下，这样的等级差距意味着我和何乔木这俩七尺男儿要被李然这个其貌不扬的邻家妹妹驱使。

于是，何乔木把我拉到一边，一脸宫斗剧里不得宠的深宫后妃的神情，对我说："你甘心啊？"

"……"

"看起来也没有多少魅力。"

"……咱别吃不到葡萄说葡萄酸，淡定。"

李然走到窃窃私语的我和何乔木面前，挂着一脸笑，对我们说："咱一块儿去吃饭吧。"

"嗯嗯。"何乔木刹那之间转性了，用一张人畜无害的小白兔脸对着李然。

一队人马浩浩荡荡出发了，我和何乔木则一直拖拖拉拉跟在最后面，我看了看走在最前边的李然，赶紧地问何乔木："你刚刚怎么……"

何乔木眼睛里闪过一道狡黠的少年人的光，正值盛夏，暖风扫过两侧树梢，吹动着他耳朵边上的碎发。

聚会的第一道程序就是联络感情的聚餐活动，餐馆是李然定的，七拐八拐才能找到的一家火锅店。

进了店里，李然就特别大姐大地把所有菜全部都点好了，也不多问其他人的意见。

何乔木喉咙里装腔作势发出几声"咳咳"的响动声。

李然朝何乔木瞟了一眼，仍旧是什么都没有听到的欠揍表情。

粉条、小白菜、海带结……配菜全部都上了桌，桌子中央也摆好了一大锅飘着鲜红色辣汤的水煮鱼，右上角还立着一瓶没有开封的橙汁。

看到一切都准备就绪，李然站起身，拧开橙汁的瓶盖，准备给聚餐的众人倒上顺便做一个感情充沛的开场白。

"慢点儿，急什么呀，副会长。"何乔木懒洋洋地说，手往外拐打了个大呵欠。知道他要给李然出难题，老是当和事佬兼在何乔木身后擦屁股的我拉了拉他的T恤。

何乔木一只手从桌子上退下来，退到我拉着他圆领T恤的手旁边，把我的手握住，然后拉开。嘴里面仍旧在说话："副会长，大家来聚餐，都是想热热闹闹的，感情才能熟络起来，你也要开个好头啊。"

多年以来，我和何乔木，还有李然的关系，仍旧像桌上和桌下这场心照不宣的游戏，何乔木永远选择主动进攻，而李然永远临危不乱，一次次接下何乔木扔给她的……攻击也好，关怀也罢。他们永远一个愿打，一个愿挨。而我，始终在暗处，参与着我高中之后这两个至交好友的人生。

李然听到何乔木这么说话，愣了愣，淡淡地回应了他："好啊，当然，但我不太懂你的意思，你说怎么开个好头法？"

何乔木一下子来了劲，回答说："只喝饮料多没劲啊，这样啊。"他看了看我，又把头转向李然："我跟你拼吃辣椒，谁先说自己不能吃了谁就算输，要是我输了的话，我跟陈文武两个人打包票保证我们高中三年都当你的好下属，全力支持你的工作，服服帖帖的。要是你输了的话，不但聚餐的钱不能够从学校的公费里出，得你自己掏腰包。还得和我们玩真心话大冒险，我们决定你要玩儿真心话还是大冒险，总之做什么事儿你都不能拒绝。"

何乔木话音刚刚落下去，一桌子的人立刻像看个神经病一样看着他。

"何乔木从小到大都这么臭屁啦，他小时候参加亲戚的葬礼还在人家家属上台发言的时候说一整晚都这么吵，隔壁的小孩子肯定睡不着觉，李然你可千万别理他。"我赶紧儿凑上去对着李然说了一句，又在桌子底下踢了何乔木一脚。

何乔木和李然仍旧站在自己的位置上，两个人动都不动一下，就那么僵持着。

眼看着我行为上的刺激无效，参加聚餐的其他人也全都被何乔木莫名其妙的举动吓到了。桌子上的石锅鱼已经被煮沸了，却没有人去动一筷子。这时候我才忍不住用语言来提醒何乔木，反正都经历了这么些年当他和事佬的历史了。

我轻声对着一脸咬定青山不放松神色的何乔木说："何乔木，李然又没有得罪你，别挑事儿行不行？大家都等了很久，待会儿饭都不好吃了。"

何乔木用路上露出的那种狡黠的神情望着我，一句话也不说。

"好啊，喝就喝，我接受你的挑战，不过何乔木，你不要后悔。"李然在何乔木话音还没落下的时候，立马说。

"还有你也听到了，陈文武，要不是你，他不见得有兴趣参与这么无聊的赌局。"李然接着补上一句。

"我想我也讲得挺清楚的，就我和你拼吃辣的，其他人想吃什么吃什么。"

"好。"

何乔木让服务员上了几盘子辣椒。

李然显然不常吃辣。在和何乔木碰杯之后，就大口大口地往嘴巴里塞辣椒，半盘子辣椒，一转眼儿见了底。对面的我则提心吊胆看着她。

但李然没有退缩，仍旧站如松，眼神一点儿也不带飘，淡然地看着何乔木，说："第一盘。"

"厉害。"何乔木一盘辣椒刚吃完一半，在李然面前也不肯示弱，学着李然的吃法，也解决了一盘。

"差不多行了啊。我说你们俩啊，要拼吃辣椒也不能拿身体开玩笑吧。"我夹了块鱼肉放到李然饭碗里，又再夹起一块给何乔木："斗气斗成这样就得了呗，都吃点儿东西，大家以后还得同学兼同事整整三年呢。"

"现在为止我们是平局，辣椒剩最后一盘了，你不嫌麻烦就去拿，不然我去。"

何乔木推了推坐在一边有些呆若木鸡的我："你去结账。"然后转过身，对着李然说，"不用了，我看你也喝不了了，我可不想最后弄得你肠胃炎要去医院，到时候我不但得赔偿你精神损失费还留下一个欺负女孩子的恶名……"

李然没等何乔木唠叨完，一把抓起辣椒，接着吃。何乔木一开始那种狡黠的表情和跃跃欲试的兴奋全都消失殆尽了，然后——也许是出于担心，也许是有点儿心虚，或者也许还带着点儿对李然的佩服。他用力去抢李然手里的辣椒，李然站得不稳，摔到地上，一口辣椒吐了出来。

"我认输，我何乔木从小到大，没见过像你这么倔，吃不了辣却敢吃辣的女生。"

那当然，你可把人家逼上了梁山。我暗暗在心里想。

李然没做什么表示，只是撑起精神，坐回原位。

这两个人，性格都一样的倔，只是，现在看起来，李然更胜一筹。

二

李然和何乔木的关系，由一段妄言开始，纠缠反复，如果他们的心是一片湖水，那他们的关系像一颗小石子投在湖里面，扬起水花再不见踪迹——但一切都在发生着，时间过去了。

而我们却仍旧固执地相信着，心里面能够留下踪迹。于是我们扬起手，以为可以捕风，但风也呼啸着吹走了，最后我们一无所获。

诚如俗话所说，当局者迷旁观者清，但我却一直不知道，在何乔木和李然这场旷日持久的游戏里，我占据着怎样的位置，如果我从头到尾都是个棋旁观战的局外人，冷眼看着他们两个如这世间每一对柴米油盐的平常男女，最后注定在这个缺失爱情和理想的南方小城里平平淡淡地度过人生。那么为什么我会密集地参与到何乔木和李然的生活里面，充当着他们心湖中间的一艘渡船呢？

多年之后的我，生活在遥远的北城，何乔木和李然那时都已不在我的身边。而我却常常在一盏孤灯相伴的深夜，追忆起他们的脸，像能碰触到带着些旧衣橱樟脑香味道的关于故城的旧日回忆。

而最终，把灯也关闭，在一片漆黑的深夜里，像个感情麻木、动作迟缓的机器人，进入回忆，却让回忆也模糊。

3.
我们的梦想

一

距离聚餐上的那场风波已经过去了一段日子，秋天来了。

除了天气渐渐转凉，这座南方小城几乎感觉不出太多秋天的味道，矮矮低低的绿化植物上面齐齐整整的挂着绿叶子，几乎没有一片有转黄的倾向。

我、何乔木，还有李然三个人渐渐熟络起来，"不打不相识"，何乔木后来常常在午饭的时间点上，三个人同行去食堂吃饭的时候，嬉皮笑脸望着李然，感叹一番，和李然开不正经的玩笑："幸好那天……"他痞笑着说，眼神里面晶亮亮的："不然……"

"不然什么?"李然当即要用手去拧何乔木的耳朵，"我知道你狗嘴里吐不出象牙来，你给我收敛点，不然我真的要你知道什么叫作不打不相识。"

"痛啦！"何乔木凭借臂力把李然的手挡下来，抽开。还是一副嬉皮笑脸玩世不恭的模样，"看不出你这么瘦，还这么有暴力倾向。你要是穿越到清朝去，十个容嬷嬷加十个皇后都治不了你。"

"谢谢，也看不出你一个十几岁的男生居然对这样一部电视剧满怀热情，琼瑶一定在你的梦里充当着知心姐姐的重任，湖南卫视举办粉丝会真应该把你拉到现场去。"

自己挖坑自己跳，何乔木脸一黑，一时语塞。

这种语言上的针锋相对在何乔木和李然身上数不胜数，以至于那段时间我走在他们俩身边老感觉他们头顶上飘着两坨乌黑的云……

比如，李然有天穿了件黄色的套头衫，而她一贯的风格是一身白，配上她那张随时随地能准备涅槃的脸活生生一个行走着的殡仪现场，这道明媚的黄和她一贯高端大气上档次的风格并不相符，而且那天她选的衣服的确很没有品位，正中间有个类似 NIKE 鞋 Logo 的尖钩但又画得圆润了一些，这给了何乔木可乘之机。

"我说啊，作为一个现代知识女性，你挑东西的品位能够稍微有点档次么？你现在看起来就像个准备报数的天线宝宝。"

"第一，我很高兴你不欣赏；第二，这件衣服是我妈给我买的，正因为我是一个现代知识女性，对于长辈的审美品位才更会选择包容和支持；第三，要是你未来交了女朋友，她妈也买了这样一件衣服让她穿，你刚刚说的话完全可以得罪你未来的丈母娘。"

李然眼睛都不带眨一下做完了这番陈词，然后往前面有点歪歪扭扭地走了几步——那天她受了腿伤，不方便走路，何乔木的形容是准确的，那天李然确实有点儿神似天线宝宝。然后她又像想起了什么，退回来，继续对何乔木说："我之所以和你说这么多，是因为我们还算朋友。如果是其他人随意点评我的穿着，我一巴掌扇过去。"

果然一物降一物，站在旁边的我耳朵都听直了。

再比如，何乔木的种种恶趣味天理昭彰路人皆知，在我和他共存的十多个年头里，他折磨我的手段百花齐放层出不穷。在李然以一个不和谐音符加入我们俩组成的逻辑混乱二百五小组之后，擦出的火花更是足以让人瞬间激荡。

学校食堂准备的午餐一贯和脸上参差不齐长着麻子体重直逼 200 斤还习刁蛮任性穿一件大红色外衣的食堂阿姨口味相当，那些长毛鸡腿肉炒辣椒绝对能让人吃上一口之后就身心起伏从此作为高中时代生理上留下的巨大阴影而无法忘怀。在我提到这个事儿不带喘气不带断句的节奏造成的压迫力之下你就一定能够感受到"大锅饭要不得"是多么言之凿凿的真理，但怪力乱神之处不尽于此，这个走后现代荒诞路线的学校食堂目睹了学生们被逼上梁山纷纷以方便面果腹之后，重磅推出了所谓的南方特色美食"马齿苋"。

这种邪恶的蔬菜是在"忆苦思甜"的幌子底下上了台面被煮成一盆带一盆的稀汤端坐到打饭的窗口上的，在我和何乔木两个人看到它的时候，我们同时泪眼模糊，那种远超统一老坛酸菜面的"酸爽"让我们至今难忘。但李然对这道美食显然颇为陌生。她在打饭的行列里被何乔木和一个满脸青春痘的小男生前后夹击，特别不满地对着前面的我俩说："你们干吗呢？磨磨蹭蹭的，让不让我打饭了？"

我很沉默地端着盘子走了，但何乔木神秘地朝我使了个眼色，拉住了我，热情洋溢地对着食堂阿姨说："阿姨，麻烦你给我们都来一份马齿苋。"

"好好好。"阿姨连忙答应，对着一盆子直到我和何乔木打饭的时候都没人想伸上一筷子的马齿苋笑逐颜开，在她把勺子伸到我和何乔木饭盒里的时候我能感受到她的整个手都在颤抖。

三个人都打好了饭菜，坐到位子上之后，何乔木就开始威逼利诱李然，把马齿苋夹到李然的碗里面。

"你最近这么憔悴，必须得多补充维生素 C，尝尝这个。"

李然把马齿苋从饭碗里夹出来，扔到桌子上。

"吃点儿呗，对身体好。"何乔木不死心。

"我不，肯定难吃。谁知道你这个恶心的人肚子里又有什么坏主意。"

"这个一贯被称之为'南方第一菜'好不好？你看双全都打了这么大一盒。"

"他是被你强迫的。"李然义正词严。

何乔木把一口马齿苋放到嘴里，细咽慢嚼以免露出难吃的表情。

李然埋下头继续吃饭。

"你能吃下一口，我给你 5 块钱。"

"你把我想成什么人了！"

"10 块。"

"滚。"

"不然这样，你吃得下，我就在数学老师在办公室里打盹的时候往他茶壶里撒粉笔末儿。"

"……"

"然后在 6 点半咱们上晚自习的时候跑到操场中央大声说何乔木是傻瓜。"

李然动心了，但表情依旧坐怀不乱，她迅速反应过来，回答何乔木："不准反悔。"

"一言为定。"

李然拿出那天和何乔木拼酒的架势，一口咽了下去。

何乔木一幅幸灾乐祸的样子看着李然。

"咳咳。"李然一口咬下去，没咬好，一下子咬到了舌头。

于是，何乔木的煽风点火都变成了计划之外。痛加上酸，李然的勇气还不足以完成证明何乔木是个傻瓜的瞩目工程，她一口吐了出来。

但何乔木还在一边儿冷嘲热讽："李然你不能挑食，挑食会长不高的，红军二万五千里长征最艰苦的时候能把皮带抽出来煮了吃……"

看到李然眼睛里的腾腾杀气，何乔木才闭上嘴巴。

二

最不靠谱的校园传说 top1 绝对无可争议的要列给这一条——高一是高中的游乐场。

如果就读的高中是一所解放个性崇尚自由的艺校，那么这个传说还有几分可信度，放眼望去都是一地随时随刻能准备跳上一段儿最炫民族风的洗剪吹，校门一开涌出来的男女同学好像下一秒就要去开趴。但是，我和何乔木还有李然就读的这所学校，却是这所南方小城里唯一的一所重点普高，学校还在每年招生季特招贫苦乡村坚信"知识改变命运"的两三个孩子，企图培养成能背能算能文能武瞄准北大清华的步步高点读机。所以，可以想象，推开我们学校的大门，在学生大会的时候，能够看到怎样一片由度数一个比一个高的黑框眼镜和蓝色校服交织的海洋。

同时，它还是除了周日下午放假之外完全剥夺休息和睡眠权利的一所全日制高中——6 点起床，早操，10 点半上完第三节晚自习，就寝。

唯一值得庆幸的是，因为学校请的校服的设计师比较懒，学生没有足够的校服换洗，所以除了早操和大型集会，并不那么严格地限制着装。

所以显然，校领导信奉的原则和"德智体美劳全面发展"的中学生守则并不相符，他们完完全全秉持着"升学率才是王道"和"高考要从高一抓起"的铁律。上传下达，导致这所学校的老师，无论男女，都有一股子"师太法号灭绝"的磅礴气势。

春天不是读书天，夏日炎炎正好眠。但语数外理化生政史地整整九门功课结合起来就像个没日没夜拿着小鞭子在后边儿抽的阴魂不散的幽灵，日复一日地久天长，直到天凉好个秋，考试自然来。除开九门功课有单独的小考之外，还有一次月考和一次期中考。我和何乔木的考场又十分荣幸地由号称"校园四大名捕"之一的王铁手监考，于是，在考试的那几天里，整个考场都散发着一股子压抑的空气，我和何乔木笔耕不休，直考到昏头昏脑。

所幸学校还有点儿良心，上午考完试，下午休息半天。

一出校门，何乔木整个人都变得生龙活虎两臂生风，对着我和李然说："今天我带你们去我的秘密基地。"

李然翻了个巨大的白眼。

我则对何乔木这种劫后余生的欢腾劲儿忧心忡忡，问他："我跟你可是一条藤上长大的两根丝瓜，除了老张的臭干子摊和小时候你把我摔下去的那条臭水沟，还有什么秘密基地是我不知道的?"

何乔木冲我翻了个巨大的白眼。

在经历一路颠簸的公交和出租车的轮番洗礼之后，何乔木带着我和李然来到了一片荒郊野岭。

放眼看去，首先看到的是一个长满青苔的墓碑，墓碑的右边是一个貌似没有完工的烂尾楼，墓碑前面指着一条山路十八弯。

我脑子里顿时泛滥出一片因为形形色色的社会新闻而产生的恐怖想象。

我亲切地握着何乔木的手，痛哭流涕痛心疾首："咱们好歹也是发小，你可不能这样把我给卖了，我没多少肉不值钱……"

李然则冷静地挎上她那个因为一路颠簸从肩上晃到腰下的小背包说："我走了。"

何乔木赶紧儿留住她："干吗？"

"不吉利。"李然淡定地说。

"封建迷信要不得。"何乔木大义凛然。

"……"

"再说了，有我这么一朵人见人爱花见花开的祖国花朵立在这儿，什么妖魔鬼怪什么美女画皮，看我宝刀屠龙一剑倚天！"何乔木又开始油嘴滑舌起来。

"你《西游记》和《倚天屠龙记》看多了。"李然顶着一张千年冰霜脸，回答他道。

"……"

在何乔木的软磨硬泡之下，我和李然出于好奇心的驱使，还是跟上了何乔木的脚步。

得，跟着何乔木爬了一阵儿山，还真有个世外桃源的好地方。

山高高路长长，一弯流水野花香。

这座山里边的颜色不是那种城市里面让人窒息地带着汽车尾气的绿色，而是有层次的有生机的一片深绿和浅绿色里夹杂着黄色和红色——生长着一棵棵的枫树，烧得发黄发红的枫树叶随着秋风飘下来。地面让一条小溪分成两半，两边都有一整片郁郁葱葱的绿草，里面星星点点分布着一些五颜六色的小野花。

何乔木在溪水旁边坐下来，把鞋子脱掉，把手合成小喇叭状对着我和李然大喊："你们也过来啊。"

我和李然对视一眼，走过去。学何乔木脱掉了鞋子，三个人并肩坐着。

"怎么知道这儿的？"我问何乔木。

"我说了，这是我的秘密基地啊。"何乔木笑了笑，说："这里是我小时候的奶奶家，我爸妈以前事业特忙，没有办法顾我，我奶奶养我一直到6岁。双全你还记不记得，我是直到6岁才和你成了邻居的？"

"嗯。"我点点头。

"后来我爸要把奶奶接过来和我们住一块，她不让，说住在乡下自在，还说爷爷在旧屋子里等着她呢，我爸拗不过她，只能够让她一个人住。"

何乔木声音变小了，也有点儿伤感。

"后来，我10岁的时候，奶奶走了。旧屋子没人住，就荒了，我也很多年没回过这里了，直到政府要开发这块地，旧屋子要拆，奶奶的墓碑要移走，我才和爸爸一起，上个月周日的时候到这里来。"

"这里变了很多，奶奶的房子也已经拆掉了。就在那一片——"他顺手一指，"可能下一次再来的时候，咱们连这里的景色都看不到了，现在到处都开发……"

李然和我静静地听何乔木说着往事，都不知道说什么，一切都变得有些沉默。

"别提这些陈年旧事了，你以为演八点档苦情戏呢，咱们说说自己以后想做什么吧。"

李然试图转移话题。

我惊觉自己刚刚听得有些入神，抓紧了何乔木的手，再加上我和何乔木坐得比较近，李然坐得离何乔木远一些，让我和他看起来特别像一对儿，于是我赶紧放开。

"嗯。"

何乔木没和李然顶嘴。

"我以后呢，一定不会老老实实在这个小城市里面过一辈子，"李然看了看头顶上蓝的澄澈的天空，目光里有坚定，"要去北京，去上海，去大城市里打拼。过得很苦无所谓，活得很累也没关系，我会靠我的手，去得到我想要得到的生活。我不幼稚，我知道一定会付出代价，但我相信付出和结果能成正比。陈文武，你呢？"

"我刚刚一直在听你说话。"我没反应过来，怔怔地说。

"这是很严肃的一件事情。"李然表情一脸凝重。

"其实我无所谓的，"我想了想说，"我不知道明天会发生什么，也不知道老天爷会给我什么。但不管是什么，好的坏的，只要发生了，我就会试着去接受吧。我没有长远的计划，也不想去预测明天。"

何乔木把一颗石头丢到溪水里，石头顺着溪水滑了下去。

我和李然都看着他。

"你们都知道我成绩不是很好，"何乔木的话语里有说不出的苦涩，"每次考试的时候我都宁可转笔，试卷上写的什么我根本就不知道。以前我还试过努力听老师讲课，可心猿意马的，总听不进去。这一次考试也一样，彻底考砸了，所以我才把你们拉到这个地方来散心的。"

"你这样显得很窝囊，"李然有点儿恨铁不成钢的味道，"还是说你没心没肺的时候才像个男人？"

何乔木干笑一声："李然，我用不着你来评判我的人生，我成绩不好，但以后未必会比你差。"

"哼。"李然气得头顶冒出三丈青烟，顶着一张晚娘脸背对着何乔木。

"高二联考之后就高中毕业了，我可能不会再读书了。"

"啊？"我和李然都吃了一惊。

"没准儿的事呢，这点上我和双全一致，那时候的事到那时候再说吧。"

又坐了一阵，何乔木从裤子口袋里拿出一个 Ipod，轻声说："我放首歌给你们听吧，特别应景。"

那首歌是齐秦的《外面的世界》，旋律温和，齐秦浅唱低吟，他的声音让人想起雨夜，历经沧桑之后那个等待多年的宽阔的胸膛。

"……外面的世界很精彩，外面的世界很无奈。

当你觉得外面的世界很无奈，我还在这里耐心地等着你。

每当夕阳西沉的时候，我总是在这里盼望你。

天空中虽然飘着雨，我依然等待你的归期……"

歌至此处，有一个变调出现，一段略微激昂的上升旋律奏起，李然突然想起了什么，说："我也记起一首歌，和这首歌在同一部电影里面的，周迅唱的，是我最喜欢的一首，何乔木，你有耳福了。"

李然自顾自地唱了起来。

"外面的世界很精彩，我出去会不会失败。

外面的世界特别慷慨，闯出去我就可以活过来。

留在这里我看不到现在，我要出去寻找我的未来。

下定了决心改变日子真难挨，吹熄了蜡烛愿望就是离开。"

夕阳西沉，我和何乔木静静听着李然唱歌，那样温馨的场面多年以后还深深刻在我的脑子里，挥之不去。如果时间可以不断延续下去，真希望那一天不会停止，不会结束。如果是这样，那么，我们三个最初最单纯美好的样子，也就不会随着时间的推移而改变。

4.

诡异的任务

一

冬天，大雪。

好像把积年累月的雨，全都凝结，这场雪下了足足有一周之久，整个城市都变得银装素裹。

市电视台那个有点儿谢顶的男主持保持着他一贯的平和语调，用不带情绪的话语不疾不徐地播报着：近日，我省南部地区出现大面积降雪，本次降雪持续时间长，地域广，降雪量充足。专家预测可能演变为冰冻灾害，提醒广大市民注意加减衣物，注意交通安全……

我打开一片模糊的窗户玻璃，想透透气儿，一股妖风就刮进来，把人吹得整个儿都透心凉心飞扬。

　　我用力打了个大喷嚏，却并不想把窗户关上。我站在窗台前面，远远地能看见一排排被厚厚的雪覆盖得严严实实的屋顶。小时候一觉醒来，最大的惊喜就是从被窝里爬起来，看到整个城市的屋顶都变得雪白一片。独属于南方的冬天，好像我一个人独自拥有的秘密。

　　后来再大一些了，父亲和母亲常年在外忙碌奔波的时光，基本上都是由何乔木和形形色色的书填满的，万籁俱寂的雪夜，一个人挑灯夜读至天明。六七点的时候推开窗户，大雪过后，连买早点的大爷都偷懒，除了树枝被雪压得"吱呀"的窸窸窣窣的声响，整个城市都活在一片静寂里，那个时候我总是想起张岱的《湖心亭看雪》，那种带点清高的、淡雅的，又有点落寞的前朝书生的心境，还有《红楼梦》的结尾，宝玉披着大红色外衣来看贾政，整个世界一片空空茫茫……

　　"双全！"何乔木穿着厚厚的羽绒服，手里拿着刚买的包子，在楼下特别大声地喊我，音量和他1米83的身高是成正比的，而且他坚持不懈，不喊到我答话绝不收声，听起来有点类似情到浓时的中国地下摇滚，把我彻底从"围炉夜话"的文艺幻想里抽离了出来。

　　"就——来——！"

　　我换上毛线衣和羽绒服，把自己包裹得像个浑圆的粽子。一溜儿小跑下了楼。

　　"何乔木，你再不把你的鼻涕擦掉，待会儿就该冻成一根冰柱了，五六岁的小孩子一定会特别开心地围着它撒尿。"

　　说这句话的人是李然。

　　何乔木从小学开始就一直在我家的楼下喊我一起上学，他比我有时间观念，类似于一个定时闹钟。喊到高中之后，二人行变成了三人行，放完月假开始上课的那一天，我家楼下一定会准时准点出现他和李然的身影，何乔木负责呐喊高歌，李然负责冰着一张脸站在他旁边当门神辟邪，男女搭配，干活不累。

"还有，你能不能够把你牙上那片菜叶子抠下来？我看着就不舒服。"

何乔木脸一红，迅速地完成了这个规定动作，与此同时还是没有忘记和牙尖嘴利的李然顶上一句："起这么个大早，我的卫生标准也是不清醒的。"

李然瞪他一眼，刚想反驳，就听到旁边的我打了个大哈欠。

我结结巴巴地对李然解释："我我我我我我，我不是那个意思……"

李然把手搭到我后背上："陈文武同志，振作精神，艰苦奋斗。"

我倦意连天，象征性地点了点头。看着李然那张写着"小妞我吃得饱睡得好"的面无表情的脸，那张脸皮肤细嫩有光泽，完全没有因为熬夜赶作业而诞生的黑眼圈，再对比自己的沧桑状，我顿时产生了强烈的羞耻心。

当然，下一秒，我就坚定地告诉自己，这是因为李然是白素贞转世，我和何乔木肉体凡胎，和她等级不同。再想到学校惨无人道的放假制度——每一个月放假两天，在这两天的时间里，我们还要完成九门功课累积起来的 18 张试卷，所有的月假发下来的试卷累积起来可以围绕地球转个两圈半……我释然了。

"双全，你作业全都做完了吗？"何乔木问我。

"没有。"我回答他。

"本来还想抄你的来着……"何乔木看了一眼李然，说话声音越来越小。

李然不吭声，打开书包，冰着一张脸把一沓试卷放到何乔木手上。

"谢谢你啊，李然，"何乔木大喜过望，拍拍我的背，"一起抄。"

这种军营式的集体生活只有一个好处，就是放月假的时候各班布置的作业是相同的。

"下不为例。"

"保管有下次，"何乔木嬉皮笑脸，"这种放假方式和全年无休没什么区别嘛，我又不是机器人，哪里做得完，再说了，机器人都需要上个油、涂个润滑剂什么的……"

"何乔木，别给我一大早开黄腔，"李然用力捏了何乔木的手一把，"你再敢对我进行人格侮辱……"李然把何乔木的手拧到背后去，何乔木的骨头整个儿都在"咔咔"作响，"我保证你付出的不只是血的代价。"

"疼！"何乔木从李然的魔爪上挣脱，在一边喘着粗气说，"你再搞下去我的身体就可以涅槃了。"

"下一次我保证你不只是身体涅槃，小爷让你知道什么叫魂飞魄散！"

何乔木用受尽委屈的小媳妇语气嘟囔了一句："你是个妞……"

"嘭！"

二

课间操的时间里，李然特别鬼祟地把我和何乔木拉到了学校礼堂。

和学校朴实无华的其他各类建筑物相比，这个建校之初就已修建又历经多次修缮的奢华礼堂简直就是一排水钻项链上唯一的一颗真钻，虽然被整体价值拉下去不少，但贵在气质典雅暗藏风骚，加上流传在校园内层出不穷关于这个礼堂的各色鬼故事，以及我们屈指可数的与这个大礼堂亲密接触的时间——准确地说是从未接触，就连开学典礼我们都是在骄阳似火下抬头仰望着迎风飘扬的五星红旗，立志成为社会主义接班人，从而产生了一种"我从未见过哥，但校园内外都流传着哥的传说"的效果。

李然难得有些激动，一脸贼笑神似扛着炸药包即将踏上战场的红色娘子军战士。

我们三人合力推开了那张大得有些夸张的门，瞬间，我们同时被惊艳了。

"金玉其外败絮其中啊这是！"何乔木痛心疾首。

上至横梁上挂的顶灯，下至五颜六色的各个座位，全都蒙上了一层灰尘，何乔木走到一个蓝色的椅子旁边，往手上一抹再朝空中一挥，就扬起一片热情的沙漠。

北边的外墙，"五十六个民族五十六枝花"的大幅壁画，本该显得团结友爱，充分发挥社会主义精神文明建设中的重要作用，却不幸掉了好几块颜料，有些地方还褪了色。策马奔腾的蒙古汉子和貌美如花的苗疆姑娘的脸不约而同都有些扭曲。

李然迅速从被猛灌一壶雄黄酒的精神状态里脱身出来，恢复成冷若冰霜不食人间烟火的小龙女。

她从侧面的小梯子飘忽地走上舞台……

"喂，小心！"我和何乔木异口同声。

有盏小灯从横梁上坠落下来，掉在了李然的正后方……

目测至少有十米高……

我和何乔木同时一颤，以为一场人间悲剧在劫难逃。但所幸的是当我们睁开眼睛的时候，看到了气定神闲的李然。

"我身体还挺灵活的吧，你们少年人要加强锻炼。"李然一口新闻联播里面正儿八经的领导腔。

舞台离下层的观众席并不高，李然就直接跳了下去。

但现在不是讨论身体灵活度的时候吧……

我浑身战栗着对李然说："我们还是回去吧，这个地方不欢迎我们……"

"李然，你从实招来，你是不是要在这个地方谋财害命？"何乔木义愤填膺。

"神经病。"

何乔木犹豫了三秒，问："难道你是要劫色？"

"我对你们没兴趣。"

"长得帅的就有兴趣？"

"……"

经过李然的殴打和解释之后，我和何乔木终于弄清楚了她召集我们到这个鬼地方来的目的。

今年冬天气候不佳，过于寒冷，学生的情绪普遍都不太稳定，整个校园都死气沉沉得有些过分。校领导慈悲为怀，有人建议他在圣诞节之夜举办一场晚会，同时庆祝接踵而至的元旦。

当然，还有更重要的原因，省教育厅的领导要前来视察工作，为了表现学生们有丰富多彩的课外活动，这个晚会也自有其及时性和必要性。

而这台晚会负责的单位是学生会，学生会又把组织的主要任务交给了李然。

有福同享有难同当，李然拉着我们两个前来勘察地形了。

"你们放心，我会有条有理地把这个地方的真实情况反映给学校，我们有半个月，有足够的时间修好灯光设备和各类设施，并且把这里打扫得符合卫生标准。"

"那那个地方呢？"何乔木指着后墙的壁画。

"那个地方啊，拿块布蒙上就行了。"

"……"

"不然你们可以选择把它画回原样。"

"不画。"

"……"

"还有，因为时间紧任务重，晚会的主持就我们三个了。我会尽早定下节目单，你们记得写一份节目的串联词给我。"

"不要。"

"你说什么？"李然显然被何乔木的反应震惊了，刚刚在何乔木表示说"不画"的时候被李然扯下了十几根头发，她显然想不到他还敢以身试险。

"我们三个上去干吗？说相声还是唱一段吉祥三宝？"

"好，"李然波澜不惊，"我不管你上去干什么，只要你有语言能力，用普通话把你的串联词背下来并且讲出来就可以，如果你舌头打结只能够使你成为笑柄，而不是我。主持人的名单我已经以学生会的名义报告给校长，无法更改，另外，如果你执意不当这个主持人，你休想下一次抄到我的作业。"

想到作业，何乔木屈服了。

不过他在从学校礼堂回教室的路上还是一直在念念叨叨："小不忍则乱大谋，天将降大任于斯人也……"

"乱用成语和古诗词，"李然说，"是肥水不流外人田。"

"肥水不流外人田，一枝红杏出墙来！"

5.

初见夏叮咚

"节目安排……学声乐的要唱《我爱你中国》《喀秋莎》《回到拉萨》什么的，他们自己去选就好，不用去管他们……再每个班出一个节目，你们觉得怎么样？"李然嘴里面塞满了东西，说话完全口齿不清。

"大姐，你已经一整天都在说这个事儿了，你可不可以消停会儿？"

"不行。"李然目不转睛地看着眼前一个蓝皮笔记本："这是我入学以来第一次接到的关于大型集会的任务。"

"你也不可能在大学毕业之后投简历表的时候加上一个'高中时曾经策划过校园联欢晚会'啊，而且，我们现在在吃晚饭，您非得把餐厅变成一个会议室么？"

"这可能是我们高中唯一一次大型的集会，我有任务在身。"

"又没人拿钱给你，"何乔木咬着勺子，"把每件事都变得这么严肃，有意思吗？"

"这是我们人生观和价值观的根本不同，你注定孤独终老。"

何乔木横眉冷对，一边敲筷子一边高歌："原谅我这一身不羁放纵爱自由，也会怕一天会跌倒，ho～no～"

"唱—得—好！"突然从我们身后传出来类似香港 80 年代武侠剧里面反派角色的吼叫声，我瞬间联想起黏着白色小胡子仙风道骨的世外高人，想到可能是有人来寻仇，我赶紧闭上了眼睛，非礼勿视。

"承让承让。"听到何乔木表示他已经安全了，我才把捂紧眼睛的那只手放下来，往前扫视，结果在大礼堂留给我的惊心动魄的震撼之后，我再一次赤裸裸地目击了人生真相。

男人通过外貌受到直接刺激的形态有两种，一种是见到女神，脂白如玉气若兰芷，具体例子可以参考范冰冰和周迅通过怪力乱神的打扮来给予人直接的视觉震撼，比如那个老在自己身上缠一圈类似青蛙卵或者电灯泡或者类似于刚刚剥下来的生肉片之类东西的 Lady Gaga。

前方的这个女孩子，走的正是第三种风格。虽然和普通人类永远无法理解的时尚圈距离甚远，但也可算别出心裁，不走寻常路。

乱蓬蓬的爆米花头，把她整个头发的体积扩大了三倍，耳朵两边分别挂着一个镶满水钻的骷髅头和一个木头刻的胡萝卜耳坠，上身一件黑色骷髅衫配紫色羽绒衣，羽绒衣上缝着七八块目测是窗帘布剪碎之后残余的方格子花布，胸口正中间戴着一个红酒瓶盖和小贝壳串起来的项链，下半身是一条色彩斑斓的花裙子，赤橙黄绿青蓝紫呈倒三角形分布，虽然有一种强烈的波西米亚风格但并不飘逸，因为这件裙子每一层都挂满了无数的小铃铛——没错，是铃铛，它们让这个女生看起来就像个行走着的风铃，考虑上重量，有个词或许可以形容得更准确"倒挂金钩"。

女孩子走到我们吃饭的桌子前面，每走一步，就发出一阵叮叮当当的声响。

"见到学姐也不打个招呼？"女孩子笑笑，向李然伸出右手："我叫夏叮咚，高二（3）班的。"

"说吧，什么事？"

与此同时，我和何乔木也一脸狐疑地看着这个女生，我们学校有这等风云人物，我俩居然闻所未闻。

看出了我们的困惑，女孩子解释说："我休学了半年……"

"嗯？"

看到我们脸上不满意的表情，女生补上一句："半年前我怀上了我男朋友的孩子……"

看到我和何乔木一脸惊恐，女生哈哈大笑："没有啦，骗你们的，我是因为读完高一觉得高中很无聊，就求我爸让我休学半年。去丽江学刺绣，然后到西藏去旅游。我答应他回来就好好念书，所以现在就回来咯。"

女孩子把手摊开，一脸无奈。

我暗中想，是哪个老板让他的富二代女儿这么折腾……不羡鸳鸯不羡仙哪！

"这样啊，"何乔木四下打量了夏叮咚的行头，迟疑着说，"您可真是……心灵手巧。只是，不冷么？"

夏叮咚爽朗地再次哈哈大笑："冷？拉萨的冬天才冷呐，大冬天在那里的青旅帮忙的时候，北风贴着肉嗖嗖吹，裹上军大衣塞到被子里才暖和起来。"

李然脸色越来越难看了，冲着夏叮咚问："你到底要干什么？我们待会儿要去上课了。"

"学校好像要搞联欢晚会哦？"夏叮咚回答李然，"我想参加，唱自己写的歌，可不可以啊?"

"不行。"

李然拒绝了夏叮咚。

6.

李然的让步

"要不，你就给她一次机会呗，我觉得她挺有个性的啊。"回教室的路上，何乔木便替夏叮咚求起饶来。

"不行。"李然义正词严。

李然和何乔木一路上一直都在吵，因为夏叮咚的事儿。

"你自己不是说，这可能是高中三年唯一一次大型集会吗？你不觉得有了这个女生会有一点点不一样吗？"

"我告诉你会有什么不一样，何乔木，这是学校的命题作文，不是演唱会，你要当她的粉丝自己去当。我只知道这个穿得像疯婆子似的女的上了台，导致的结果只会是我被撤职。"

"你别说得那么夸张，这根本就不是理由。"

李然停在教室门口。

"你是在嫉妒她吧，你让自己活得那么一板一眼，那么累。但是她过得那么自由，和你截然相反。"

李然走回何乔木面前，一字一顿对着何乔木说："我用你曾经对我说的话来回答你，我的人生，你没有评论的权利。"

何乔木看着李然渐渐离去，看着她孤单的背影。

他紧紧咬住自己的下嘴唇，他突然有种冲动，想要冲上去，抱住李然，告诉他自己说的每句话都不是认真的，他像以前一样，只是在和她插科打诨，开玩笑而已。

何乔木一直觉得"一见钟情"是一句骗人的鬼话，以前我提到这个词的时候，他还笑着拍我的头骂我矫情，但是在和李然争吵之后，想到他们未来可能会形同陌路，他觉得自己感觉到的不仅仅是"舍不得"，隐隐约约要多一点什么，可是那一点是什么，他却说不清楚。

他突然想，自己也许是喜欢李然的，一开始就喜欢，所谓的"一见钟情"。

李然坐回座位上，翻开习题集。

她提起笔，却一个字也写不出来。

她把手并拢，把头靠在桌子上，她觉得很累，任何事都不想多想。

她突然觉得自己的袖口有点湿，她起身，发现自己竟然不由自主地哭了出来。

她无法容忍自己有这么情不由己的时刻，她抽出一张卫生纸，把泪痕擦干。告诉自己，她流的每一滴眼泪，都和何乔木无关，她只是无法容忍有人伤及到她的尊严，无法接受有人评判她的人生。

但是何乔木那个人，本来就很幼稚。他其实说什么话她都不应该觉得意外，他不值得。这一次也一样，对，她就是比不上夏叮咚，性格像个硬邦邦的榴梿，一点也不讨喜。但他有什么资格来否定她？

但为什么，满脑子里好像都塞满了何乔木，何乔木和她开玩笑，何乔木和她顶嘴，何乔木接过她作业去抄的时候那大喜过望的贱样子。

　　她就一直那么坐着，也不去管习题集，目光呆滞，毫无神采。

　　与此同时，何乔木像个热锅上的蚂蚁一样，上蹿下跳，一会儿转笔，一会儿抽出一本《七龙珠》看，看了一会儿又开始咬笔头，发出"咔嚓咔嚓"的声音，我觉得我不出声制止下，晚自习的时候整个笔盒都会被他咬得尸骨无存……

　　"你很吵欸，何乔木。"我忍无可忍，冲他翻了一记白眼。

　　"我好烦啊，双全，你说李然怎么样才能原谅我啊。"何乔木顶着一张哭丧脸，对着我说。

　　"这个简单啊，你就跪在她面前说对不起然后说你同意她的决定做一番深刻的自我检讨，不就行了。"我顺口说道。

　　"我说正经的，你别开玩笑。"何乔木连忙补上一句。

　　"称呼要记得是女王大人。"

　　看到趴在桌子上万分沮丧的何乔木，意识到这小子这一次认真了，我也有点儿于心不忍。

　　"你很在乎李然啊。"我轻声说。

　　"哈？"

　　"我跟你一块儿长大，你脑子里想什么我清楚得很，怎么我和李然不是一见面就吵架啊，同性相斥异性相吸！"

　　"……"

　　"不是性别。"

　　"这和喜不喜欢没关系，而且就算我现在冲到她面前说我喜欢她也没什么用啊，难不成我还能掏个戒指出来单膝跪地向她求婚？"

　　"这主意好。"

　　何乔木一脸坏笑，把脸往我脸上凑，一只手搭到我肩膀上："你要不要……"

香艳得我一口凉气往喉咙里提。

腰大膀圆的班主任老师冷眼站在窗外，完完整整目睹了这一幕。更可怕的是，从她的角度，我和何乔木看起来正像在接吻。

她翘起兰花指，操着个尖嗓子大喊："陈文武、何乔木，你们两个给我出来！你们居然搞一些这样伤风败俗的事情！……"

我眼一闭，心里想：完了。

在班主任办公室里用祖宗十八代向天上各路神仙发过誓，并且保证两人各写万字深刻检讨之后，班主任才满腹狐疑地放过了我们。

一出办公室，已经下了第三节晚自习。我气得用手直捶何乔木后背，鬼哭狼嚎："啊啊啊啊我的好名声……我的检讨你来写，你个贱人！"

转眼就到了夏叮咚的教室，教室里还亮着灯，其他的人全都走了。只有她一个人留在教室里，把头倚在并拢的两条手臂中间。

何乔木看了看夏叮咚，转过头对我说："你先去睡觉吧。"

我知道他们俩有事儿要谈，或者这个晚上就会花好月圆，拨开云雾见月明，特别识相地走了。

何乔木走到李然面前，用手轻轻拍了拍她的肩膀。

"我不跟你说了我作业明天交……"李然抬起头，看到何乔木，愣住了。

"对不起。"

"我不应该那么说你的，我不应该说你活得太，呃……"何乔木迟疑了一下，斟酌用词，"太死板，不过说真的，我觉得有夏叮咚在不是件坏事，一定特别欢乐。"

李然一把把脸上的眼泪水和鼻涕抹掉，站起来："我和你打赌。"

"啊？"

"怎样，是不敢哦。上一次拼酒的时候你还敢那么欺负我，我这个人记仇的！"

"好。"

何乔木答应得很温柔，他想，一切干脆就随便李然好了。

李然从裤兜里掏出一枚硬币来，问何乔木："正面反面，你猜是哪一面。"

"正面。"

李然把硬币往桌子底下一抛，硬币掉下去，夹在不知道是谁放的水壶和椅子腿的中间。

不是正面，也不是反面。

李然弯下腰，把硬币捡起来想要再抛一次，何乔木拉住她的手，低声说："就算你赢好了。"

"上一次喝酒，你也赢过我啊，反正我总被你赢。"

李然面红耳赤把手从何乔木的手里挣脱出来，但是，何乔木偶尔体贴起来，还真是蛮让人感动的。

第二天，李然在节目单上的第一行端端正正写上了，夏叮咚个人独唱。

歌曲名称，待定。

7.

曲折的恋情

一

圣诞节比预想中来得更快。

学校到处都张灯结彩，显得喜气洋洋。经过昨天让人叫苦不迭的大扫除彻查之后，窗明几净，大雪化冰足足让这个城市冻住了好几天，但现在也苦尽甘来，丝毫没有干扰到节日的热闹气氛。

省教育厅的领导一大早就到了学校，使得从前每时每刻都挂着一幅"你欠我五百万"表情的胖校长脸上都带上了和气生财的笑容。

教室在最后一节班级活动课的时候就变得沸反盈天。

"我警告你。别用那个东西喷我！"李然甩掉头发上面沾到的黏糊糊的彩条，喘了口气指着对面一脸坏笑的何乔木："我从小到大最讨厌的就是这种没素质的行为……啊！"

因为联欢晚会的事，我和何乔木提早过来找李然对词，不过事态变得有点儿……怎么说呢，错综复杂。

李然黑着一张脸从洗手间里走出来，把手上的水全部都掸到何乔木脸上，从心底里生发的愤怒把她的理性全都压抑住了："让你喷！"

何乔木变魔术一样从手背后掏出一瓶彩色喷雾，逼近李然："让暴风雨来得更猛烈些吧！"

在李然的惨叫声中，何乔木被殴打了。

最后我们三个挂了一身的彩，雄赳赳气昂昂，走向大礼堂。

"不对不对，你这里是怎么写的？"李然用手划了一下何乔木串联词的稿子，"湘女们合唱的一曲《茉莉花》让我们回到了水韵的江南，接下来让我们回到拉萨，你的逻辑在哪里？"

"谁让这两首歌串在一起的，你又不是不知道我每一次写文章就头疼。"何乔木一边啃着个刚从小卖部买回来的油炸鸡腿一边说，鸡骨头被他咬得咔咔作响，特别气人。

李然用力踩了何乔木一脚："你给我专心点！"

"哎哟妈呀，疼。"何乔木演起戏来，"全身上下都疼，手疼脚疼头发都疼，你帮我揉揉……"他把手臂连带着肩膀全都往李然腿上面靠。

李然直接把何乔木的手往后边一拧。

"这么说好了，湘女们合唱的一曲《茉莉花》让我们领略了水韵的江南，此时此刻遥远的北方是怎样的风景呢？让 xx 班的 xx 同学带我们《回到拉萨》。不对好像还要有点互动什么的……"

"你改得特别恶心。"

在李然和何乔木嬉闹着改串联词的时候，我推开门，想出去透口气。

但意外的是，出门之后，我就看到了夏叮咚。

她变得一点儿也不像她了，准确地说，是不像上一次看到的她。

爆米花头大概是经过了洗发露的洗礼，一头长发又柔又顺，散在肩上。两个夸张的耳坠也取掉了，裙子换成了一件天蓝色的吊带裙，鞋子是一双白色帆布鞋。

唯一残留的旧日印迹是那条挂在胸口正中间的红酒瓶盖和贝壳串起来的项链，还有那件缝着七七八八窗帘布的羽绒服。

夏叮咚冲我笑一下，挥挥手说："我刚刚在给吉他调音，等下带我去后台啊，谢谢你，小弟弟。"

"嗯，呃，你造型，真百变……"我有点儿不知道怎么表达此刻的震惊。

"你说那个爆炸头啊，那天我买的头套送过来了，所以就试着戴一下咯，不过这种晚会，没必要搞那么浮夸。"

夏叮咚背上放在地下一个卡其色的装吉他的盒子，往大礼堂走。

吉他盒子上面贴着一张照片，黏得结结实实，是夏叮咚和一个眉目清秀的男孩子，在夏天的海边的一张合照，风把夏叮咚的头发吹起来遮住半边脸，两个人的手牵在一起，男孩子没有什么表情，夏叮咚笑得很漂亮。

照片的下面，是用马克笔画的，夏叮咚和那个男孩子的 Q 版小人，底下写了一行字"夏&安一个纪念"。

"阿夏。"

从身后传出来的，温柔的声音。

类似于冬天里丝织围巾的柔和质地或者是热奶茶的醇厚口味。

夏叮咚转过身，吉他盒子上贴的照片里的那个男孩子，就站在她的面前。

"阿夏，我听说你要在晚会上唱歌，你嗓子不好，容易口干。我给你带了润喉糖和你喜欢喝的港式奶茶。"

男孩子把手伸出来，一只手上面拿着一盒用铁盒子装的润喉糖，另外一只手上面拿着一杯热气腾腾的奶茶，插好了吸管。

夏叮咚走上前，控制住眼睛里面快要泛滥的泪水，不能哭，至少不能够在他面前哭。

她用力地打翻男孩子手上面握紧的润喉糖和奶茶，润喉糖掉到地上，沾上了灰尘，弄得脏兮兮的。奶茶泼了男孩子一身，衣服、裤腿，男孩子的手也被烫得发红。

"不要再来了，也不要再叫我阿夏。我每一次听到你这样喊我的名字，都觉得无比恶心。"

男孩子迎上前，想要用力地抱住她。

"就让我抱抱你，阿夏。"

"至少有一秒钟让我知道，你是属于我的。"

冷风吹过来，把男孩子的鼻尖吹得发红。

"不要再躲着我了，阿夏。"冷风把男孩子的身体吹得有点颤，连带着他说的话也带上了颤音，"我从来都没有喜欢过别人，我们对彼此都发过誓一辈子只和对方在一起，为什么我们一定要这样彼此伤害，却从不试图为了未来而努力？"

夏叮咚朝男孩子踢了一脚，用力把他推开。

"给我滚，给我滚开！"

夏叮咚扬起手臂，露出右手上面刻的小小的一行字 Ann&Summer。

"你自己看，你看这是什么，你知不知道文身纹上就再也洗不掉，只给对你而言最重要的那个人？"

"陈安，我对你已经失望了。不要试图用任何冠冕堂皇的话再来留住我，你说的所有的话，没有一句是真的。"

夏叮咚往礼堂里走去，头也不回。

男孩子看着夏叮咚背着那个贴着他们俩合照的吉他盒子，有些话哽噎在喉咙里面，却怎么也说不出来。

二

目瞪口呆的我看完了夏叮咚演完这一场八点档电视剧之后，心里面沸腾起了燃烧的八卦心。

对十多年来活得循规蹈矩的我来说，家庭友爱，父母都是良好市民，好朋友虽然有时候混账了一点但可以远观也可以亵玩，夏叮咚这种自我戏剧化的悲壮故事对我而言就像在 windows 系统上运行一个 mac 的程序，完全无法兼容。

不过这并不阻止我对她的好奇。

我朝何乔木和李然瞥了一眼，这两还在为串联词的稿件争论不休，打情骂俏闹得可欢，我摇摇头，算了，朽木不可雕。

我拿着小板凳坐到夏叮咚的旁边，做"听爷爷讲那过去的故事"状。

夏叮咚仍旧专心给吉他调音，一点儿也没有注意我。于是我换了个角度搔首弄姿，要是我现在身处夏威夷海滩，我铁定换上沙滩裤，露出我的整块儿白斩肌肉，一边抛媚眼一边唱"对面的女孩看过来"。

半个小时之后，我失落了，我发现夏叮咚了无杂念，专心致志给那把吉他调着音，调试完之后又开始唱一首我一个字儿都听不懂的英文歌。一鼓作气，再而衰，三而竭，我蹑手蹑脚准备回到李然和何乔木的大队伍里。

"唱得很难听么？一首歌还没听我唱完就要走。"夏叮咚突然对我说。

我刚刚迈出第一步，脚还尴尬地停在半空中……

"呃，当然，"意识到我的肯定句就要脱口而出酿成千古大错，我赶紧发自内心地忏悔了一下我刚刚没有欣赏夏叮咚的音乐，"当然……很好听！只是我没听懂……"

"你显得好笨啊，小弟弟，不过，笨得还挺可爱的。"夏叮咚再次哈哈大笑，上气不接下气的时候冲着我来了这么一句。

"啊？可爱？"一颗红心向太阳的我挠着头发，站在原地特别呆萌地眨着眼睛。

"坐吧，陪我聊聊天儿，"夏叮咚嫣然一笑，然后提醒我一句，"你再扯头发丝儿，地上掉的头皮屑都可以炒盆菜了，放点辣椒切两头蒜什么的……"

"啊啊啊啊啊啊啊啊啊啊啊！"宇宙英雄超人快来拯救我！穿着你性感的闪亮小短裤载着我冲破苍穹，飞离这个尴尬的是非之地吧……

我乖乖地坐到了夏叮咚的旁边。

说实话，我也不知道为什么那天会鬼使神差和夏叮咚聊天，对于我这种成年之后顺利进化为怪叔叔，遇见街边寻死觅活的男女都会从心底里由衷冒出一句"傻瓜"的人，夏叮咚之后成为我的朋友，是个误差。

或许苍天有眼，他知道每个毛头小子要在什么时候开始成熟，我一直觉得，成熟在某个意义上意味着懂得爱，包容由爱引出来的期许，渴望，彼此伤害，种种情感。他让你逐渐明白，感情不是功课本上面ABCD的是非题，也不是 YES 或者 NO 的选择题，甚至没有输赢，没有对错。

成年之后我是个怪叔叔兼知心姐姐，遇到了形形色色的戏剧女王或者浓妆艳抹的名媛天后，她们一辈子生活在琼瑶剧里，相信理想化的爱情，床头边上泡杯卡布奇诺，在桌子上放全套的安妮宝贝或者张爱玲，但是常常一句话就能够打回原形。

"你这么爱他，爱到山枯海烂日月无华，那你告诉我，你敢为他死吗？"

得到的结果往往是一句愤怒的"神经病"，或者一句肯定的"当然不"，理由是"那个贱人不值得我这么矫情"，或者一句含糊其词的"啊我也不知道，没什么可能发生的事就不要想"。

这个问题我一直没有问过夏叮咚，而我一直在想，那个时候的夏叮咚会怎么回答？

或许答案已经无所谓了，不管做法是偏激还是极端，正确与否，勇敢去面对爱，追求爱的女孩子，总是值得敬佩的。

夏叮咚就是这样一个人。

"你看过三毛和荷西的故事吗？"夏叮咚抚摸着吉他弦，问我。

"小时候看过她写的书，知道一些。"

"不错不错，有文化，"夏叮咚一脸张三丰教张无忌剑术时的慈爱神情，默默摸了摸我的头然后继续沉到回忆里，"女孩子爱浪漫嘛，老梦想着走遍万水千山，后来遇上了一个志同道合的人，就是他，可以陪你一起聊三毛荷西，一起读杰克凯鲁亚克的《在路上》和金斯堡的《嚎叫》，一起看伍德斯托克音乐会的 DVD。甚至，也只有他，满足了我一直以来的心愿，和自己喜欢的人一起去看海，在海边喝醉了摔酒瓶说胡话……"

"那你刚才还……"我实在有点儿困惑，夏叮咚说话时候的状态活生生一个恋爱中的宝贝嘛，那刚才那个晚娘脸的怨妇究竟是谁？

"爱情和尊严不是一回事。"夏叮咚解释说。

"我不会丢掉他送给我的礼物，也不会想尽办法去掉为他而留下的文身，是因为我还喜欢他，我不会欺骗自己，因为一切都存在过发生过，在记忆里扎根了。而这一切也让我货真价实地感动过。"

夏叮咚和那个男孩子的故事活生生一段蹩脚编剧写的三流小说情节，她喜欢他，顶住所有的压力要和他在一起，她家庭条件好，父母亲都豁达开放，对于所谓"早恋"这样的事情并没有多么过激的反应。但她和他的恋情却无意之间在学校被大肆宣传，越描越黑，人们带着点阴暗的小心理奔走相告，最后她变成了同学和老师口中那个毁了一个好男孩前程的无可救药的女生。

对方的家长也因为这件事闹到学校里来，非常普通的家庭，母亲曾经是纺织厂女工，后转做全职太太，父亲是物流公司的小职员，全家上下都指着儿子考个好大学然后赚钱养家。听到儿子因为早恋分散了对学习的注意力简直悲愤至极。见到她之后，不由分说，男孩子的父亲连着扇她3个巴掌，骂她死不要脸，男孩子的母亲哭着下跪，求她放过他。她只觉得可笑，其实是男孩子先追的她，但她疲于解释，只是给男生发了一条短信：你爸妈要我和你分手，我觉得你该尽孝，他们很在乎你。

夏叮咚给男生发完短信就哭了，但她想，至少真心实意地为爱的人付出过，不枉这一生。

男生几天之内都没有回答"好"或者"不"，只是一周之后告诉夏叮咚，期末考完试就陪她去看海。男生猜到了她的心思，这样的要求她无法拒绝。

于是，她独自一人承担了旅行的所有费用，他则对父母说到低年级的同学家里帮同学温习功课，巩固自己对从前所学的东西的记忆。两个人瞒天过海，配合得滴水不漏。

到了海边，嬉闹玩沙子迎风奔跑等常规活动过后，两个人租了顶帐篷扎营在沙滩上，吹着清凉的海风，微醺之下，柔情蜜意互诉衷肠，那画面真该配上一段儿《当》：我还是不能和你分手，不能和你分手，你的笑容是我今生最大的眷恋……最后男孩儿向女孩儿保证，立誓：我不放弃你，我不和你分开，不就影响学习吗，多大点事儿啊？我既要考个好学校也要娶你做老婆！因为家长的反对，约会等一系列地下工作暂时不予施行，但心中有彼此就已足够……郎有情妾有意，海滩之旅用个特别造作的词概括出来就是"私订终身"。

她真的傻乎乎地和他很久没联系，甚至开始为了他啃课本，他是优秀的人，她也不能太差。在学校里每天的期待仅仅是课后短暂的擦肩而过，他对她笑，露出一口洁白的牙齿来。结果凉风有信，秋月无边，陈安身体力行地诠释了男人靠得住，母猪能上树。当着她的面儿劈腿，对象还是诋毁过她的八卦精姑娘，看着面前卿卿我我的那对野鸳鸯，想到他在她耳畔说的那些情话，她先是整张脸气得发青发紫，恨不得拿上刺刀红缨枪除之而后快，想到杀人犯法，接受不了惨烈现实的她全线崩溃，无法在沉默中爆发——老师和同学都以为他们两个已经分手，再去闹事只会被视为胡搅蛮缠，只能在沉默中灭亡——她日益消沉了。

情伤难疗，夏叮咚姑娘给予自己的，是足足长达半年的出走。但她并没有忘记陈安，或是开始一段新的感情……

"说不定有什么误会呢？或者他现在和那姑娘断开了呢？他刚刚挽留你的小样儿看起来也挺痴情的啊。"想到这些个可能性，我问。

"误会？挽留？我夏叮咚不是街边小摊上乱摆的便宜衣服！几十块钱一件买到手，穿脏了穿坏了不喜欢就可以当成抹布，随地乱扔。我喜欢他，到现在我还喜欢他，可我不能腆着脸上去冲他说，hey，哥们儿，我回来了，我发现我还对你念念不忘，你给我来点儿回响吧。那和我的尊严背道而驰！你能明白吗？小弟弟。"

我瞪着一双大眼睛看着她，人整个儿听呆了，显然我不明白。

"和男生说什么都白搭！而且你这种年纪还嫩得可以出汁儿……小弟弟，姐经历过的事儿你没经历过，姐懂的你不懂，"夏叮咚狠狠蹂躏了一把我的脸，"跟姐混吧，哈哈哈。"她的最后三声仰天长啸居然带上了一股子悲凉的味道，神似灵鹫宫山顶将死之时的天山童姥。

过来半天才确定好串联词，然后终于想起我的李然和何乔木，两个人已经分散在不同地点开始进行地毯式搜寻了。李然出了大礼堂，何乔木则在礼堂内部找寻我的蛛丝马迹。

而听到夏叮咚同学这声用力地嘶吼之后，吓得魂不附体准备关门辟邪的何乔木一转头，看见一个不起眼的角落里坐着一脸尴尬的我和燃烧着小宇宙的夏叮咚。

8

简单的温暖

一

"你确定这么说是没问题的，对吧？"

"要是出错了我把头给你割下来蘸酱吃！"

李然看看表："还有十分钟就开始了，我们三个都在心里默记一下，免得出什么差错。"

何乔木和我都换上了深黑色小西装，李然换上一套白色晚礼服，三个人的气质瞬间上升了一个层次，人模狗样起来。

"李然，你特别美，"何乔木做了个邀舞的手势，"你看起来特别像新娘子。"

"说什么呢?!"李然红着脸打掉何乔木伸过来的手。

我们三个人都屏住呼吸，在后台静静地等待着开场。

李然的手机突然噼里啪啦地响了起来，但她已经把自己的亲人和朋友请到了这场晚会的现场，按理说没人会在这个时间点上打扰她，于是她有点困惑地按下了接听键。

"喂?"

电话对面是个中年女人急促的声音。

"小然，你舅舅今晚上来不了了，舅妈也来不了了。你舅舅，他……"

"发生什么事了? 舅妈，镇定下来，慢慢说。"

李然听着听着，突然整个人瘫倒在地面上，骨头像全部都酥了一样，手机也从手里掉了出来。

"李然，你别吓我……"

手机里传出的呼叫声，和何乔木还有我同样焦急的呼喊声相互呼应，合在一起。

晚会离开场只剩三分钟了。

二

"我很好的，我又不是病患，你们两个不用像对待癌症晚期病人一样对待我!"

"精神病都爱说自己没得精神病，酒鬼都爱说自己没喝醉。"

我和何乔木搀扶着李然往舞台中央走，从背影看我们三个，活生生一条怪异的八爪鱼。

"是啊，李然，"我帮腔，"你刚刚把我们两个都吓死了，你都没看见何乔木他脸上表情有多紧张，他认真起来超帅的，你们两个倒真的挺配的。"

"陈文武！你什么时候和何乔木一样不正经了！"

"双全，那只是你的单方面想法，我可不完全这么认为。除非她跪下来求我，我才会勉为其难地考虑一下。"何乔木插诨打科道。

"跪你个大头鬼，我一马桶刷刷爆你眼睛！"李然怒了。

"瞧瞧瞧瞧，又暴力了，以后找不着男朋友，还是得跪下来求我。"何乔木仍旧不知死活地说。

"我宁可一辈子不嫁！"李然没好气地回应他。

在这种紧张激越的氛围里，现场的工作人员送上了三支麦克风。

幕布就要拉开了。

"李然，你确定没事么？要是真的有什么问题的话，我和何乔木两个人当主持也可以，你要有什么事情，要去什么地方，你就先去忙。"我看着李然，有些担心她。

"没什么，一点小事而已，而且我现在就算赶过去，也帮不上任何忙，不如把手头的事情做好。"李然镇定地说。

四周吵吵嚷嚷的声音渐渐安静下来。

观众席上的灯一盏一盏接连熄灭，舞台暗下来了。

意识到晚会即将开始，李然用力拉了拉我和何乔木的手。

头顶上的聚光灯已经打开了，幕布缓缓拉开——李然的手在这个时候才完完全全放开，她一脸微笑和镇定，好像刚才什么事情都没有发生过一样："亲爱的老师们同学们，尊敬的各位来宾领导，大家晚上好……"

我心里长舒了一口气。

第一个节目开演了，我和何乔木在一边指指点点评头论足，在正中间跳舞的那个女生的妆化得分外冶艳，嘴唇的部分简直就是块剥了皮的番茄，肌肉组织过分发达，不停转来转去扭来扭去的，真心把舞台当成了盘丝洞……而在我和何乔木说话的时候，李然一直都很沉默。

　　到底是何乔木更懂女孩子的心，过了一阵子就不和我摆龙门阵了，一把把李然的手拉了过去。紧紧握住跟个铁钳子似的，李然脸红了，轻轻骂了一句："哎呀，要死。"

　　"到底怎么了？"

　　"没怎么，我说了小事一桩，我没事的。"

　　"你今天特别不正常，"何乔木认认真真看着李然，说，"我特别害怕你这样，跟自己死磕，跟别人也死磕。我想起小时候，我明明感冒了还硬跟双全说我一点事儿也没有，结果我们俩照常一块儿上学，一块儿写作业，最后双全也感冒了。李然，有些事伤人害己，但却一点儿也不出自恶意。"

　　"今天你也很不正常，"李然看到何乔木正经的时刻，被震惊了，"你什么时候有这么一肚子的哲学思想了？还有，我自己的事我自己会处理，你不用管，也别想管。"

　　开场的节目表演完毕，何乔木还来不及反驳什么，李然和我就走上前给第二个节目报幕了，第二个节目正是夏叮咚姑娘的个人独唱——精诚所至金石为开，何乔木的坚持终有成效。

　　李然不知道该介绍写什么，就说："……让我们欣赏勇敢做自己的女生夏叮咚带来她的表演。"

　　看台发出一片尖叫和嘘声，看来，夏叮咚只是在高一颇为沉寂，在高二还是很有些声名的。

　　"你刚刚说什么？勇敢做自己？我们没有请玛丽莲·曼森。"何乔木眉头紧皱。

　　"那是你口味太奇特。"李然和我不约而同直视前方，对于夏叮咚我们都有不同程度上的期待，同时也有在手心捏一把汗的紧张感。而何乔木总在这种危急时刻不知死活，他挤在我们中间，把头硬塞进来，头发丝都蹭到李然脸上去了，不过这个方法毫无成效，李然一点儿也没有理会他的意思，她目不转睛盯着上台的夏叮咚，特别淡然地面对了何乔木的骚扰——伸出手按住他整张脸，往后用力一推。接着，只听得一声叹息传出，何乔木的发型顺理成章地被毁掉了。

夏叮咚去掉了那些奇异的修饰成分，秒变成了一个清汤寡水的小清新。

不过，除了小清新行走天涯都要带上的吉他，夏叮咚手里面还拿着个啤酒瓶——晃晃悠悠的，装满了橙黄色啤酒的，一整瓶。

李然见状，特别紧张地嘱托我和何乔木："咱们看好了，只要她把那玩意儿向看台甩，你们俩就冲上去制住她，我去打110……"

"夏叮咚精神是正常的。"

"何乔木，我读的心灵鸡汤不比你少，我知道天才和疯子只有一步之遥这个道理。"

李然持续和何乔木耍贫嘴，语气却显得很是忧心忡忡。

"嘭"的一声，把我们三个全吓了一跳，原来夏叮咚姑娘用牙齿咬开了啤酒瓶盖，白花花的啤酒沫正往外边流，咬开瓶盖那瞬间的声音被架在架子上的麦克风放大了，传到了我们的耳朵里。

"令人发指……"何乔木看得摇头，"什么江南女子小家碧玉温婉可人，书上净瞎写……"

夏叮咚把麦克风架得离自己更近一点儿，说："冬天里喝点酒还挺好的，暖心，不显得冷了。"

"我要唱的这首歌是我自己写的，特别简单的一首歌，写给我一个曾经特别在乎的人，叫作《简单的温暖》。"

她不愿意说太多，开始唱了起来。

真的是首很简单的歌，简简单单的配乐，简简单单的歌词。

夏叮咚唱这首歌的时候，眼神始终飘忽不定，好像有回忆在脑中纠缠。

但这首歌的歌词却是坚定热烈的，虽然略微幼稚了一些。夏叮咚和歌词挂不上钩的表情让我禁不住去想——这首歌是送给她喜欢的那个男生的吗？是在他们花好月圆的日子里写下的吗？在这里唱出来，是希望他能听到么吗？那为什么又要拒绝他任何形式的帮助和示好呢？

我果然不懂女生，至少那时候不懂女生。

这首歌的歌词是这样的：

"我此时此刻

体验简单的温暖

你只需抱着我就够了

不管你现在想的

是不是另一个她

我也感到非常 非常幸福啊

你此时此刻

给我简单的温暖

你只给我一点体温

我就会开心啊

哪怕天崩地裂

我都不会害怕

因为拥有你 简单的温暖

……"

唱至此处，夏叮咚的眼睛突然聚焦在了一个方向，再也没有移开。我透过她看的方向看过去，是那个男生。

男生戴一条围巾，手上面拿着两杯奶茶，看着她。

用静默全数代替所有的语言和动作，他分明是在告诉她，我在等你。

万水千山走遍，你总会回来的。

一曲终了。

9.

勇敢的心灵

一

而后，我看到夏叮咚慌慌张张地退到后台，从大礼堂的后门溜了出去，看到那个男生推开门，从正门里溜了出去。

两个人的背影，都显得沉寂而落寞。

看着他们，我联想起方文山给周杰伦写的那些伤感的中国风歌曲，那些古意幽幽的歌词，每一首都在诉说年少时的情动，渗进人的骨子里，渗进人的一生。一壶漂泊浪迹天涯难入喉，你走之后酒暖思念回忆瘦。曾经生死与共，最终却是你发如雪凄美了离别，我焚香感动了谁。说得尽说不尽的全都错付时光——他们两个也一样吧？……

我那时候没有意识到的，是夏叮咚开始在我心里面占据一席之地。

　　整个晚会上，我都显得有些失魂落魄，好几次背错了词。李然和何乔木各种使眼色打手势希望唤回我的记忆，但我却不知道在火星的哪个盆地神游，话在脑子里想得明明白白到了嘴边却不断说错，在观众的哄笑声中，李然和何乔木全都灰头土脸，面有愠色。

　　晚会结束了，何乔木瞬间放松下来，手搭到我们两个的肩膀上："双全，李然，要庆功的啊，不管怎么样，我们三个人把这件事情做成了。"

　　李然到了这个时候，才把刚刚压抑住的情绪全部都释放出来。她把头靠在何乔木的肩膀上，洒下斑斑点点一袖子眼泪。

　　"别哭了啊，我手会被你哭成湘妃竹的。"看到一贯以冷静示人的李然一脸梨花带雨，何乔木也有些慌神。

　　"你要陪我回家。"

　　"啊？……好，我答应你，陪你回家。"

　　"你先陪我去医院。"

　　"好，我先陪你去医院。"

　　"只是你要告诉我到底怎么回事。"何乔木皱起眉头，这时候我们三个坐在礼堂后台的梳化室里，有盏灯发出浅绿色的光，照着何乔木的脸，他笼在一片浅浅的光晕里。

　　"你之前真的不这样，今天你刚刚说话声音故意装得很开心，人开心和不开心是可以听出来的。只要认真听就什么都知道。"

　　"你不开心，可是还是要坚持装出开心的样子这么久，我讲过的，有些事伤人害己，却一点也不出自于恶意。我只是有点担心你，李然。"

　　何乔木说的话句句肉麻。

　　"你们两个要去医院或者是哪里就去吧。太晚了，我头又不舒服，不想走了。"看着面前的两个人，我咳嗽一声，说。

　　何乔木狐疑地看向我："双全，我们一直都是三个人一起行动的。"

"我是真的不舒服，想早点睡觉。"我回答。

何乔木想说什么，但话到了嘴边又变成客套话："嗯，好，那你好好休息。"

他陪着李然走了，连衣服都没有换，他穿着一身深黑色西装，李然穿着一套白色晚礼服。

他们走之后，我也不知道怎么回事，一直心情不好。我站起身，在后台的梳化室里发了很久的呆。那是种没有方向感的慌，不知道自己要干什么也不知道自己能干什么。我走到一张桌子前面想去整理什么，那桌子上放着一个俗气的花瓶，里面插着塑料花，大概是哪个节目的道具忘记在这里了。我拿起那个花瓶，然后手一抖，花瓶掉到地上，摔碎了。但我却没有因此而产生任何情绪的起伏变化，我像个没有感觉的机器人，心是空的，身体也因为久久未做清洁生了锈——动作也是僵硬的，全然不受大脑的指挥，事实上，我的脑子那会儿已经没法儿指挥我的行动了。

这是种死机状态，如果每月月底因为考试的如期而至从而产生的糟糕心情还可以还可以被诗意化的称作"哀愁的预感"，那这种没有由来的迟钝简直只能叫作"普通青年发傻时"。

行了，收拾好心情，早点儿洗漱早点儿睡觉，世界绝不可能因为一个小男生的青春心事停止转动。人一定时间里活得像王家卫电影里的痴男怨女绝对正常，但长时间这样小资下去毫无疑问只有送往城郊精神病院一个下场。

我关上灯准备出门。

"慢点儿你，我说别关灯，我包还放在这儿呢，长没长眼睛啊。"

在手往墙上的开关靠的时候，我听到了连接不断的粗重喘气声和特别耳熟的说话声。

我转过头往声音传过来的方位望去，是夏叮咚。

夏叮咚一只手搭在门槛上，显然刚刚跑得上气不接下气。

二

出租车的后视镜里，可以看见李然一直倚靠在何乔木的肩膀上。

"回家还是去医院？"何乔木拍了拍李然的腿。

李然"嗖"的一声从何乔木身上缩身回来，正襟危坐。

"我警告你啊，可别占我便宜，不然你下场铁定特别悲惨。"

何乔木干咳两声："也不知道刚刚是谁一直占我便宜。"

"我只是情绪激动一时压抑不住，然后碰巧头有点晕，借你肩膀靠靠，有错么我？"

"现在把我人也借过来了。"何乔木嬉皮笑脸，"我好人做到底，你想怎么用就怎么用，不收钱。"

李然往何乔木大腿上用力掐了一把。

"哎呀我说了疼！"何乔木把腿缩到车窗口，特别委屈地说，"这么用一次就报废了，不利于可持续发展，李然同志。"

李然看着何乔木的小媳妇样儿，连着笑腺的那根神经遭受强烈刺激，笑出了声。但这种外部刺激引发的心灵震荡是细微的，李然很快又变得失落，闷在一旁不再吭声。

"您还没说去哪儿呢？我也不知道该往哪儿开了。"司机师傅在前边儿等得不耐烦了。

"去哪儿都行，"李然小声说，"我现在不敢回家，更不想去医院。我也不知道该去哪儿。"

"去最近的便利店吧，24 小时的那种，我们得去买点儿东西吃。"

在司机轰人下车的危难之际，何乔木急中生智。

司机听到这话儿，油门一踩，一溜烟往前开。

便利店很快就到了，尤其是何乔木对目的地的描述加上了"最近"的定语的情况下。

"下车吧您，"何乔木打开车门，弓身把手伸向李然，"咱到了。"

李然下了车，站在便利店门口，天特别冷，她孤零零站在便利店门口往手心里呵热气。

"在这里等我一下，"何乔木凑到李然耳朵边上，说，"我买东西给你吃，你从下午开始到现在都没吃东西，一定很饿了。"

何乔木很快就拿了两个热气腾腾的汉堡出来，把一个递给李然："先吃完，待会儿你想去哪儿，我都陪你去。"

"对不起啊，何乔木。我刚刚不应该那么一惊一乍的，我就是有点儿，有点儿……"

"间歇性神经病，没关系，能理解。"

李然抬起脚直接往何乔木身上踢，何乔木往后一拐，李然一把踢到便利店门口硬邦邦的楼梯瓷砖上上，龇牙咧嘴的。

"今天我过得特别像电视剧，"李然惨笑一声，"你能想象吗？还是我妈特别喜欢看的那种政法节目的栏目剧，我一开始听到舅妈跟我说发生在我舅舅身上的事儿的时候我整个人都快要崩溃了，真的，何乔木，我是有点失常，但你没有经历过，你一定不懂，我以后不会这样了。"

"你不必要跟我做保证。"沉默一阵后，何乔木说。

"我舅舅对我特别好，"李然自顾自地说了下去，"我和舅舅两家的孩子都是女孩，舅舅生孩子比我爸妈要晚，到我小学五年级的时候我才多了一个表妹。小时候住那种弄堂里面的房子，我家隔壁就是舅舅，他老给我带糖，给我买小玩具，逗我玩。"

"我小时候总觉得像舅舅、爸爸那样的大人，都是好人，真心的。但是后来我就知道不是了，有一次我和楼下邻居家的孩子打架，那个胖小子扯住我的辫子，我把他推到地上，蹭破了他腿上的皮。然后他爸来了，特别气势汹汹地骂我，说我没教养，还特别贱地用力掐我——"李然做了个掐的手势，何乔木赶紧儿护住自己的手臂，往右边一缩。"整只手都被掐得发青了，但我觉得自己有错在先，就乖乖地像个木头桩子一样立在那儿听他爸训话，小孩子受欺负了，周围居然还有一堆人在看热闹，对着我指指点点的。"李然一脸往事不堪回首的神情。

"后来幸亏舅舅来了，他知道这件事情之后特别生气，和那个胖子的爸爸论理，说小孩子闹着玩，又不是有意害人，哪怕是有点儿小小的报复心，说几句就行了，长辈怎么能够动手动脚，"说到这里，李然有点儿得意，"他和那个胖子说话一点儿都不客气，最后那个胖子灰溜溜地走了，舅舅后来还请我吃冰激凌。"

"从那时候起，我一直觉得舅舅是神兵天降，我觉得他不会老、不会死，也不会想到他会出事。"

但现实就是这么无奈，世界上没有不会老，不会死的人。人生无常，舅舅出事了，就在他答应来看外甥女主持晚会的那天。

不是在他工作的建筑工地失事，也不是车祸一类日常化的事故，这一类事故至少发生在一瞬间，是短暂的，大脑甚至可能在还没有感受到撕心裂肺的痛苦的时候就已经停止了运作。舅舅的死，远比这一切要来得惨烈。

他是被歹徒杀害的，在他陪着女儿去郊区散心的时候。

警方的推测是在他带女儿去郊区的路上，已经被人一路尾随。歹徒的目标很可能是他的女儿——因为他的女儿在他死之后就失去踪迹，下落不明。歹徒用一把锋利的匕首连刺他数十刀，并且将他的尸体肢解，用黑色的塑料袋装好，随意丢弃在郊区的河流附近。

李然说完这一切之后，把头低了下去。然后过了一会儿，她又把头抬起来，把脸转到跟何乔木坐的位置相反的方向，

她还是不太控制得住自己的情绪，讲着讲着就把自己讲哭了。但想到何乔木还待在她旁边，她总觉得这样啜泣未免显得太丢脸，再加上她对于何乔木施行的种种道德败坏的劣迹——硬要何乔木陪着她的桥段已经和婆婆妈妈的韩剧里面的女主角被坏人欺负之后找男主角诉苦的片段如有雷同实属巧合，但更恶劣的是她趁何乔木不注意的时候把他的黑色晚礼服当成了抹布，把鼻涕眼泪全都擦到了上面。一想到这些，她几乎羞愧得要饮弹自杀，一枪毙命。

这些都导致了李然一直没敢朝何乔木看上一眼，她在讲的时候或者低着头或者朝向正前方放松身心，讲完了之后又把脸转到和何乔木坐的位置南辕北辙的方位。像幼儿园的小孩子和老师闹别扭一样，开始冷战，一句话都不和何乔木说。

"擦擦，"何乔木碰碰李然的手臂，轻声说，"脸都要哭花了。"

"我还剩了一只鸡腿，给你吃。"何乔木把鸡腿从盒饭里面挑出来。

"混蛋！"李然哭腔里糅杂着笑声，"谁要吃你的鸡腿！你吃过的，有口水！"

"不吃就不吃，吃了也白吃。咱不哭了啊，不哭了。小兔子乖乖，把门儿开开，不开不开我不开……"

"你以为我几岁了……"李然破涕为笑，"还唱这么幼稚的童谣……"

何乔木把手向李然伸过去，声音温柔得像一团糯米丸子："我们回家吧。"

"你总要去你舅舅家看一看的，没关系的，我会陪着你。"

何乔木的手是温热的。

10.
父母的质问

一

何乔木把李然送到家的时候，时针已经指向凌晨 3 点。

何乔木的老妈满脸狐疑地看着她女儿和这个来路不明的小男生，何乔木他爸则靠在沙发上，听着电视里的女主持人播报着国际时事，一脸阴沉。

在回到李然家之前，何乔木带着李然几乎跑遍了整个南城——先去了 24 小时营业的药店给李然买些治头疼的药——去了三家，第一家里的售货员把两人当成了不正当社会青年，嗑着瓜子热情洋溢地给两人介绍了……怎么说呢，某些用品……这样的围追堵截下两人只好落荒而逃。第二家比第一家来势更加汹涌，售货大妈具有高度的社会责任感和公德心，在给李然望闻问切的整个过程中都以查户口抄水表的素质紧张应对，不过可惜，她撞上了吃软不吃硬的何乔木。何乔木拉着李然就走了，连白眼都不带挑。

随后，第三家药店里的售货员终于正常的，沉着的应对了这两个三更半夜来买药的小年轻。李然拿到药的那一刻简直觉得售货员的头顶上环绕着金色的光环。

随后，他俩一起去了李然的舅舅家。

舅舅的遗体已经收拾妥帖，放在灵堂的正中间。一盏长明灯静静照着舅舅的遗像，那个慈祥的长者，一脸微笑。

整个房间里没有哀啼，只有一种沉默、一种肃穆。这种沉默和肃穆似乎是永恒的，夹杂着人对于命运的无能为力。

"李然，别哭，"何乔木轻轻拉了拉李然的衣袖。轻声对着她说，"你的妹妹还没有找到，安慰亲人才是你现在要做的。"

李然眼圈有些发红，但还是坚定地点了点头。

李然轻轻走到舅妈身边。

在噩耗传来的时候，舅妈几乎是痴痴地听着别人向她述说这消息，没有任何反应。

那是面对剧变时人的本能，那种不可置信以及剧烈的痛苦的糅杂，强烈的冲击感让人只能选择逃避。但这场丧礼让一切无处可逃，她必须直面失去丈夫、女儿下落不明的事实，然后继续活下去。

"舅妈，舅妈……"

"是小然啊……"舅妈说话的声音显得有气无力。她的头发也没打理，显得有些凌乱，黑眼圈更是深深凹进眼眶，她看上去就像睡了很长很长的一觉，刚刚苏醒过来的人。

"我……我没什么，"舅妈努力地笑了笑，"回家之后告诉你爸爸妈妈，我还好，撑得过去的……”

"舅妈……"

李然也觉得词穷，只是一直不停地喊着"舅妈"，就好像以后再也喊不出口一般。

晶莹的泪水顺着她的面颊，慢慢地滑落下去。

何乔木一直都在离李然不远的地方，看着李然。

二

"说，你跟我女儿什么关系！"

"你对她干了什么！怎么到凌晨3点钟你们才回来！"

李然的爸爸龙颜震怒，玻璃茶几被他拍得叮当作响，一只塑料杯子倒在地上，掷地有声。

李然的妈妈在一边煽风点火："小伙子，我知道你们都是年轻人，比较冲动……"她妈妈思索片刻，突然像恐怖片里假装看见鬼的女主角一样发出了歇斯底里的尖叫声，"啊——你们难不成已经……"

"今天然然舅舅出事，我们两个劳心劳力已经够烦的了。现在可好，半路还要杀出个程咬金！你自己看看表现在几点了！我和然然妈妈从她舅舅家回来就已经很晚了，现在你们两个人胡闹到凌晨三点钟！"

何乔木向李然卧室的方向瞟了一眼，心里暗自咒骂了一番——李然一到家就彻底释放了自我，锦衣夜行过冬天。冲着她爸妈来了句："我累了我先睡了。"就直接走进了卧室，把收拾烂摊子的光荣任务交给了何乔木，在进门前还不忘给何乔木抛下一个意味深长的媚眼……

春风吹，战鼓擂，当今社会谁怕谁。何乔木只能硬着头皮，继续听着李然父母的斥责……

"叔……"何乔木开了口，说话的语气都战战兢兢。

"谁是你叔！"李然爸爸像要斩掉杨宗保的宋真宗，回应得咬牙切齿斩钉截铁。

"伯父……"何乔木眼角的余光窥见李然爸爸的脸已经染上了一片猪肝紫，吓得口不择言，"不不不不不大伯父！我跟李然就是普通的朋友我们真的没有发生什么啊我上可对苍天发誓下可与大地为盟！我是看她今天心情格外惨烈所以我才陪着她啊。要是她万一想不开怎么办啊万一路上碰见心怀不轨的歹徒怎么办啊……我我我我我……"何乔木说得口干舌燥，舌头打结。

"这么说我还要感谢你了？"李然爸爸眯着眼，像一只准备猎食的狮子，与丢了三魂七魄的何乔木对视着……

这种对视持续了……接近一部乏味情感类电影内心戏的时长，终于才被李然妈妈打破了平静。

"这么说你们没耍朋友？"李然妈妈问。

"没有！"仿佛嫌自己的语气还不够坚定一般，何乔木又大声地说了一句，"绝对没有！"

"看起来是我们多心了。"李然妈妈对李然爸爸说："然然是我们的女儿，她什么性格我们难道还不清楚？她不是胡来的人嘛……"

"小伙子，"一种压迫感接近了何乔木，狮子终于要张开血碰大口吞噬他的猎物了……李然爸爸站在何乔木面前，问他，"你说的，句句属实？"

何乔木像小鸡啄米一样点着头……

"小子，这次算你走运，"李然爸爸看了看坐在他身边，一动不动形同雕像的何乔木，"还没吃饭吧？"

"啊？……没呢。"

"然然她妈，做点饭给这小子吃。"

李然妈妈答应一声，进了厨房。客厅里就剩下何乔木和李然爸爸两个人了。

李然爸爸点燃一根烟，也不多说什么话，甚至没有再看何乔木一眼。

何乔木认出了李然爸爸抽的是蓝色的"芙蓉王"，眼巴巴地看着那根烟。

两人一阵沉默，一股凝重的气氛伴着烟味儿，在客厅里弥漫开来……

良久，李然爸爸弹了下烟灰，对何乔木发问："想抽吗?"

何乔木点了点头。

"不错，老实，我也喜欢实诚人，"李然爸爸把烟头塞进烟灰缸，"嘶"的一声掐灭，一脸严肃地看着何乔木，"你这样的年级，抽不了烟，知不知道? 什么年龄就该做什么，什么时候能做什么，你得清楚了。"

"然然是我们的独女，眼界也高。她妈妈老担心她八字还没一撇的事情，我不是。我放心任她去闯。"

"我们家然然，别看表面上那么坚强，但我太懂这孩子了——"李然爸爸顿了顿，"她是那种典型的重点班培养的小孩，好强。很多事会压在心里，也不和我们说，问她她也不会说。想和我们家然然耍朋友，那得是足够优秀，更得有耐心的人才行。"

"小子，如果你想陪着我们家然然走南闯北，那你就得想好了，你担不担得起。"

11.

彻夜的长谈

一

"你可以明天来拿啊，现在大家都准备睡了，等会儿灯都熄了。"

"我不准备睡觉，哎，你那俩朋友呢?"

我没好气地回答一声："他们有事请假出去了。"

夏叮咚把立在桌子旁边的一个斜挎包背起来，走到我身边，饶有兴致地打量着我，眼神特别像一只豹子津津有味地看着自己爪子底下的美餐。

我打了个寒战。

记忆中这种眼神儿只有李然和何乔木吵得兴起，李然嘴里边不骂一句脏话但手上已经青筋暴起的时候才会出现。为什么现在我面前这个痴情软妹子也拥有这样的眼神?

肯定是幻觉,我揉了揉眼睛。

"你朋友都抛下你天南地北去逍遥了。咱俩现在算相依为命,一条绳上的蚱蜢,我今晚不想睡觉,不如你陪陪我?"

听到这话,我浑身上下顿时战栗不安起来,如同风中摇曳的一朵大红色罂粟花,当然,这个比喻经常见于一本杂志专栏的大幅标题,形容正值青春年华的失足妇女。而此时此刻,我的心情也有点儿……怎么说呢,联想翩翩……

"这个不好吧?"我扭扭捏捏,做一副未出阁黄花闺女状,"我这要脸没脸,要身材没身材的,再说你又有男朋友了……"

夏叮咚再次哈哈大笑起来:"我发现你还真是笨得挺可爱的,天真无邪。"

"嗯?"我努力眨巴了一下眼睛,一闪一闪全是小星星。

夏叮咚干咳两声:"好吧,说正经的,你一个大男人,有送我这种小女生回家的义务和责任,懂不懂?"

我头摇得跟拨浪鼓似的。

"其实我可以一个人回家的,"夏叮咚的声音突然低沉了下来,"我就是……今天,看到他那么看着我,说没有情动……怎么可能呢?只是很多事已经无从挽回,无从改变了。我不知道怎么办,我希望有个人陪在我身边,和我说说话,聊聊天……"

我的心被狠狠地撞了一下。

二

夏叮咚的家在南城的市郊,这个地方珠光宝气暗藏风骚,来来往往的都是金链汉子和 Gucci 女孩。他们修炼着各种气质，他们的双脚从来不沾染世俗的尘埃。

夏叮咚的家所在的小区是南城最早开发的一片龙虎之地，这个地方的所有房子都是三层的独栋小别墅，每一栋都单独配备一个小型的花园和停车场。

相应的，这些房子的昂贵的价码也分隔开了夏叮咚和"我们"的生活——我和何乔木、李然都是在老式居民楼里长大的，记忆中的点点滴滴尽是凡尘俗世的五光十彩：清晨时分，精力充沛一口气能上五层楼的大妈们在楼道里喋喋不休的争吵声；烧饼油条豆浆的叫卖声；夕阳西下的时候，家家户户不约而同传出来的锅碗瓢盆的碰撞声；夜间，电视机里演不尽的清宫戏中人物的咆哮声和看电视的人的争论声……

而夏叮咚，她的生活里从来都没有这些声音，更没有这些声音里透出来的温暖的人情。从小到大，她都几乎像一只孤独的、离群的鸟一样生活着，父母永远都会记得给她寄学费和生活费，但永远都会忘记问一句她们的女儿现在过得好不好，过着怎样的生活。

童年时夏叮咚是在乡下的外婆家度过的，她的父母在夏叮咚生下之后不久就双双去了北京打拼。后来她的父母发迹了，两个人的感情也出现了裂痕，于是一纸离婚证书，让两个人各自奔向了美好的新生活。也在这个时候他们才想起，他们还有个女儿——两个人曾经爱过的证明。

"我谁都不跟！"法庭上的夏叮咚说，"他们都不是真心爱我的，我谁都不跟。"

最终，父亲拿到了她的抚养权，母亲给她买了这栋别墅。两个人每个月照样给她寄充足的生活费，父母离婚后，她的生活和父母离婚前她的生活，几乎没有什么改变。

只是她更加寂寞了，套用张爱玲的一句话，寂寞到了尘埃里。

了解了她往昔的峥嵘岁月后，我才明白她那时对我说"我爸妈蛮开明的，不反对我和陈安在一起"的轻描淡写里面藏着怎样的无奈，也明白了她为什么那么飞蛾扑火式的，用尽全身气力追逐着陈安。

那是她曾经以为可以点亮她生命，带给她足够安全感的人啊。

爱如捕风，她肆意地去爱，捕捉注定要离散的风。

她别无选择。

三

"你喜欢她的吧？"

夏叮咚躺在床上，眼神惹懒。我靠在床沿，拿着一本邱妙津的《蒙马特遗书》读着。

"……啊，你说的是？"

"那个女孩，你们三个人不是玩得特别好吗？"夏叮咚想了想，又补充一句，"那个个子不是太高，看起来很干练的那个女孩。"

"一个人喜欢另一个人，从眼神里面就可以看得出来。男孩子没那么细心，但女孩子一定会发现，"夏叮咚顿了顿，说，"你和你的朋友，那个个子高高的，长得蛮帅的那个，都喜欢那女孩吧。"

"我不知道。"

要怎么来描述我对李然的感觉呢？我觉得她好，觉得她比那些只知道叽叽喳喳讨论自己男朋友的女孩和那些戴着厚厚"酒瓶底"眼镜只知道钻研习题的女孩儿都要好，但是要我具体地说出她到底好在哪儿，我却一点儿也说不上来。

我只知道她是不同的，是特别的。甚至她也不属于这个南方小城，她未来会展翅高飞，飞向更远的地方——当我想到这样的未来已时隔不远的时候，我不安，彷徨，手足无措。我想尽我所有能地在她身边，守护着她，对她好，但我也无时无刻不在怀疑着自己——我究竟能做到什么程度？

如果爱就像《一个陌生女人的来信》里面的那种炽烈的感情一样——"我爱你，与你无关"，我想也许真的终其一生我都不会懂得爱了，我没有勇气采取那样的方式面对我的感情——尤其当这个人是李然的时候。是否太在乎的时候人终究免不了算计？但是我渴望我的付出得到认同，能被她看到，这又有什么不对？

"没有值得不值得，只有愿意不愿意。"也许是看出了我的纠结，夏叮咚轻声说。

"爱一个人的话，去爱就行了。趁你还愿意爱他的时候。"夏叮咚的声音无比伤感。

"可是你有没有想过，有一天，他或者你自己，也会爱上别人呢？初恋也许可贵，但是一段感情能够持续到最后的人，有多少呢？"

"我没有想过，"很久以后，她才回答我，"你对那个女孩儿，应该只是喜欢吧？如果真的爱上了一个人，你不会有时间来考虑这一切的……"

我还想回答她些什么，她却对我摇了摇头："以后再说吧，我累了。你愿意给我读上一段么？"她用手指了指我拿着的那本《蒙马特遗书》，带着点儿苦笑，说，"很久没有人给我这样读上一段了。"

"嗯，好。"

"……我日日夜夜止不住的悲伤，不是为了世间的错误，不是为了身体的残败病痛，而是为了心灵的脆弱及它承受的伤害，我痛惜自己能给予别人，给予世界那么多，却没法使自己活得好过一点。世界总没有错的，错的是心灵的脆弱性，我们不能免除于世界的伤害，于是我们就要长期生着灵魂的病……"

"我已不在愿望一个永恒理想的爱情了，不是我不再相信……我已完全燃烧过，我已完全盛开了……"

在我的读书声里，夏叮咚浅浅地睡着了。

我看着她安睡的样子，一丝笑意浮了上来——夏叮咚大概是我见过的最大胆的女孩儿了，这么放心就能把我带回她的家，纵使她和我心中都清楚地知道，我们彼此之间并不会发生什么。

夏叮咚给我的感觉，有时候像一个全知全能的大姐姐，有时候又像一个什么都不懂的小孩儿。唯独不是恋人——我想我与她可以彼此了解，却不论如何也不会在一起。

或许再过一段时日，两个人之间的理解再加深一步，我们会是彼此的知己。

我轻轻关上夏叮咚卧室的房门，躺在客厅里的大沙发上。

黑夜无边，弥漫了整个世界。我心事重重，怎样都没有办法入睡。

12.

相见即眉开

一

那个晚上改变了我们四个人之间的关系——尤其是何乔木和李然。

这种改变并没有直接地呈现在他们对待彼此的言行举止上，何乔木照旧嬉皮笑脸，打趣着李然，李然也照旧义正词严，坚贞不屈，以"贱人"一词称呼何乔木，何乔木也很好的贯穿到底，绝不妥协。

表面上看起来，他们的关系仍旧类似英姿飒爽的女城管和躲躲藏藏的小贩，一见面就要斗智斗勇，大战三百回合。可是在什么时候，已经悄悄地改变了。

很微妙的不同，这种不同可以具体到李然收发作业的时候对何乔木的一个眼神，何乔木在被老师叫上讲台回答习题的时候向李然求助的一个手势上去……也许还有更多的细枝末节，我已经无法一一记述了。

　　我和夏叮咚也开始混得很熟，在别人眼中我和她也许已经是一对儿了，而事实上，我只是习惯性地做着她的跟班。

　　我们两个人，谁都无法进入到彼此的生活里去。最多的交集也就是在开饭的时候一块儿吃饭了——那段时间我刻意疏远了李然和何乔木，也不知道是因为什么。

　　夏叮咚对我呢，则是一种一如既往的放心，也不知道她到底是神经大条还是真的对我完全放心把我当成了闺蜜……算了，这些复杂的事我的小脑门也想不过来，牢记一个词就够了"大智若愚"。

　　不过我这种明哲保身的人生观很快就被夏叮咚姑娘的奇异行为狠狠地冲击了一番……

　　不是冤家不聚头，那一天在排队的时候，我和夏叮咚的前面赫然站着陈安和他的现任女友——被夏叮咚孜孜不倦妖魔化的八卦精姑娘。

　　八卦精姑娘素面朝天，一脸幸福地做着些勾起夏叮咚怒火的小动作，比如无意之间拨弄几下陈安的头发，隔一分钟就要向陈安说上一句悄悄话什么的……委实目中无人，夏叮咚的脸隔得不久就从猪肝色变成了喜庆的大红色——被气得。

　　心动就要行动，以夏叮咚雷厉风行的个性，可不会仅仅停留在扎小人画个圈圈诅咒陈安这种雷声大雨点小的行为上头，她在整个食堂掀起了一场腥风血雨，那画面太美，堪比琼瑶戏里的天雷勾地火动……

　　不幸的是，我是这场腥风血雨的男主角，风暴的中心。

　　夏叮咚挽着我的手就直接冲到陈安和那姑娘的前面了，纵然我被她牵着的姿势，呃，分外别扭，分分钟都透出她那股不消停的劲儿和我那种不情愿的味儿，看上去格外像她提着一只待宰的母鸡……

　　"你有病呀？干吗插队啊！"八卦精姑娘发话了。

夏叮咚面朝打饭阿姨，一言不发，淡定地来了句："给我份儿青椒肉丝，多加点儿青椒。一份番茄炒鸡蛋，多来点番茄汁儿。"

打饭的阿姨大概是被夏叮咚的气势震慑住了，居然真的，给她打了满满的一盘……

八卦精姑娘在夏叮咚身后，三寸不烂之舌不依不饶。认出了这位敢于插队的奇女子是夏叮咚之后，话语更是恶毒到了人身攻击的高度。

"别在那儿装模作样的了，吓唬谁呢？你就是一弃妇，听到没？你赢不了我的，弃妇！"

那年头宫斗剧刚刚开始流行，不得不说八卦精姑娘活学活用的功力确实高超……

围观群众一窝蜂地聚拢了起来，夏叮咚一贯是绯闻缠身不走寻常路的主儿，此等精彩的掐架大戏更是不容错过。

"听到没？陈安你眼光现在差成这样啊，你现在找女朋友，究竟是挑大白菜还是选鸡蛋啊？"夏叮咚扫了一眼面前的八卦精姑娘，冷冷地说，"我没碰着，你们怎么样我不管。今天我碰着了，对不起，我就是看不顺眼。还有陈安你自己说说，我来插你的队，是不是理所应当啊？"

八卦精姑娘还想开骂，一边的陈安却低着头，默不作声。

有时候我们期盼的，也许不过一个答案。哪怕这个答案所导致的结果是毁灭性的。也好过缩头缩尾。

这个陈安，一个月前还对着夏叮咚说："我从来都没有喜欢过别人。"他还一脸悲情地质问着夏叮咚："为什么我们一定要这样彼此伤害，却从不试图为了未来而努力？"就是这个男孩，在一个月后身边就又拉上了另外一个姑娘的小手，情投意合卿卿我我。

曾经在夏叮咚身上发生过的一切，再一次，重演了。

多年以后，我才明白。陈安的那种"混账"究竟是源自于什么，等待往往是令人心烦的，加上他一直存有的，对夏叮咚那种心理上的落差，汇聚而成了一种巨大的、让人无法透气的不安全感。

这种不安全感，给予他请夏叮咚再回头的冲动和勇气，也给予他遭到拒绝以后，持续自己生活的动力——说白了他是"人群中的大多数"，对夏叮咚的那番表白，已经是他所能够做到的极限。被拒绝之后，他所能做出的最安全的选择，就是像一只刺猬一样，躲回能够庇佑他的壳中。

这和带着一股冲劲儿，甚至是作劲儿的夏叮咚，实在是天南地北，一个是火焰一个是海水，一个在南极一个在北极……偏偏他们曾经在一起过。

也偏偏，夏叮咚拒绝他的理由，并不是因为喜欢或者不喜欢，而是出自于她的骄傲、她的尊严。那是她无论何时何地都无法放下的人生筹码。

陈安和八卦精姑娘的那些亲密的小动作，在夏叮咚的眼中，无异于对她尊严的践踏吧。

陈安的沉默没有持续多长的时间，就被他身边的姑娘"啊"的一声的凄楚的尖叫打破了。

夏叮咚把一整盘菜直接往那姑娘的头上倒了下去，一整盘。

姑娘全身都开了染坊，披红又挂绿，分外狼狈。

周围的所有人全都看傻了……

夏叮咚嫌这还不够解气，突然伸出手，搂住我的脖子，把我扯到了她面前，然后，低下头，亲了我一口……

等我回过神来以后，周围已经赶到了许多人，有闻讯而来的教导主任，还有李然和何乔木。

二

"不错啊，哥们儿!"

"真没看出来你不仅有贼心，还有贼胆啊!"

承蒙夏叮咚的关照，我名噪一时，不管走到哪儿都背负上了"夏叮咚男友"的名头。夏叮咚的冲动造成的结果是惨烈的：我俩被记过，停课三天整顿，一万字检讨，这还不算，学校里的高音喇叭更是语不惊人死不休地连着播了三遍：全体同学注意，全体同学注意，高三（3）班夏叮咚同学出手伤人，并与高二（3）班陈文武同学早恋，现通报批评，望全体同学引以为鉴……

"你现在红了，"何乔木说话阴阳怪气，一手兰花指翘得花枝招展不亦乐乎，"夏叮咚的小陈子。"

在我一个"滚"字还没有脱口以前，李然已经用一个冷峻的眼神回应了何乔木。

"你到底跟夏叮咚是不是在一起了啊?"何乔木八卦精神不死，锲而不舍地问着我。

"你说呢?"这回换我翻了个白眼。

"这个我说不准，你知道的，政治书教导我们，万事万物都在变化之中，人的口味真的是说不定的。"

何乔木话音刚落，我一记左勾拳立马打到了他身上，比夏叮咚在学校食堂泼向八卦精姑娘那盘子菜来得还要有准头。

"李然你看，他欺负我……"何乔木神似受了委屈的小媳妇儿。

我看着黑着一张脸的李然和一副无赖相的何乔木，脸上愁云密布。

"我觉得你没必要关心陈文武的感情生活，"这会儿李然冷冷地说，

"关心一下明天的月考吧。"

"啊!"何乔木很应景的发出了一声哀鸣,响彻云霄。

"月考什么的……复习就没有出现在我的生活里啊。"

"那当然了,你这个月除了打篮球就在和我讨论陈文武的感情生活。"李然在我们三个人当中,总是神补刀的那位。

"篮球比较重要啊,说不定我能打到 NBA 呢。"

"你做梦。"李然和我同时翻了一记白眼。

"我关心双全这也有错吗?"何乔木把手勾到我的肩膀上,"不关心他才是妄对我们俩十来年的革命情谊……"

"放心,虽然我们学号是连着的,但我铁定不给你抄。"我对着何乔木,皮笑肉不笑。

"然然……"何乔木分外无奈,哀求李然。

"你好恶心。"李然不为所动。

"你们俩到底是不是朋友啊!我不想回家再被我妈痛打一顿啊!"

三

夏叮咚自然是用不着月考的。

食堂一场风波平息之后,夏叮咚父母双双被请到学校,两人均是一脸尴尬。

我也是在办公室里,第一次见识了夏叮咚的爸妈。

夏叮咚妈妈四十来岁,烫了个酒红色的大波浪,拿着个 Prada 的名牌包,一身浓郁的香水味儿。

她直接无视了和夏叮咚一起坐在办公室的我,进了办公室的第一件事,就是急切地问夏叮咚:"叮咚,你看我这一身怎么样? 这个香水我和你说啊，是最经典的那款，那个美国女明星叫什么来着？反正她都用过……"

训导主任看不过去了，投以一声悠长的咳嗽……

夏叮咚的妈妈却没有停止这种家长里短的问话行为的意思，她瞟了旁边坐的训导主任一眼，大声地说："我问我家叮咚话呢，你干吗呀？"

在无比尴尬的氛围中，夏叮咚爸爸闯进了门。

近五十的一个中年人，有秃顶倾向却梳着《上海滩》里头许文强的大背头，拿着一个 LV 的公文包，手上戴着个金表，脖子上挂着一条粗大的金链，还戴着一副墨镜……

整个给人的观感怎么说呢，有种莫名的……违和感……

夏叮咚的爸爸进了门之后，倒是和他前妻格外步调一致。甩开了大嗓门旁若无人地问："叫我来干吗呀？不知道我和我老婆离婚了吗？有事儿快点说啊，我今天中午还得赶 12 点半的飞机去北京呢。我就不住南城你知道吗？是你们说非得让我过来……别耽误我的事儿。"

夏叮咚她爸就是一款强力催化剂，起到的是剧烈加速反应的神奇效果。

"咳……"训导主任无计可施，除了尴尬还是尴尬。

"你们都走吧。"夏叮咚压低了声音，冷冷地说。

"啥？"夏叮咚的父母还没来得及反应过来。

"都给我滚！给我滚蛋！"

"你们都不想来，何必来呢？不是给人看笑话吗？"

夏叮咚父母在办公室愣了几秒钟。然后两个人一前一后，相继离开了。

这件事以学校直接对我和夏叮咚做出处分，以及我父母对我拳打脚踢的一顿暴打，终结了。

"你看，就是这样的爸妈。"夏叮咚和我后来谈及此事，淡然一笑，云淡风轻。

一切都无法改变亦无从改变，唯有淡然处之。

在那之后，夏叮咚做出了她的选择。

"把我送出国吧，我出国读语言学校，再念完大学。"

"我不想再在南城待下去了。"

夏叮咚要离开了，也许有一天还会回来，也许便是后会无期的永久诀别。

那时候我就隐隐地感觉到，我们这代人，注定的宿命就是要离开南城。

命运的绳索，从夏叮咚开始，牵引着我们，如同天空带领一群迁徙的候鸟，走向不同的地方。

夏叮咚最终和父母达成了一致，高中的毕业证书拿到手，就出国。

夏叮咚想去的国家是法国，在她的想象里，那里有最热情、最浪漫的物和事，像消失在历史中的巴比伦空中花园，或是人类最初所居住的伊甸园。

四

夏叮咚是轻松了，不过我和李然、何乔木还是得打起精神，应对丧心病狂的月考……

月考在高一的时候还是一个月考一次，在高二下学期的时候直接变成了每半个月考一次。也就从那个时候开始，随意进入这所高中里的任何一个教室，眼见之处，尽然是戴着厚厚近视眼睛的莘莘学子，所看到的书，除了教材以外，也全都变成了《五年高考三年模拟》和《王后雄学案》。

高考的氛围，提前弥漫在了我们的生活里。

何乔木死猪不怕开水烫，李然则充满干劲，学业越紧张志气越高涨，我则处在他们俩之间——我既不想卷子上的分数太不好看，也不想精疲力竭，过度劳累致死。

新一轮的月考里，何乔木一直在转笔，考试结束前十分钟才开始向李然以及我打手势抛眼神。

虽然嘴上说不帮他，但也不想这小子回家之后再品尝一顿红烧肉，我把选择题飞快地写了下来，假装打呵欠，然后趁监考老师不注意的瞬间，飞快抛给了何乔木。

我看了看李然，她也写了一份答案给何乔木。不过看见我抛了纸团过去，她就没有再给何乔木递答案了。

接下来发生的一幕表明，她的这个决定无比正确。除此以外，这一幕还验证了一个真理：不怕神一样的对手，就怕猪一样的队友。

快到交卷的点儿了，何乔木手忙脚乱地抄了起来。

"DDCB，ADDC……怎么这么多 D。"他一边抄还一边念。

监考老师用狐疑的眼神冲何乔木的方向看去一眼……

我的心也被提到了喉咙口……

我装腔作势地咳嗽了一声，努力想要从再次被记过的泥潭中爬起来……

不过一切都是徒劳的。何乔木抄得正热火朝天格外欢快，接近了忘我的境界，完全忽视了我的提示。

监考老师没费什么劲儿，就从何乔木手上捕获了他的猎物……

何乔木独孤求败的空白舞弊记录终结在了这次考试中——以往的小型月考，出于不打开摄像头的便利空间因素，何乔木往往能突破重围，抄出一个还不错的成绩。即使他准备的小抄或者我、李然传递的答案被老师发觉了，他也能用从《还珠格格》里偷师的吃纸的法子毁尸灭迹，让监考老师无计可施，只能和他大眼瞪小眼。

不过这一次小考，他却失算了，而且还牵连到了我……

在我正为我的处分再升一级，进化为警告处分而发愁的时候，一句让我讶异也让我安心的话传到了我的耳朵里。

"是我给何乔木写的小抄。"

说这句话的是李然。

李然一脸视死如归刘胡兰状，毅然站起身来，替我背了黑锅。

那一刻李然在我眼里简直自带金色圣洁光环……

李然和何乔木都是我们年级的风云人物，不过一个是作为傲视群雄的优等生出名，一个是作为成绩稀巴烂但却可以"装裱起来放在画框里每天看"的不学无术美男子出名。

这位监考老师沉思片刻，最终还是决定单纯没收两人的考卷，小施惩戒，不予以上报。

整场考试结束后，我就立即去找李然了。

向她道个谢，请她吃顿火锅，我心里这么盘算着。

在学校的操场上，我见到了李然。静静躺在何乔木肩膀上的李然，脸上还挂着一丝笑意。

他们都没有看见我。

五

"我的好朋友和那个女孩儿，大概在一起了。"

"怎么知道的？"晚风轻轻吹起夏叮咚的发丝，她静静地看着我，问我。

现在的时间是晚上7点半，晚自习的时间。而我把夏叮咚找了出来，两个人一起并肩坐在学校的天台上，谈天说地。

这是我上高中以来，甚至这十几年的十几年，第一次逃课。

怎么知道的？仅凭着操场上那一个亲密的小动作，我远远无法确定。可是这段日子里的李然和何乔木，他们彼此之间那种关系的变化，那些无意间透露出来的亲密与信任……我又怎么能没有感觉？

我没有回答夏叮咚，而是在扑面吹来的清风中轻轻闭上了眼睛。

"第一次喜欢上一个人，一定会越来越喜欢。"

"如果对一切都释然了，没有那么浓烈的喜欢了，那么剩下的，一定是对往昔岁月的追忆和留恋。"

"那时候，我们大概都年岁已长，白发斑斑了吧。"

"而现在，我做不到，你更做不到。"

夏叮咚从随身携带的背包里掏出了两罐饮料，拿一罐给了我，说："喝吧。"

我默不作声接过一罐，拉开拉环，和夏叮咚碰杯，将饮料一饮而尽。

紧接着，我一脸苦闷地看着她，问："那，从现在到成为一个对一切都释然的人，会用多长的时间？"

夏叮咚再一次笑了，柔声说："我也不知道。"

接着，夏叮咚转过身，侧面与我相对，吟出了白居易的两句诗。

"平生相见即眉开，静念无如李与崔。"

"你听这首诗，写得多好。"

"我记得有人讲过，最好的时光，就是在十五六岁，最动人的青春年岁，就是无意间遇上那个最好的人，平生相见即眉开，从此醉笑陪君三万场，不诉离殇。伴他一生，陪他终老。"

"可是我们认定的那个人，不一定就是最好的那个啊。"

"而我呢，只能怀着一份执念，继续走接下来的路。"

"不管怎么样，我不会后悔。陈文武，有时候我会想，我和你，大概同是天涯沦落人。"

"你会一直等着那个女孩，对吧？不管需要多长的时间。其实我们，走下去就好了，柳暗花明之前，一定是很艰辛的。"

13.

夏叮咚之死

一

　　而夏叮咚，却没有继续走下去。

　　我最后一次见到夏叮咚，她已经成了一具冰冷的尸体。

　　她闭着眼睛，静静躺在医院的太平间里。

　　时间仿佛静止了，在我见到她遗体的那一刻。

　　她张牙舞爪不走寻常路的风采，她的快乐、哀伤和她那些细腻的小心思，此刻都停顿了，烟消云散，不复存在。

　　人的离去总是突如其来，上天冷酷到甚至不留给人丝毫反应的时间。

　　夏叮咚的离去，是为了陈安。

她永远是这样的，不顾一切，不计代价。

她的离去发生在一个雨夜，那一天陈安把她叫了出来，说还想和她最后开诚布公地谈一次。

夏叮咚食堂怒骂八卦精姑娘的事儿闹得很大，不止我和夏叮咚成了全校的风云人物，陈安和八卦精姑娘更是走到哪儿都被人戳脊梁骨。在这种情况下，陈安给夏叮咚打去了一通电话，把她约出来深夜面谈。

至于陈安究竟想要对夏叮咚说些什么，我不想知道。

我所知道的仅仅是陈安的愚蠢，直接导致了夏叮咚的离去……或许这本来只是一桩无头公案，本来只是造化弄人，可是我仍旧无法说服自己原谅陈安，甚至我自己。

陈安把夏叮咚约在一家酒吧里详谈，地点选在酒吧——陈安后来说，选这个地儿，是因为夏叮咚喜欢"绿蚁新醅酒，红泥小火炉"的气氛，也许两个人在这里说话，能够解开心中郁结。

没想到这竟是永诀。

夏叮咚赴约前，还给我打去了一通电话。

"陈文武，他又找我了。"

"说是有些话想和我说一说。"

"其实我知道他要说什么，可是我还是想过去。你知道吗？我有一千个、一万个理由来说服我自己，不要再理会他，未来一个在国外，一个在国内，天各一方再无交集……可是我做不到。"

而我在电话里，竟劝她赴约。

"你自己说的，没有值得不值得，只有愿意不愿意……"我说。

"和他说说话吗，也许你们以后的路，都能走得顺畅些吧。"

我还想再对她说些什么，电话那头已经传来了忙音。

她做出了决定。

此时此刻，窗外正下着一场大雨。

二

夏叮咚到达那家酒吧的时候，透过窗户玻璃便看见了陈安。

陈安坐在靠窗的位置上，眼睛不断向人群中搜寻着，想看到人群里夏叮咚的身影。

夏叮咚穿过舞池里跟着电子音乐 high 着的人群，穿过那些五颜六色的迷幻光影，走到陈安的眼前。

"别瞎找了，我在这儿。"

邻座有几个热血小青年正面红耳赤的争执着什么，不过夏叮咚和陈安都没有在意。

"还你的。"陈安拿起身边的一个袋子，递给夏叮咚。

那里面放着夏叮咚和陈安这些年来所有的记忆。

寒冷的冬天夏叮咚替陈安买的手套，围巾；两个人一起去看演唱会留下来的票根；陈安生日的时候夏叮咚送给他的用白金制成的刻着 Ann&Summer 字样的项链……还有他们去看海的时候，两个人拍下的合影……

"都还给你。"

夏叮咚没有说什么，也没有接过那个袋子。

邻座几个小青年争执得越发激烈了。

"我累了，"陈安对着面前呆呆站着的夏叮咚说，"我总是不知道你在想什么，不知道我做什么你才能满意。我想和你再回到以前的日子里，你终究也不愿意。而我想开启新的生活，那段生活里没有你，可是你还是会闯入我的生命里……我累了，我想忘记你。"

"你的意思，是叫我放弃一切？"夏叮咚声音发颤，问陈安。

"你拥有的是什么，放弃的又是什么呢？是我，是这段感情，还是你的高傲，你的自尊心？阿夏，你想要的太多，我给予不了。"

陈安的回答在邻座小青年的争吵声中淹没，巨大的争吵声让夏叮咚和陈安同时起身，可是一切已经来不及了……

有个吵得眼睛发红，二十多岁的男孩儿，头脑一热便从口袋里掏出了一把弹簧刀，向身边和他争执的那个男孩儿刺去——

他身边的那个男孩儿慌张地躲闪着，朝陈安的方向躲去——

几乎没留给人半点反应的时间，行凶者持着刀，向陈安的方向刺去——

接着，就在陈安以为自己少不了被刺一刀的时候，他看到了夏叮咚的身体上，汩汩而出的鲜血……

夏叮咚替陈安挡上了这致命的一刀。

直抵心脏。

倒在陈安怀里的夏叮咚，脸上还挂着一丝微笑，她用沾满鲜血的手摸了摸陈安的面颊。用最后的一丝力气，艰难地说："我……不要你……忘记我……一辈子。"

酒吧已然骚乱不堪。

接着，酒吧里爆发出了陈安痛彻心扉的吼声。

"杀人了！快救人啊！"

三

从酒吧出事到夏叮咚的离去的那段时间里，我记住的是很多声音。

陈安给我打电话的时候慌乱的说话声，窗外的暴雨声，雷声，我匆匆赶去医院时一路上车辆的喇叭声，护士推着推车送夏叮咚去手术室的脚步声……

而这一切的声音，在夏叮咚的遗体推向太平间的时候，全部都消失了。

我呆呆地站在夏叮咚的遗体前，大脑一片空白。

这个时候，接到消息的李然和何乔木也乘车赶到了医院。

"天啊！"李然见到了最后夏叮咚的样子的时候，说的第一句话。

"节哀顺变。"何乔木走到我前面，拍了拍我的肩膀。

而我只是呆呆地站在原地，一动也不动。

"你傻了！说句话啊！"何乔木冲着我吼着。

叫我说什么呢，我又能说什么呢。

除去李然和何乔木之外，我唯一的好朋友，前天还在阳台上对着我吐露心声的好朋友，就这么走了。

不可名状的情绪直冲向我的大脑。我按住自己的太阳穴，努力地想让自己平静下来。

"是那小子犯浑吗？"何乔木是个急性子，指着一边的陈安问我。然后他抡起胳膊，抓住了陈安的衣领，一记重拳打到了陈安头上。

第二拳，第三拳……何乔木的拳头像雨点一样，砸在陈安的身上。

陈安没有躲闪，何乔木把他的脸几乎都打肿了，他都没有躲一躲。

"你们打死我吧！"他说，说话的声音软绵绵地没有丝毫气力，显得万念俱灰，"阿夏的死是我造成的，是我对不住阿夏，可是我没有任何可偿还的东西了。"

听到陈安说这句话的我，站起身来，冲着陈安："夏叮咚会要你偿还任何东西吗？"

"她只是选择了你，愿意被你伤害。"

"放开他吧，何乔木，"我看了一眼仍旧扯住陈安衣领不放的何乔木说，"夏叮咚看到他被打，会心疼的。"

何乔木"哼"了一声，放开了陈安。

"夏叮咚是个多傻的人啊，她知道不能选择不被伤害，却可以选择被谁伤害。她选择了你，义无反顾，可是她却为了这个……"

我没有办法再说下去了，每一个字脱口，皆是锥心之痛，汹涌而来。

"我一辈子，没有办法再忘记她了。"

陈安一字一顿地说，对着我，也对着静静躺在那里的夏叮咚。然后，他拖着为何乔木拳打脚踢后一瘸一拐的腿，离开了太平间。

在目送着陈安离开之后，何乔木和李然两个人都走到了我面前。

"我们也走吧。"何乔木说。

"不，"我摇摇头，"她爸妈就要赶回来了，她的最后一程，我得送她走。"

"双全……"何乔木欲言又止，最终却还是说出了口，"你不要觉得对她有亏欠，有些事情也是巧合，没有一个人想发生的……"

但在那个时候，所有的安慰对我来说都已失去了效果。

我的脑子里全都是夏叮咚以往的样子，她在风中眯着眼睛，对我说话的样子，她躺在床上听我静静念书的样子……

我唯一的知己，再见了。

你给予我指引，告诉我感情最美好的形态是什么模样，更告诉我人面对一段感情时，如何执着，如何坚守。

多年以后我回想起夏叮咚，总会联想起幼时看的金庸小说里"杨不悔"这个名字的由来，纪晓芙爱上邪教的杨道，为他诞下女儿。受灭绝师太以其性命相要挟亦不为所动，直到最后一刻。

"我叫杨不悔，我娘说，这件事情她永远也不会后悔。"

在我们年少的时候，我们总有那么一个纪晓芙、那么一个夏叮咚，横冲直撞，永不后悔。

甚至我们年少的时候，就是纪晓芙，夏叮咚……那么骄傲，那么义无反顾。不容许我们青春岁月的感情，留下一星半点的污点。

直到我们渐渐长大，我们懂得隐忍，懂得退让……

直到时间把一切都吞没。

14.

高考的记忆

一

高考前的最后一个冬天，因为夏叮咚的离去。我完全是在一种浑浑噩噩的状态下度过这个时期的。

心里面的某个地方，空空落落的，没有一星半点踏实的安全感。

何乔木和李然两个人作为我的密友，对我投以了极度密切的关注，他们两个几乎恨不得把我锁在笼子里，对我 24 小时全程看护。

不过何乔木的表达方式，永远是简单粗暴的。

比如在我上课神游，老师又把我喊起来回答问题的时候，他会直接顶老师："我哥们儿心情不太好，他一定没有在听你讲课。"

比如他会把我拉出去打篮球，让我担当控球后卫，然后在我遭遇围追堵截的时候一声怒吼："我哥们儿心情不太好，你们谁要敢拦着他，我代他和你们拼命！"

更惨烈的一次，发生在我在宿舍用电磁炉煮牛奶的时候，刚好撞着宿管阿姨来查寝，而任何的大功率电器都是要被没收的。何乔木于是想出了一个百分之百的馊主意，他把牛奶瓶放在被子里头，然后叫我和他两个人齐心协力藏住奶瓶——两个人在被子里抱成一团，然后把奶瓶夹在……我们的身体之间……

宿管阿姨不久就杀到了我和何乔木的宿舍，她进门第一眼看到的就是两个抱团取暖的男生……

然后她淡定果断地走到了我和何乔木的眼前，把被子掀开，然后奶瓶在这个时候很应景地倒了……

于是出现在宿管阿姨眼前的，就是两个抱在一起的男生，他们之间充斥着一些洒满整个床单的白色液体。

宿管阿姨满脸黑线，问我和何乔木："你们在干吗？"

何乔木抢在我前头，回答了宿管阿姨："没干吗，我好哥们儿心情不太好……"

……

相比何乔木，李然的安慰方式则显得细水长流。

夏叮咚的葬礼，她的父母、我、李然以及何乔木全都出席了，这场葬礼上还来了一个不速之客——陈安。

陈安把一束白玫瑰放到夏叮咚的遗像前，然后拿出了他那天没有送出手的还给夏叮咚的东西，掏出打火机，一件一件地把它们全都烧掉……

"阿夏，请原谅我，我不想再保留对你的记忆了……虽然我知道我忘记不了。"

浓烟滚滚，几乎熏湿了在场所有人的眼睛。

在陈安烧掉他和夏叮咚所有回忆的整个过程里，李然一直拉住何乔木的手，避免他一时冲动酿成恶果。

这一切也全都被我看在眼里。

烧到最后，陈安掏出来的，是他和夏叮咚在海边的那张合影，他犹豫了片刻，最终还是把合影放在地上，然后扬长而去。

当然，在他烧东西的整个过程，夏叮咚父母的骂声始终不绝于耳，并且保持在令人突发性耳聋的高分贝以上，但陈安显然是预料到了这一切，他显得很淡然，就像凭吊自己的一个普通朋友一样。

但这长达一生的内心罪责，他定然也无法逃避。

李然则把地上那张合影捡起来，撕掉有陈安的那一半，把有夏叮咚的那一半放在我手上。

然后李然轻轻对我说："保存好它。"

"我懂夏叮咚走了之后你的伤心，但你不是陈安。"

而在夏叮咚的葬礼结束，我重新回归为了高考争分抢秒的校园生活之中，李然对我的关心则是一本本厚厚的笔记，忘记吃饭时候递过来的装着饭的快餐盒……一些细小的，不经意却饱含足够关怀和温暖的物事。

也是在那个时候开始，我想我真正知道了李然在我心目中的意义。

我喜欢她。

二

黑板的旁边已经挂上了高考的倒计时牌。

每天早上早操的时候广播里体育老师会大声喊："增强体质，全力备考。"

走在路上都可以看到拿着英语单词大声背的学生。

考前那种剑拔弩张的，可以吞噬掉一个少年所有生活的紧张感，一点一点地加剧着。

有少数的学生选择了出国。去读语言班然后参加国外大学的招生考试，在做出抉择的那天，他们背上书包整理好所有的东西，然后趾高气扬地去校长办公室签字，再回到教室和同学告别。

在他们走的那刹那，所有的学生脸上浮现出的都是由衷的羡慕。

也有少数成绩极差，家境也不算太宽裕的学生，选择了不参加高考去打工。

他们默默无言的整理完所有的东西，然后默默地离开这所学校。

十几年的努力没有得到丝毫的证明，好像一切都在离开的那个瞬间化为了泡影。

而我，李然和何乔木，都是再普通不过的，成为了这场国考中芸芸众生里的一分子。

这场考试的重要性，在我们三个人踏入高中校园的时候，就被父母一再强调，为了这场考试，你不可以分心，不可以做和考试无关的事……日复一日的念叨几乎让耳朵都要磨出茧子来。

我们三个人的生活，本来应该是中规中矩的，在做习题、偶尔的互相逗趣中度过，但生活永远会给予人很多突如其来的变数。

何乔木和李然，他们俩就像一个函数图像的 X 轴与 Y 轴，相交之后，各自奔向各自的方向。

如果我和夏叮咚天台谈天的时候，我还只能说何乔木和李然"大概在一起"了。那么在高考前的最后一个寒假过去，我便可以完全确认，他们两个，恋爱了。

高考前那一年的春节，我们只有五天的假期，腊月二十八开始放假，一直放到正月初三。初四我们就复课，继续紧锣密鼓的备考生活。

这一年的大年三十除夕的晚上，我们家和何乔木家商量好了，两家一块儿吃年夜饭，一起过年。

春节联欢晚会8点钟开播，除去在厨房里忙活着的我妈妈和何乔木妈妈，其余的大人小孩全都聚集在了电视机前头，等着看本山大叔新出炉的小品节目和盛大的歌舞秀。

"他们都不容易！"何乔木爸爸抽着一根烟，突然感慨起来，"这些演员为了这场晚会，得准备半年时间呢。"

"是啊，"我爸爸在一边接过腔，并且自觉、自然地把话题引导向了高考，"文武啊，你看人家，下得狠心就会出成绩，能在电视机前面跳舞给全国人民看。你爷爷那时候给你取名字，叫你陈文武，意思可是期盼你能文能武，执笔安天下，上马定乾坤的……你现在考试总没个准头，这怎么能行呢？你高考考得不理想可怎么办……"

"哎呀，爸你就别再啰唆了，我知道了。"我在旁边啃了一口苹果，无比郁闷。

何乔木冲着我扮了个鬼脸，毫无疑问他又记起了给我取小号的黑历史。

不过恶人自有恶报，何乔木的鬼脸被他爸爸看到了，这下子唠叨的可不止我爸爸一个了，何乔木的爸爸也加入到了这场口水大战里："何乔木，你这孩子，还嬉皮笑脸。你压根儿比不上人家陈文武，平时又乖学习成绩又好，可你皮得跟个猴子似的，我跟你妈可没有少操心你！你自己说说刚刚你是什么意思？"

我脸一红，赶紧堵住了何乔木爸爸的话头："叔叔您放心，他没什么别的意思……"

年夜饭就在这种其乐融融的氛围里开始了……

在吃饭的时候，大人们谈论的事儿仍旧是高考，甚至干杯的时候祝酒词都是："祝陈文武和何乔木都考出好成绩。"

谈论到高考，自然也会说起要考什么样的学校。

这个问题，是我妈妈先向何乔木发问。

"小何啊？你高考准备考什么学校啊？还有陈文武，待会儿小何说完了，你也说说，到现在了我和你爸可都不知道你想考什么学校呢。"

"我啊，"何乔木认认真真想了想，说，"考到哪算哪吧，我倒无所谓要考一个多么好的大学，不太差就成。不过最好这所学校别在老家了，考到北京、上海那些大城市就最好。"

我分明记得有一次我们三个出去郊游时谈及未来，何乔木那时候还不确定到底参不参加高考呢。

现在他也想考到北京、上海这样子的大城市去，只有一个解释——受了李然的影响。

在我正胡思乱想神游的时候，我妈用手臂轻轻碰了碰我："文武，在想什么呢？小何说完了，轮到你说了。"

"我跟何乔木一个样儿。"

大人们互相对视了一眼，饭桌上一片沉默。

过了好长一会儿，我爸才挑开了话头："你们现在的孩子啊，跟我们那时候可不一样了，心都比我们那时候要大得多。我们那会儿有个地方念书就心满意足了……"

"孩子他爸，你怎么说话呢？"我妈冲着我爸丢了个白眼，"小孩子有志向是好事。不过未来你们俩小孩最好考在同一所城市，同一个大学里头，这样相互也有个照应。"

"我们也这么想，"我妈话音刚落，何乔木爸爸就接过了话茬，倒上了满满的一杯酒，"来，大家起身，庆祝新年的来到，也祝福我们的孩子考好，考到同一所大学里头，做一辈子好兄弟!"

"说得好!"我爸已经喝了点儿酒，脸色有些潮红。他拿着一个空杯子站起身和何乔木爸爸碰了杯，大声说："友谊不老!"

我和何乔木刚想在这热闹喜庆的氛围里举杯同醉的时候，就被大人们半醒半醉地喝止了："你们小孩子不准喝酒，喝饮料就行了。"

我和何乔木只好倒满了两杯可乐，然后装模作样的和大人们碰了碰杯，一饮而尽。

"真想快点长大啊。"饭后，我和何乔木两个人坐在他的房间里聊天，何乔木躺在床上，看着头顶的天花板，愣愣地说。

"长大你就要赚钱养家了。"我说。

"也不一定啊，等过完高考我就 18 岁了，我就是成年人了。就可以光明正大地凭着身份证去网吧，也可以吸烟喝酒了，不会有人管。"

"不过长大可不只有这些。"我提醒他。

"但长大最先给我们的好处就是这些。"

在我和何乔木争执不下的时候，何乔木的手机响了起来——那是他妈妈为了联系在学校的他买的，只能够打电话发信息，其他功能不可以用。

"喂?"何乔木接了电话，听着听着脸色突然有些不对劲了。

"你在哪儿?"他急切地问，"我家门口那个站牌是吧? 你先站别动啊，我现在就过去找你。"

随后他挂掉电话，急切地说了句："双全你等我会儿，我有事出去一下。"他说完就甩上门，走远了。

几乎是醍醐灌顶的感觉，我有种预感，来找何乔木的人，一定是李然。

于是在何乔木前脚踏出门之后，我也紧随其后跟上了何乔木，一方面是好奇，一方面是紧张，大年三十来找何乔木的人究竟是不是李然？如果是，她会对何乔木说些什么呢？

结果当我尾随着何乔木走到他家门口的站牌前时，一切都明晰了。

李然戴着个紫色的针织帽，穿着一件浅黄色的毛衣，外面还披着一件绿色的厚棉衣，正冲着自己的手上呵气呢。

我藏在一根电线杆子的后边，看着面前的李然和何乔木。

李然一看到何乔木过来，眼圈当即就变红了，双手朝着何乔木一阵乱打："你怎么让我等这么久啊？"

何乔木轻轻握住李然的手："接到你的电话我就过来了呀。"

"没事，是我忘了。"李然的鼻涕和眼泪一把流了出来，何乔木从身上掏出一包卫生纸，细心替李然擦拭。"我很早的时候就在你家楼下等你了，我也不知道为什么，就是有点慌，下不了决心给你打这个电话，我后来想再怎么样也得要和你见上一面……"

"何乔木我问你，那一天你说要和我在一起，是认真的吗？"

"我什么时候不认真过啊。"何乔木显得有些无奈。

听到何乔木说完这句话后，李然的眼睛里流转过她内心的所有小九九：猜测，不安，也许还有那么一点点的不确定……看到面前神色有如一只小兔一般的李然，何乔木轻轻握住李然的手，然后一点点地凑近了李然，轻轻摸了摸李然的发丝……

那是一个极温柔的动作，过了很长时间才停顿下来。

而我只是怯弱地躲在暗处，看着何乔木和李然。

三

因为高考，何乔木和李然的这段恋情，理所应当地成了一段地下情，甚至于对我都是有些遮遮掩掩的。

而一切我都看在眼里。

何乔木现在戴的围巾，是李然亲手给他织的，用的玫红色的毛线，织的时候还有好几次，李然的手指被刺破了。

李然从踏入这个学校开始，一直是那种读好圣贤书的女孩，甚至有的时候显得有些不近风情，有些土气，但现在为了何乔木，她也像其他女孩子一样开始编围巾、编手链了。

除掉隔三岔五何乔木就能收到李然送给他的小礼物以外，他们之间好像并没有任何的改变。

可是一切也都改变了——一点点地递进着，李然这么骄傲的女孩儿，竟也会为何乔木做她从前不会做的事情了。

在高考到来之前，他们俩还有过一次长谈。

那次谈话，我也躲在一边，想听听他们会说些什么。

"还是那件事儿，"李然一脸严肃，"你到底准备考哪儿啊？"

"我不跟你说过嘛，我无所谓。"何乔木一脸破罐子破摔。

"为了我你就不能有点所谓吗？何乔木你也知道，我不想继续待在南城，但我更希望和你考到一个学校去，你也不是不知道异地恋会有多累。"李然红了眼圈。

"那考试这回事，我也不知道我会考成什么样，我也不能给你承诺啊……要是我考的分儿没你那么好，难不成我们填志愿的时候填同一个学校么？那不是害了你么？"

"我会。"李然说。

何乔木有些惊愕地看着李然，显然没想到她会这么回答。

"我会和你报同一个学校的，"李然显得很坚定，"不管我比你高出多少分，不管我爸妈说我什么，我都愿意……和你在一起。"

李然脸上那坚定的表情让我几乎妒火中烧。

我想冲出去，现在就告诉她，喜欢她的不只有何乔木一个人，还有我！可是我却怎么也挪不动步子。

我只是躲在角落里，看着前方山盟海誓的两个朋友。

"那，你等着我。我们在同一所学校见面。"沉默过一阵后，何乔木对李然说。

李然重重地点了点头。

15.

宁静的海边

一

高考如期而至。

在等待着这场考试的焦虑不安的日子里，总觉得时间过得很慢，直到高考结束的时候，才发现时光匆匆。

6月9号，青春在高考结束的那天，彻底和我分道扬镳。

我想这大概已经约定俗成不言而喻，对于我们这一代人而言，青春都是在高考前热闹疯狂的抛书仪式里，在炎炎夏季考场里的奋笔疾书中，戛然而止的。

从考场出来后，我没有和同学对题，甚至没有向何乔木和李然打一声招呼，我的整个脑子昏昏沉沉，长达数个月的准备结束在一朝一夕之中，我始终带有一种不真实感。

高考结束之后，我成天宅在家里，抱着爸妈给我新买的电脑，打游戏，看影碟。吃完睡，睡了玩，玩了之后继续吃……大概是为了纾解压力，大概也是一种逃避，我始终不想理会李然和何乔木，那段时间我害怕和他们见面。

直到 28 号填志愿的时候，我和他们才又再一次碰面了。

这一次相会的情景，却有一种说不出的尴尬。

我到班主任办公室查询高考成绩的时候，碰巧遇上了正在呵斥女儿的李然爸爸。

"511？李然，你是怎么考的？"

"你平时成绩能到接近 600！你不可能考出这个成绩啊……现在只能上普通二本，你开心了？满意了？"

几家欢喜几家愁，李然爸爸教训着李然的同时，何乔木妈妈正为何乔木的成绩庆幸着、欣喜着。

何乔木考了 505 分，那年的二本线是 501 分，何乔木超出了四分。

"你是不是为了这浑小子——"李然爸爸一转头，冤家路窄，正好看见了办公室另一头的何乔木。

"你怎么这么糊涂啊——"

"明天你就去报复读班吧，你明明就——"

李然抿着嘴唇，很长一段时间都没有说话。

"我不会再考了。"沉默良久以后，她才出声。

"已经过去的事，为什么要再重复一次？"

"我已经选好了，爸你又不是不知道我的性格……"

李然爸爸脸上压抑着一股愤怒，突然的，他从椅子上上站起来，冲到何乔木旁边，一巴掌重重甩到了何乔木脸上——

他动作太快，几乎是迅雷不及掩耳的急速之势，快到何乔木的妈妈完全来不及反应。

"我们家孩子怎么了？"打完之后何乔木妈妈才意识到发生了什么，嚷嚷起来："你怎么这么不讲道理呀？"

"他还有理了？"李然爸爸"哼"了一声："我们家然然为了他至少少考了几十分，我们家然然本来是能上一本线的！现在可好……"

"那我们家的也没有跟你家的说让她少考几十分啊！"何乔木妈妈也激动起来，走到李然面前拉起李然的手，"手和脑子都是你们家女儿自己的，你们家女儿考多考少，和我们家何乔木有什么关系啊，你也是家长，人心都是肉长的，你也有孩子我也有孩子，你别这么胡搅蛮缠成不成？"

办公室里硝烟弥漫，一群家长和学生围在办公室窗户前，看着剑拔弩张的何乔木妈妈和李然爸爸。

我默默地翻开成绩单，看了看我的成绩，570分，努力还是有些成果的。不过……管它呢，我把成绩单揉成一团，决定好了我要去的学校。

办公室里，何乔木突然猛地跪了下来，跪在了李然爸爸的面前。

"你干吗呀？"李然爸爸面子上反倒有些挂不住了，"男儿膝下有黄金，你快点起来。"

"我担得起！"何乔木说，"叔叔，我还记得您那天问我，和李然走南闯北，我担不担得起。我那天没有回答您，但今天我答应您，李然走到哪儿，我何乔木就走到哪儿。"

又是一阵长长的沉默。

李然爸爸走到何乔木面前，把他扶了起来。

我、何乔木还有李然，第一志愿都报了同一所北方的二本大学。

是的，我的选择，就是不离开我的朋友，跟何乔木、李然继续在一起。

二

高考结束后的一个月，我、何乔木还有李然三个人一起去了鼓浪屿。

那时候的鼓浪屿还没有完全开发，不像今天达到了人满为患的程度。我们三个人说说笑笑，玩得很尽兴。

我们从厦门渡口出发，坐轮渡前往鼓浪屿渡口。

我们都从来没有看到过海，坐在大船上，海风徐徐吹来，像一只温柔的手，拂着人的脸颊，使人心神荡漾。

何乔木来了兴致，冲着大海大叫："啊——"声音直通云霄。

船上的所有人都用看精神病一样的眼神看着我们三个……

李然受何乔木的影响，也把手围成小喇叭状，千里传音。不仅喊出了一声"啊——"表达心中喜悦，更在后面加上了一句："大海，我来了——"

不过这两人秉承有福同享有难同当，有糗事得一块儿做的原则，在乱吼一通之后纷纷把头转向我，笑眯眯地望着我。

结果，被逼无奈，我也……

在我们三个的狼嚎鬼叫成功吸引船上的绝大多数乘客向我们行仇视的注目礼之后，何乔木这小兔崽子说头晕，回座位上休息去了，留下我和李然两个人站在外边吹着海风。

"有没有开心点儿？"李然突然问我。

"啊？我本来也没怎么不开心啊。"

"有时候我总希望你多笑笑，"李然自顾自地说了下去，"你总是绷着一张那么严肃的脸，有时候看着你会有点儿害怕。"

"所以是因为这个，你才选了何乔木吗？"我脱口而出。

话一出口，李然和我面面相觑。

"你们在办公室那件事闹得那么大，我怎么会不知道。"我有些无所谓地笑了笑："你们不该瞒着我的，把我当傻瓜，我跟何乔木是好兄弟啊，你跟他在一块儿，我会祝福你们两个。"

"现在何乔木没在你旁边。我想要你告诉我。"我看着眼前的李然："我难道就——"

随着"呜"的一声悠长的汽笛声，船抛锚靠岸了。何乔木也从里边走了出来。

于是在整个高中三年里，我的告白未曾出口，甚至没能听到李然的一句回答。

三

多年以后，遥想我青春岁月里的最好时光是哪段，我仍旧会笃定的回答是这场鼓浪屿之旅。

穿过如同迷雾一样厚重浓郁的时间，脑海里重新记起的，是我们三个人最值得珍藏的笑颜。

何乔木的锥子脸，永远挂着一副有些忧郁却讨女孩子喜欢的表情，他还习惯把嘴角轻轻地扬起来，看上去活脱脱的是年轻版的余文乐。

李然的脸有点方，眼睛小而黑，鼻子挺挺的，嘴唇不大，皮肤白得甚至有些透明的质感。带着一些似乎不可触碰的，一碰便会破碎的柔弱气质。

我是最普通的一个，国字脸，蜡笔小新式的黑眉毛。会迅速湮没在人群之中的那种——不过多年以后，再翻开这次鼓浪屿之行的纪念照片，我仍旧会觉得年轻的自己好看。

年轻时候的我们，通常都是好看的，一种不可言说的，独属于少年人的青春气息。

而后我们慢慢长大，岁月慢慢地为我们篆刻上独属于我们自己的印记。

我们历尽沧桑，慢慢老去，慢慢成熟。

我们从"孩子"跨越为了"大人"，我们慢慢失去了许多，于是我们开始怀念。

曾几何时，也懂得了大人们所说的"拥有年轻就拥有一切"到底是怎么回事了，而到了那一刻，我们已经长大。

年幼的我们，永远都是在肆意挥霍，对于自己所拥有的，并不会有太多的珍惜之感。

四

无边无际不知通向何方的大海。

大海边放声大笑，掬起一抔海水泼到我和李然身上的何乔木。

我和李然、何乔木手拉着手，并肩在冰凉的浅海区漫步。

藏在不深的沙滩里，走几步就能挖出一个的漂亮的浅色贝壳。

三个人都皱着眉头，既想尝鲜又都不敢吃下去的竹笋冻。

漫步在古香古色的小巷里，偶尔传出来的阵阵琴声。

走累了，我们三人便在路边的石椅子上休息。

阳光以一个刚刚好的角度，照在我们三个人的脸上，李然靠在何乔木的身上，静静地睡着了。

　　不知道从哪里出现的一只白猫，冲着我们三个人叫了一声，何乔木从口袋里拿出刚买的鱼干抛给它吃，它用毛茸茸的肉爪子接过去，轻轻咬了一口，喵喵叫了几声，就从树丛里穿行过去，不见了踪影。

　　……

　　好像永远都不会终结的，慢悠悠的毕业旅行的时光。

　　慵懒的、惬意的短暂旅途。

　　最放肆，也最动人的一场青春骊歌。

16.

不在一起了

一

鼓浪屿旅行的最后一个夜晚，何乔木接到了他妈妈打来的电话。

他妈妈的声音是低沉的，夹杂着些许疲惫："乔木，家里出事了，你明天就回来吧。我到火车站接你们，你动作快一点。"

夜晚 11 点半，历经漫漫航程，我们三人辗转回到南城。

何乔木的妈妈消瘦了不少，穿一件小号 T 恤衫，一条彩色短裤，佝偻着背，站在火车站的候车室里。

"妈，怎么了?"何乔木见到他妈妈后的第一句话。

"待会儿再说。"何乔木妈妈看了看李然和我，想说些什么还是没有说出口。

"你们饿了吧，先吃顿饭。"何乔木妈妈领着我们，走到了火车站外的一家蒸菜馆旁边。

"吃简单点儿。"何乔木妈妈挠了挠头发，像个孩子一样有点儿不好意思。

四个人共要了五碟子蒸菜——一份排骨、一盘豆腐、一碗蒸蛋、一份腊肉和一份土豆丝。随后，何乔木妈妈想了想，又给我们三个拿了一条蒸鱼，让老板娘盛了两大盆子饭。

何乔木妈妈一口饭都没吃，一直坐在那儿，静静地看着我们三个。

"到底怎么了？"何乔木始终放不下心，也没有顾得上吃饭，大声向他妈妈问去。

"到家说。"何乔木妈妈看了看李然，叹了口气。

暗黄的灯光把何乔木妈妈额头上的抬头纹、脸上的斑斑点点，照得一清二楚。

"阿姨，是有什么事不能告诉我吗？"李然有些沉不住气了。

"没什么，家里出了点事。和何乔木一起商量商量。"

"他的事情不也是我的事情吗，阿姨，"李然急匆匆地说，"我们说好了有什么事情都一起面对的。"

话一出口，李然又觉得自己似乎说错了什么，有些紧张地看着眼前的何乔木妈妈。

何乔木妈妈默不作声，过了好一会儿，才走到饮水机旁边，倒满一杯水递给李然。

"你是个好姑娘，"何乔木妈妈说，"这件事是我们家的家事，你帮不上什么忙。你也总会知道的。你得理解阿姨，阿姨可能做的有些事和你想象中的不一样，可是你要知道，阿姨做事是有自己的苦衷的。"

话说到这个份儿上，彼此双方都已经无须多言。

何乔木妈妈现在对李然的态度比起高考刚刚结束时，已经柔和了许多。

不过李然更加觉得不安心了，她慌张的神态尽显在她咬牙齿、抓头发的小动作里头。

不过何乔木妈妈已经来不及管她了，没等我们吃完呢，她就把何乔木叫了出去，母子一起慢慢走回了家。

看着何乔木和他妈妈的身影消失在我的视线中，一种不好的预感突然从我心底里涌起——我大概很长时间都看不到何乔木了。

坐在我身边的李然显然也有和我相同的担心。

"陈文武你说到底是怎么了？"李然问我。

"你放心，不会有事的。"我搪塞着她，回答说。

二

在我宽慰着李然的时候，何乔木的家里，正弥漫这一种极度压抑的气息。

一切的陈设都没有任何的改变，只是不见了属于这个家的男主人。

何乔木妈妈絮絮叨叨和何乔木说了半天，何乔木才终于从头到尾彻彻底底了解了他家的变故。

他爸爸作为一家制药公司的合伙人，将家中所有积蓄投入到了该公司新启动的项目中。

这家公司是其好友说服他入伙的，何乔木爸爸曾是国企职工，心思单纯，满心欢喜地以为是稳赚不赔的大好事，却没曾想到过迎来的，是深渊万丈。

他爸缺乏从商经验，不知道产地和制药厂必须分开，砸钱进去承包一万亩农耕用田，又投入科研经费进行研发。不知是一环套一环的陷阱……

一步错，步步错。研发无果却每天都需要钱，种植的用于制药的植物市场营销环境又不好……他爸爸自投入这个项目以来，几乎日日都在奔波，借钱而又亏钱……若是家缠万贯的大企业家也就算了，不在乎这一星半点，可何乔木的家庭，却是亏不起的。

最后无可奈何，何乔木爸爸只好铤而走险，希望能拉到一笔大钱用于融资，在这种迫切的心态之下，他做出了此生最愚蠢的决定，他瞒着自己的老婆，用钱去行贿一位政府官员。

纸自然包不住火，何乔木爸爸锒铛入狱。

三年有期徒刑。

何乔木知道这一切的情况后，面如土灰。而在一旁细声慢语说着的他妈妈，始终偷瞄着儿子，怕儿子无法承受。

"天！"何乔木一不小心把一个玻璃杯子碰到了地上，有一块玻璃片弹了起来，划伤了他的手。

"我爸脑子到底是在想些什么啊！我们不是大富大贵之家，现在搞成这个样子，他就丝毫没有想到我们？"

何乔木的话语里充满愤怒。

他妈妈拿来药棉、纱布，细心替何乔木包扎好了手上的伤口。

"不是这样的。"虽然现在的一切境况都是这个男人造成的，但犯错的毕竟是她相濡以沫数十年的丈夫，在儿子面前，她仍旧替丈夫开解着。

"我也不懂什么市场不市场的，"何乔木妈妈坐到何乔木身边，握紧了儿子的手，"你爸爸那一天回来，特别地开心，说你以后的车子、房子，都没有一点问题了，他全都包了。"

"我看他那高兴的样子，什么事情自然都随他去。他劲头又那么足……乔木，你想，我不支持他，谁支持他？"

"不管做什么，他是为了你好的……乔木，他是你爸爸，你不要怪他。"

何乔木听完这番话，怔怔地看着面前的母亲。

他从前也曾翻到过母亲妙龄时的照片，黑发如瀑，身材高挑，皮肤白皙，穿一条牡丹花旗袍，眼睛里藏着一泓含着情意的湖泊，极富一种婉约的美感。

可此时母亲的模样，哪还有一丝一毫年轻时的风采。

想来母亲得知父亲铸成大错的消息时，心里的苦痛只会比他多，不会比他少半分，而且定然也用尽了各种办法，来挽救这个不争气的老公。

而丈夫锒铛入狱已成定局的时候，她所唯一记挂的，就是她的儿子。

她唯一能依靠的，也是她的儿子。

何乔木妈妈见身边的儿子半天没有作声，担心他想了其他没用的事儿，她摸了摸儿子的头发，柔声说："乔木，你放心，你读大学的钱一分都不会少，从你舅舅那儿借我也会给你借到的……"

"舅舅现在还做不做生意？"何乔木突然问。

"应该在吧？"何乔木妈妈想了想说，"你爸爸那时候要做生意，我也跟他说要问问你舅舅，谁知道他偏，硬说不用我娘家人帮忙……乔木，你问这个干什么？"

"没什么，妈，你安心吧。我会陪着你撑过这段时间的。"

"好孩子，你能好好的，我就会好好的，你现在长大了，妈妈什么事情也都不想瞒着你。"何乔木妈妈似乎忘记在此之前他们已经吃过了一顿饭，再一次走向了厨房："你还饿吗？我再做点东西给你吃，我也饿了……"

"不用了，妈，你去休息，我来做饭。"何乔木连忙起身，走向了厨房。

终于他还是没能拗得过妈妈，何乔木妈妈在厨房里忙碌了起来，不久何乔木家就响起了一阵切菜声，飘出了一阵饭菜香。

何乔木看着厨房里妈妈有些佝偻的背影，眼泪流到眼角边，他止住了泪，并在心里默默做好了决定。

三

"我就这么不值得你信任吗？何乔木。"

天色近黄昏，在我们三个人聚在一起畅谈人生梦想的郊区小山坡上，静静站着李然和何乔木。

夕阳的余晖洒落在李然的脸上，为她罩上了一层哀怨的神色。

何乔木站在她身边，静静听着李然说话，眉头紧闭，一言不发。

"到底发生了什么，你就不能告诉我吗？还是我在你的生命里面，就是这么无关紧要的一个人？"

何乔木仍然没有回答。

"说啊！你哑巴了？"李然第一次对何乔木生气了，大声吼了出来。

这种生气，主要是来源自慌乱。高中年代的何乔木，在他们二人逐渐走到一起之后，始终是李然密不可分的最依赖的人。

虽然何乔木平常老是没心没肺没个正形，甚至让人觉得有几分不可靠。但李然高中年代最艰难的那段日子，如果没有何乔木相伴，她也不知道自己会怎么走下去，甚至她不确定，没有何乔木，她能不能顺顺利利考上大学？

她不敢想象，她只愿意回忆。

记得何乔木嬉皮笑脸地和她斗嘴。

记得何乔木拉着她的手，对她说："我们回家。"

……

回忆一点一点在李然脑海扩散开来，巨大的悲伤和回忆缠绕在一起，一种说不出的郁闷从胸腔开始，在她身体里蔓延开去……

李然悄悄转过身去，她不愿让何乔木看见她脸上的泪痕。

而何乔木，几乎在她转身的那一瞬，走到了她的身边，紧紧地抱住了她。

那么用力，甚至让何乔木的手臂都勒得通红。

真想这么一直抱着，不再放手。何乔木看着李然微微有些潮红的脸，在心里想。

李然轻轻"呀"的一声，从何乔木的怀抱里挣脱开来。

两个人都显得有些尴尬，彼此却相距得更近了些。

"然然，你认真听我说。"何乔木一脸严肃。

"我现在家里面出了一些事，这是我们家的家事，你帮不上忙，我也不想让你担心我。所以——"何乔木抿了抿嘴唇，艰难地把后面的话接着说了下去，"你要做的，只是相信我。"

"我暂时兑现不了一开始对你的承诺了，但你要知道，然然，不管相隔多远，我都一定会找到你，回到你身边。"

李然看着面前这个稚气未脱却显得无比认真的少年，听着他的嘱托，心跳悄悄地加快了一拍。

何乔木认真起来，原来这么好看……李然有些恍神。

"我不读大学了，至少这一年以内，我读不了了。"

这句话犹如重磅炸弹，沉浸在何乔木的温柔中的李然瞬间清醒过来。

"你说什么？"李然黑着脸，有些不可置信。

"你记得我以前和你说过，高二联考之后我可能就不会再读书了么？"何乔木耐心地解释着，脸上带着一丝不引人注意的苦笑，"我也没有想到，这句话还是兑现了，只是迟来了一年。"

"何乔木！"李然面有怒色，大声说，"你疯了是不是？你到底有没有想过我啊？我为了和你上一样的大学，甚至故意少做了数学的大题！你怎么可以，怎么可以这么自私？"

方才的泪痕还未干透，李然便又嘤嘤哭了起来。

何乔木伸出手，想帮李然擦掉她脸上的泪水，他的却在接近李然的一瞬间，被李然用力地拉住了。

"这是你自己的选择还是你家的决定？"李然冷冷地问。

何乔木收回了伸出的手，静静看着面前这个明明已经伤痕累累却还要强作坚强的女孩儿。

他多想擦去她的泪水，告诉她，刚才说的一切都是和她开玩笑的，都不是真的。

可是他不能够。

"是我自己选的，"何乔木小声地说，"如果我的家不能够好起来，那我个人的前途也没有任何意义。"

"所以李然，请你相信我，我一定会回来的，回到你的身边来。"

何乔木的话语里，带着一种笃定，那是种让李然安心的力量。

太阳悄悄地落下了山坡，夜色笼罩着大地。两个人却都没有想要离开的意思。

"那你，不准骗我。"李然突然说。

　　"你一定要回来，我会一直等你。"李然看着何乔木的眼睛，何乔木的双眸里藏着一份掩饰不了的牵挂与担忧。

　　"我会一直等，等你找到我。"

　　李然也给出了对何乔木的第一个承诺。

17.

曲罢愁无涯

一

在李然离开了很久以后，何乔木依旧一个人独自站立在山坡上。

何乔木抬起头，望着黑沉沉的天空——那么深的夜，天空上连一颗星星也没有。

何乔木闭上眼睛，脑子里面全都是刚才李然的样子。

自己，很残忍吧？伤了除父母家人之外，一生挚爱的那个人的心。

但幸好，李然离开之前，他俩视线交错的那个瞬间，他看到了李然的眼神里包裹的那份情意，还有期待，厚重的，沉甸甸的期待。

他必须带着这份情意与期待，继续面对接下来的生活。

"何乔木！"在他准备离开那个小山坡的时候，我出声喊住了他。

大概也是直觉，猜到了李然会和他在这里会面。我饭后不久便从家中匆匆赶向了这儿，到这里的时候，正好听到李然对何乔木许下的那句承诺。

"你出了这么大的事情怎么也不告诉我？"我走到何乔木身边，极力保持着镇定，"我是你兄弟啊。"

"事发突然，"何乔木向我解释说，"不过现在有事情要拜托你了。"

"好。"我一口气答应下来。

"你也不问我到底是什么事？"

"不用问，我只知道现在你和我说的，一定是重要的事。"

"嗯，"何乔木点了点头，"大学……我不去读了，你要照顾好李然。"

"当然，"我答应下来，轻轻地拍了拍他肩膀，"你也不要太……意志消沉，我和李然都会等着你，莫愁前路无知己，天下谁人不识君。"

"你就别和我掉书袋了，"何乔木又转回了那副嬉皮笑脸的性子，"虽说我脑子比你好使……"

我一愣，才知道何乔木又在绕着弯子骂我。一记硕大的上勾拳立马落在他的脑门上："谁脑子比谁好使啊……对了，我们现在都去读书了，你得到什么时候才回来和我们相会啊？"

"这怎么说得准啊？"何乔木一脸坏笑，向我凑近，"你现在也知道想我了？知不知道你现在看上去特别像一小媳妇儿……"

"去你的！又贫嘴耍贱了，我看你也没什么大事嘛，搞得我和李然担心得死去活来的。"我当机立断回答了他。

"吉人自有天相，哪一次我不是大事化小，小事化了，你们别想太多了。"

"行行行，说不过你。反正你保重就行了，万事大吉。"

"反正绝对不会减轻的……"何乔木回答我说。

我瞬间脑子有些脱线……

在和何乔木嬉笑打闹的欢乐气氛中，我和他一起回了家。

二

候车室里，李然泡好了一碗方便面，想了想却又叹了口气，递到我手里。

"不吃?"我愣了一下。

"你吃吧，我不饿。"李然回答我说。

"在想些什么?"我一边吃一边问她。

"陈文武，你说——"李然的语气里带着种强烈的不安，"他会来么?"

我看着面前的李然。大概是出于担忧吧，她这几天清瘦了不少，黑眼圈也格外严重，面色更是有些发白。

"我陪着你等吧，"我没有直接回答她，"毕竟船到桥头自然直，等得到或者等不到，总会有个结果的。"

"明明知道他也不会和我一起去读书了。可是我还是想等到他，等着他来送我，我也是傻……"

我没有再说下去，一段感情里谁不是谁的傻子呢?你傻傻地等着何乔木，那我呢，我就在你的身边，可是你却……视而不见。

催促旅客赶快上车的通知已经播报到了第三遍，何乔木还是没有过来。

李然就倔强地坐在座位上，一直没有检票上车。

"快走吧，李然，我帮你提箱子。"我在一边催着她。

李然向候车室的门口又看了几眼，仍旧没有何乔木的踪影，她才有些迟疑的，一步一步向检票口走去。

这时候没有检完票的旅客已经不多了，检票口的乘务员看到李然游疑的样子甚至都有些不耐烦，在李然走到他面前还没有反应过来的时候，就从李然手中拿过了票和身份证，核对一遍又还给了李然。

还是没有何乔木的一丝踪迹。

李然狠了狠心，和我一起上了火车。

我帮李然把箱子放到了座位顶上的柜子里，然后坐到了李然身边。

火车开动了，南城的景致在我们眼前飞快穿行过去。

我和李然的未来，从离开南城开始。

而李然告别南城的方式，是憋屈了许久后压抑不住的哭泣——因为何乔木没有前来送行。

18.

全新的开始

一

9 月 15 日，盛夏的北方城市——S 市。

我和李然在开学的前几日就来到了这座城市，那时宿舍还没有开放让学生入住，我们前几日都住在小旅馆中，在这城市里漫无目的地四处游玩，也算提前感受了一把这个我们将要住四年之久的城市的氛围。

这儿的房子比南城要高，马路比南城要大，市中心的广场更比南城开阔许多……各类电子设备的科技城外悬挂着巨幅广告，广告上的明星们摆着或帅气或妖娆的姿势，似乎都在说着一句话：欢迎光临。

来到这儿之后，我最直观的感受始终是：似乎不管在哪里，无论要做什么，都是要花钱的，人与人之间的关系更不像南城般亲密。刚来的时候，我去买东西，与别人交流，总觉得很紧张。

李然的应变能力比我要强得多，从南城出发的时候，她穿着一件有些土气的肥大 T 恤衫，戴着一副黑框眼镜，穿一双平底鞋。隔了几日，新生报到的时候，她已经穿上了一身雪纺裙，戴上了隐形眼镜，踏上了一双玫红色高跟鞋，十足一个小美女。

所以李然再一次出现在我面前的时候，我甚至有些发愣，夸张地擦了擦眼睛，对着李然说："这是你吗？简直就是美少女战士变身啊！"

李然有些不好意思，对我说："咱们俩快各自去报到吧，然后我们中午一起吃饭。"

李然念的是英文专业，而我则是中文专业。

我点了点头，看着李然从我面前走远。

我还担心李然提着一个大箱子会不会太累，没想到隔了不久就有一个男生走到李然面前，献殷勤似的把李然的箱子拿了过去。我看到李然和那个男生的身影消失在人群中，停住了走向李然的脚步，微微笑了笑，李然哪用得着我担心呢，我还是先把自己的事儿做好吧。

教务处注册，学生处登记，财务处缴费，系里报到……琐事忙完之后一上午已经过去，我把行李拖到宿舍，铺好席子后已是精疲力竭，倒在床上吹着顶上的风扇。

休息片刻之后准备出发去吃中午饭，正好宿舍的另外三个人也已经抵达，于是三人同行。

三位舍友有两个都是 S 市本地人，不想离开 S 市去外地读书才来的。有一个个头比较小，瘦而且白，挺清秀的一个小男生，叫孙历。另外一个则高高的，比较壮实，脸上不均匀地分布着一系列青春痘，叫陆桥。

另外一个则和我一见如故，他与我同样来自 H 省，不过，我和他一个在南城，一个则在 H 省的西南方，比南城更加偏远的一个边陲小县城，他叫林默。

林默其人完全不像他的名字一样沉默寡语，相反是一个活泼开朗的人，有那么几个瞬间看着他我甚至想起了何乔木，也不知道何乔木这小子在南城过得怎么样……

"在想什么呢，陈文武?"林默帮我打好了饭走到我面前，又说，"S城里的人都吃得比较清淡，也不知道你吃得惯吗?"

我接过饭盒，随口应了一句："总要慢慢适应嘛，不习惯也会习惯的。"

林默笑而不语，在座位上扒起饭来。

孙历和陆桥则坐在餐桌的另外一头，大概我和林默的生活经历、兴趣爱好都与他们不甚相同，他们和我俩也只是简单地客套了几句，打了个招呼，便不再多说话，而是分隔两边各自聊天了。

"和我想的大学不太一样——"我迟疑了一会儿，对林默说，"我还在想，到大学之后能交到不同地方的朋友，各个都挺热情的那种……"

"现在大家还不熟嘛，你想太多了，"林默回答我，"他们都是 S 市的，比我们 H 省小城市出来的本来家境就要好一些，自然也更能说得到一起去，以后大家都会慢慢熟起来的。"

"而且大学其实分小团体也比较严重……"林默一边慢悠悠地喝着汤，一边又补上一句。

"你上过大学了?"我嘟囔着，"怎么这么老成……"

轻轻的一句话还是被林默听到了，他笑着跟我解释了一句："没必要上过大学才知道现在的社会是什么样的，你说呢?"

我一时间没有办法应答。

"陈文武，你干吗不等我啊？"在我和林默吃着这顿无比尴尬的饭的时候，李然的声音从远处传了过来，带着些许娇嗔。

"我没找着你人。"觉得解释得还是比较苍白，我又补上一句，"不知道怎么才能联系上你。"

"入校的时候学校都会发手机卡，你吃完饭之后赶快去充值。"李然打好了饭，向我走了过来。

"哦……行……"

也许是真的有些太累了，整个吃饭的过程里我没和李然说一句话，到是李然兴冲冲地，一直在说自己的班导师是什么样的——那么胖还穿红裙子，看上去活脱脱就像一只会念 ABC 的胖番茄……一会儿又说自己的同学都从哪儿来，叫什么名字……

李然一直喋喋不休地说着，林默则在一旁饶有兴趣地打量着李然。

李然突然沉默了下来。

"我说了这么多你怎么一点儿搭理我的意思都没有啊，累着啦？"过了一会儿李然才问我，用开玩笑式的语气。

我还没来得及回答李然，林默已经抢在前头替我解释了一番："美女，你可别怪陈文武啊，他性格就是这样的，像个闷葫芦似的，怎么敲都敲不响……"

"我跟他比较熟，还是你跟他比较熟啊？"李然冲着林默翻了个白眼。

"你们原来是一块儿的呀，失敬失敬，"林默装恍然大悟状，又问李然，"不知道美女叫什么名字，哪里人士？"

看着林默那文绉绉的样子，李然"扑哧"一声笑了出来，告诉了他自己的名字，又说她和我是一个地方来的，都是南城人。

"这就叫——"林默低着头想了半天，才憋出来了一句话，"有缘千里来相会！我们都是 H 省的，又都在 S 市念大学，我们三个可真有缘分！"

林默那假正经的样子让我也忍不住笑了出来。

"美女吃得惯 S 市的菜吗？"林默问李然。

李然摇摇头，回答他："不够重口，不喜欢。"

"我们 H 省的女孩果然都是天生的辣妹子！我也喜欢重口味的，所以呀——"林默凑到李然耳朵前，神神秘秘地说，"我还准备了一份秘密武器。"

"什么秘密武器？"李然的好奇心很快被勾了起来。

林默从脚底下拿出了一大罐辣椒酱："美女不嫌太重口的话可以尝一尝，我们自己做的，绝对的纯天然美食！包你吃了还想再吃，你要是吃不够我还可以叫家里给你做……"

听了这话，我皱紧了眉头，冲着林默说："好啊你，林默，够重色轻友的，咱两一块儿吃饭也不见你拿出来，美女一来了你就赶紧双手呈上了。"

这句话看上去是对林默说的，实际上却是说给李然听的。

"这你可不够意思了啊，陈文武，都是同学还有刻意给谁准备的不成？而且你也不怎么吃辣不是吗？"言者有意，听者更有心，李然一向是个聪明人，这份聪明在大学里体现得更加淋漓尽致了。她看了看神色十分尴尬的林默，替他开脱起来。

"美女你可别怪陈文武，是我忘了，"林默接上了李然给他铺就的现成台阶，把装辣椒酱的罐子推到了我和李然面前，又迅速扒了几口饭，说，"我吃完了，美女你和文武慢慢吃饭啊，等会儿记得把罐子给我带到宿舍里就成，我先回去了。"

林默走远了。

"陈文武。"李然轻声喊了我一句。

"嗯?"

"谢谢你。"李然冲着我笑了笑，也没有碰林默的那罐辣椒酱，把瓶盖封紧后仍旧坐在我旁边，静静看着我吃饭。

"这有什么，小事一桩，"我看了看那罐封好了的辣椒酱，转过头直视着李然，有些忧心忡忡地说，"这个人——"

"挺不靠谱的，我知道。"李然接过我的话头，笑了笑，对我说。

二

开学不久后我就进入了全方位的忙碌状态，相比之下反而开学伊始把人晒成炭、累成狗的军训都显得更为清闲了一些。

文学概论、近代文学史、语言学概论、近代汉语、基础写作……五门专业必修课，还有计算机、大学英语、思想政治和高数……几乎每天都有让人晕头胀脑的上不完的课。

在这样的情况下，我的生活开始完全流连在五点一线之间：教室、食堂、宿舍、自习室和图书馆，学得甚至比高三的时候还要卖力了一些、成了名副其实的毛主席所说的"清晨八九点的太阳"。

"累死人了！谁说大学比高中要轻松很多——"我打了个大呵欠，冲着面前的李然说。

那天是星期六的下午，天气是晴空万里，黄历上写着：适宜出行。

不过，李然显然一点儿玩的机会也不想给我，在中午的时候便给正在和周公赴一场甜美约会的我打去了电话，下午更是丧心病狂，直接把我拉到了图书馆里头。

"你就不能让我好好休息休息吗？"我摆着一张苦瓜脸看着面前翻书翻得飞快地李然。

"不能。"李然到了大学之后迅速进化成了李然 2.0，直截了当，干脆利落。

"你……"我无计可施，只好闷闷不乐地继续嘴硬到底，"清风不识字，何故乱翻书。"

"把这份作业写完了我请你看电影。"李然丝毫没受我冷嘲热讽的影响，姿势不改，一边快速的查阅着资料，一边对着我来了一句。

"好！有你这句话我就放心了。"我瞬间来了动力。

于是大一上个学期，很多个双休日，我几乎都是陪李然度过的，在图书馆里。

翻资料写作业的日子尽管有些无聊，却有一种别样的充实在。

阳光透过窗户洒满整个图书馆，也洒满了李然的头发。

一切都是静谧的，我几乎只能听到李然翻动书页的唰唰声。

那段时间最简单的相处里，很多话我想要对李然说，却终究一句也没能说出口。而现在，回忆起那段时光，我也只记得自己和她在图书馆相处的点滴里，有一种最为单纯的快乐。

心爱的人，就坐在我的左边或者对面，好像那样的触手可得。

却又不可触及。

三

S 市的某电影院里，我和李然坐在一块儿，盯着前面那块巨大的白色幕布，焦急地等待着开场。

我俩在南城看电影的回忆只有寥寥的几次，而且都是学校组织观看的教育影片，唯一看的一部稍微新潮的片子是小学六年级的时候，为了拉近孩子和家长的距离，学校组织家长带上孩子一起观看的《哈利波特与魔法石》。

南城只有一家电影院，放映效果也不怎么好，而且屏幕上总有那么一块或者两块地方有一片黄色的污渍。

不过在这种条件下，我还是聚精会神看完了整部电影，并且在哈利波特骑上魔法扫帚参加魁地奇比赛的时候很应景地连续发出了"啊""好厉害!"之类的赞叹声。

……

因此，和李然在S市一起看一场电影便成了我和她大一时候最重大的娱乐活动。尤其是她拉着我上图书馆查资料的时候还以"请我看电影"作为一枚糖衣炮弹无限放大撩拨着我的神经的时候。

电影院里我和李然两个人的神色特别一致，我们带着参加升旗仪式的认真劲儿，锲而不舍地盯着还没有开场的白色银幕。

"也不知道还有多久。"我轻声嘟囔了一句。

"你看看手机。"李然依旧目不转睛。

"我不看，万一开场了呢?"我回答她。

我和她都没有注意到我们俩这奇怪的对话吸引住了四面八方观众的眼神……

电影开场了，龙标伴着音乐照亮了整个影院。这时候一男一女从门口方才从门口溜了进来——两人手牵着手卿卿我我，看上去很像一对恋人。

男孩穿的衣服、理的发型都让我觉得眼熟，可是我一直没有认出来是谁，直到男孩转过头往后瞄了一眼。

"你看那是谁?"我指着男孩对李然耳语。

李然看到男孩之后也有些吃惊，不过她很快恢复了镇定。

"不就是那次和我们一起吃饭的你那个同学嘛。"李然回答我说。

"是啊……对了，他之后没有联系过你吧?"

"有，不过我没搭理他。"李然过上好一会儿才回答我。

我莫名地有些生气，片子已经开演了，银幕上到底在演些什么我却一点儿也不知道。

其实想想这股闷气生得毫无必要，像林默那样的男孩儿吃着碗里的想着锅里的早已是家常便饭。在他们的世界和逻辑里，女孩儿没有泡到手，重新找一个便是了，没什么复杂的。

不过李然却不知道为了什么而忧心忡忡，而我又在看着她——我们两个人都没有认认真真地看电影，而是各自有着各自的心事。

电影散场了，我们二人悻悻然走出了影院。

"你觉得好看吗?"明明知道这问题不会得到什么结果，我还是没头没脑问了李然一句。

"你觉得呢?"李然反问我。

"刚才看的时候我觉得你好像……一直在想着什么一样。"我回答得风马牛不相及。

"我只是在想，何乔木，会和你那个同学一样吗?"李然回答我说。

原来如此。我心中涌起了一阵苦涩，在和李然相处的这半年时间里，我原以为李然对何乔木的感情能略微冲淡一些，甚至还奢望她心中能有我的位置——不要很多，一丁点就已足够，不单纯是作为朋友而是能够……更进一层的那个位置。

而李然的心思，终究完全放在何乔木身上。

我也曾经答应过何乔木，作为朋友好好照顾李然。

于情于理，于李然，于何乔木，我都只能彻底放弃再进一步的想法——我不能辜负这份情义，更不愿意回首往事，那样会使我想起自己当年因为一念之差，失去了至交好友。

我只能小心翼翼地陪伴在李然身边，从始至终。

19.

林默的告白

一

周六的夜晚，林默很晚才回到宿舍。

一进门林默就把鞋子一脱，往墙上用力一丢，然后整个人瘫在了床上。

"可累死我了，我的妈呀。"

林默说的话吸引了我的注意，我仔仔细细看了这会儿的林默一眼，不禁哑然失笑，林默全身上下几乎都是灰尘，还有一股怪异的中药香从他身上飘散出来。

"林大少去哪儿放松去了？"我打趣着他。

林默听到我这么说以后，瞪直了眼睛，气鼓鼓的："放松，哪儿是放松？我这一看不就是去受刑去了吗？"

"谁敢让林大少你受刑啊。"我在一边和林默打着马虎眼。

"都怪陆桥！"林默环顾四周见陆桥和孙历还没有回来，开始和我向我吐槽起陆桥来，"跟我说什么体验生活，还有工资发。说是他大舅那边的事忙不过来叫我过去帮帮忙，我这不好奇吗？星期六就去了他大舅那儿——结果你猜怎么着？"林默压低了声音，"他大舅是搞药材批发的，我今天一整天都在帮他舅舅送货！还得把一些奇奇怪怪的药碾成粉——"林默把手伸了出来，"你看我手指，都被磨得粗了一圈。"

"那林大少以后还去干吗？"

"当然不去了！"林默倒是回答得干脆。

和林默在之后的相处中我也渐渐地了解林默的家庭背景等等琐事——林默虽然出生在 H 省的边陲小县，但是家境却比我和李然加起来乘以二都要来得宽裕，他爸爸是当地的教育局局长，他妈妈则走南闯北，做着服装批发生意。还有，他爸爸和他妈妈已经离婚，他是在爸爸和妈妈家里面分别住着长大的。

他爸爸和他妈妈都想尽自己的全部能力去让自己的儿子过得更好一些，不过他们的努力却往往得不到林默的任何回应。

"他们当时都想叫我留在 H 省，说是在 H 省里有那么多亲戚、那么多熟人，肯定我能活得好好的，我偏不！"

在某种意义上，富有的确是人任性的资本。

"那林大少怎么就想着要去干活儿啦？"我不动声色又问了一句。

不成想这句话又戳中了林默的怒点，他开始絮絮叨叨，啰啰唆唆地说了半天。

原来林默父亲和母亲每月给的两万块生活费已经被他挥霍殆尽，偏偏他女朋友又在这个月过生日，必须得买份礼物哄女孩子开心。

　　不过他肩不能扛，手不能挑，又一直是娇生惯养的大少爷脾气。帮陆桥的舅舅打了一天零工便已经受不住了，更别提打工足足几个月给女朋友买礼物了。

　　"你林大少要什么样的女孩没有，都想往你身上贴呢，"我有些疑惑，"过个生日还非得要份礼物的女孩子，不是太娇气了吗？"

　　这句话我是存了个心眼说的，当时林默看见李然那副唯她马首是瞻，急着往前凑的样子还历历在目，自然我对林默也多了个心眼。

　　林默却不再多说话，只对着我打马虎眼："那个女孩子不一样，而且我还没有追到呢……"

　　"什么样的女孩儿能狠下心拒绝林大少？"出于对李然的莫名担心，我又多嘴问了一句。

　　林默却不再回答我，只说自己累，很快就睡着了，还打了一夜呼噜。

　　那一夜我却一夜无眠。

二

　　周日，一如既往，我又和李然一块到了图书馆。

　　临近期末，李然与我都拼命复习，力求得一个好的成绩。李然日益发狠拼命念书，几乎整天都在与那些过世近百年的文学巨匠们日日死磕——读的还是英文原版书，更加艰辛不易。

　　"李然，李然？"我想着昨晚林默所说的话，心中无法平静，便多唤了几声李然的名字。

　　"什么事？"李然的思绪被我打断，脸色也有些不太好看，再加上这几日几乎日日熬夜，眼睛底下已是深深一层黑眼圈，看上去活脱脱像灭绝师太。

"你的生日，快了吧？"我问她。

"我的生日？……你不提我还真忘了，是快了。1月15号。"李然说完话便又俯首书堆之间了。

"到时候怎么庆祝一下？"话刚刚出口我便后悔了，李然一贯不喜欢为生日特意庆祝。记得高中时候何乔木有一次生日，他妈妈为他买来了烤鸭和几袋子糖果，还有一个大蛋糕。何乔木叫来我和李然两个人共同享用，李然说完"生日快乐"后便直说何乔木搞特殊化，想来这标准放到李然自己身上也是一样的。

"不需要怎么庆祝，平平淡淡就行。"李然的话说得淡水无痕，我却注意到她的眼睛里有一丝难以细察到的欢欣。

"李然你生日的事情还有没有和别人说起过？"林默的话言犹在耳，我不放心便再问了一句。

"别的人？"李然想了想，说，"没有，不过填报各类资料都会写上生日的日期。"

"你怎么突然记起来要问我生日在哪天了？"李然又看了会儿书，她一边翻着书页，一边好似不经意地问我。

"也没什么……自己的好朋友生日，再怎么样也要记得吧？"我莫名有些紧张，有点搪塞地回答了她。

李然"哦"了一声，不再多话。

李然坐在我对面安静地复习，我心头却千头万绪暗流翻涌。

女孩子都是期盼着有个人能记住她的生日的吧———一个独一无二、共同分担喜与忧的人。对李然来说，这个人不用想也知道是何乔木，那我还能为李然做些什么呢？

其实守在她身边，也已足够。不过我实在是太过马虎了，连李然生日将至竟然都不记得！如果林默昨天说的女孩是李然的话，我对李然的用心竟比不上一个和李然只有点头之交的花花公子！一时间愧疚缠绕着我，而另一个方面我又有一丝侥幸：现在还有时间，距离李然的生日还有半个来月之久。

傍晚，出了图书馆大门我便匆匆辞别李然，急往宿舍赶去。

到了宿舍后，我也顾不上打搅林默与周公的好梦，急匆匆地把正在被窝里睡得欢畅的林默唤醒了——可想而知，林默被我叫醒时一脸怨气，起床气格外强烈，两眼带着血丝望着我，那架势似乎是要与我拼命。

"林大少，你消消气。"我倒了杯水给林默。

林默咕噜咕噜一杯水全喝了下去，仍旧是一脸深闺怨妇的表情。

"我有急事要问你，问完了您就继续和周公谈天说地，成么？"我说。

林默木然地点了点头，两眼无光，神似恐怖片《午夜凶铃》里的女鬼贞子……

"那个，我也不，不好意思……"大概是出于紧张，我说话也结结巴巴了起来，"我就想问你一句，陆桥他舅舅家那儿，还招兼职吗？"

"招啊，怎么不招？"林默回答我道，"现在是囤货旺季，他舅舅家成天都缺人手。"

林默说完话，便狐疑地看着我："你小子该不会想去受那份罪吧？我跟你说那可真不是人干的活儿。"

我摇摇头："你放心吧，我还不至于没事要给自己找事。多谢你了，好好休息吧。"

林默仍旧是不太相信的样子，念叨一句："算了！反正你小子的事和我又不相干。"倒头便再次睡去了。

林默睡眠质量一向极好，很快便再次进入了梦乡，呼噜声打得山响。

我则坐在台灯下，想着明天下午即将开始的种种。

三

翌日，我在中午吃饭的时间里便找来了陆桥，和他委婉地说了自己想去他舅舅的店里兼职的事。

我与陆桥平素交情并不算怎么厚，陆桥听了我的请求，最开始有些疑惑我为什么前来找他——S 市的这所大学里，家长开店需要大学生来做兼职的，并不是少数。

看着陆桥带着些许不解的眼神，我才意识到自己待人接物上的问题，我平时基本上只与李然交往频频，偶尔和林默会说说话，系内的、同学自身的各种社交活动，几乎是从不过问，学生会的活动更是没有参与。

不过这一次为了李然，再怎么样也得豁出去了。

在和陆桥说话的过程中，在我结结巴巴仍不能向陆桥清楚表明来意的时候，我不由自主又想起了何乔木。

我与何乔木性格不同，而且是南辕北辙的那种不同，何乔木好动，我喜静，所以我甚少社交活动，而何乔木却从小到大就混的风生水起如鱼得水。何乔木除了我和李然之外，还有形形色色的狐朋狗友。而回首我的高中年代，除了李然和何乔木以及夏叮咚，其他的同学甚至都有些叫不上名字了。

当时选择中文系也是这个原因，我以为念文学是一向彻彻底底的笔头工作，只需要俯首文字之间便完全足够，所以才选择了这门专业。

陆桥看着我紧张的神色，没有问我太多，他淡淡地说他舅舅那儿还需要兼职，如果我想的话大可一试。

在我向陆桥道谢，欲要离开之际。陆桥又叫住了我，一本正经地告诉我，大学并不如高中一般，纯粹是忙于升学，和同学有适当的交流，对于前途和未来都会更好一些。

陆桥说这话出于善意，我向他道谢后便匆匆走开了。

在那之后我一直在大学校园里转悠着，看着那些已经熟悉得不能再熟悉的教学楼、食堂、宿舍等建筑，心内却生发出了一种陌生之感。

这所学校的房子可真是大而且高啊，原本这样的感叹我在入校报名的时候已经有过一次，但在与陆桥一番交谈之后，我却莫名地觉得这些房子高耸入云，显得那样的高不可攀。

在这个巨大的，仿佛可以把人吞噬的 S 城里，我该何去何从，又怎能立足于此呢？

一股彻底的茫然笼罩着我。

自身性格上的缺陷我早已有所发觉，可是从何处着手改变。我却丝毫没有半分头绪。

何乔木如果在 S 城里，为人处事应当和我大不相同吧，说不定还会开我玩笑，笑我太过怯懦。

也不知道那小子现在在哪里，一切可还顺利？

应当不用担心吧，那小子一向吉人自有天相。

我收起一切矫情与思虑，搭上了公交车准备去陆桥提供的他舅舅药店的所在地。

四

"陆伯伯你好。"一踏入店门，便看见一个围着围裙的中年男子，手里拿着一个计算器正在算账。

男子也没多说话，当时正好有一个客户向他取货，他向我点了点头算是示意，便继续忙手中的事了。

我也在旁边不多言语，等到他忙完才走上前去："陆伯伯，我是陆桥的同学，是他介绍过来……"

我还在想说些什么，男子已抢过了话头："我都知道了，陆桥已经和我说过了。你姓陈是吧？谢谢你到我店里面来帮忙。"

"没有没有，我还得感谢陆桥给了我这次锻炼的机会。"这句话是发自内心的，没有与陆桥的交流我压根发现不了自己平时忽略了的东西。

"我给你开一个月1000块钱，你晚饭可以到我这儿来吃。我在离这里不远的市郊有一间仓库，周六和你平时没课的时候，你上午就过来，帮我们给药材进行一下分类，有些药物要研磨成粉也得麻烦你帮帮忙。要是平时有课你就晚上过来，和我一起去仓库里取货，也不是天天都得来，我一般隔一天取一次货……大概就这些，你觉得怎么样？"

我点点头。

我在S城的第一次社会实践便这样开始了，目的不在于体验生活，而在于给李然买上一份生日礼物。

工作虽然劳累，但时间却并不长。陆伯伯一家人对我也客客气气，久而久之，我也逐渐适应了这种一边打工、一边学习的生活。其后有几次李然约我去图书馆找资料，都被我拒绝了。

当时我的心里燃着小小的奢望——我并不期望李然能够在收到我的礼物后高兴得"涕泗横流"，也绝不会挖何乔木的墙角，向李然告白，表明我的心迹。

我唯一希望的，只是想要李然知道，她身边会始终有这么个人，够不上男朋友的位置，却始终一厢情愿地守着她，她开心便陪她开心，她难过便陪她难过。

不过我这个自作聪明的计划，却在一次意外的相遇里，被李然看出了一丝端倪。

那天是星期六，我早早地便去了陆伯伯店中打工，前来的客人极多，不少还是零售店的老客户，专程到陆伯伯这里二次收购药材的。我又搬东西又整理药材，一直忙到中午，整个人腰酸背痛腿抽筋，直不起身来。

我几乎累到瘫倒的样子陆伯伯始终看在眼中，他递了一杯矿泉水给我，要我稍微休息会儿，然后再去忙。

我自然也不再坚持，搬了把椅子坐在门口。

这时，相距不远处，一个戴着一顶颜色鲜艳的帽子，披一件浅绿色加绒斗篷，踏一双增高雪地靴的女孩儿吸引了我的注意。她不是一人前来，身后还跟着一个穿得略微朴素，整体给人的感觉却也显得利落大方的女孩儿。

两个人逐渐向药店走近了……

她们每走近一步，我心中便要感叹上一句无巧不成书。前方缓缓徐步走来的女孩儿并非李然，李然并没有这么充足的钱去买这些看起来便价格不菲的衣物。但跟在她身后的那个女孩，自看清她的脸后，她每走近一步都让我冷汗直流，黑色高跟鞋，橙黄色薄款羽绒服，黑色紧身裤，还有那张紧紧抿着嘴的，带着些许不怒而威意味的面庞……不是李然是谁？

"陈文武。"李然和那个女孩儿走到了我身边。李然看到我，唤了一声我的名字，一脸困惑不解的神情。

"你怎么在这儿？"

"我啊，我勤工俭学……"我心中慌乱，说话也结结巴巴起来。

"你钱不够可以先向我借嘛，现在才大一，出去打工耽误了学习怎么办。"李然一脸愠色，但看到我全身上下满是灰尘，显得蓬头垢面，她就不再多说话。

"我不是钱不够……"我慌慌张张地解释着，"我就想，就想，大学的时候能体验下生活……"

李然"扑哧"一声笑了出来："好好好……你加油……"接着又一本正经地对我说，"能麻烦陈小二给我抓几付治胃病的药么？我朋友胃不舒服，得吃些药。"

"没问题，交给我。"

我向陆伯伯要了方子，帮李然抓好药，包好，然后郑重地递到了李然手上。

"陈小二，这药可不是我买的，"李然接过药，微笑着对我说，"不过帮朋友拿着也挺好的。"

"还有——"李然临走之前又回过头来，看了看我，一脸严肃地说，"你有什么事记得和我讲，我们俩始终是朋友。你知道吗？你和何乔木有些地方挺像的，有什么事情都喜欢憋在心里……"她轻轻叹了口气，直勾勾望着我的眼睛，"我真的不喜欢你们这样。"

我一直站在门口，看着李然离开，走远，消失不见。

她完全消失在我的视野中时，我心头的慌乱阵阵翻涌有如一壶沸腾的水，尽管我的过去、现在和未来都未曾拥有过她，但她远去的背影却使得我莫名地觉得我已经失去了她。

那离别的场景犹如一个谶语，而终究我们只能以最平静的姿态来接受命运的抉择，并在永不止息的时间之海里，做一个习惯风吹日曝的摆渡人。

五

李然的生日很快就到了。

虽然李然自己并不想大张旗鼓地庆祝生日，但作为英文系名声在外的美女的她，想要过得风平浪静却也是件难事。

不过我还是低估了李然在学校的影响力，甚至直到亲眼看见她生日宴会的热闹场景时，我仍旧在想，李然何时拥有了这么多的朋友？而且面对这许多的人，她来去自如谈笑风生，甚至有了几分外交官的姿态……

早就有好事者申请了社团活动室替她操办生日聚会，她的同学还为她找来了一个大音箱、一个 CD 机和几支麦克风。插上电源线后整个操场都回荡着"嗡嗡"声，分外热闹。

几首流行歌曲唱完，几瓶啤酒下肚，几句瞎话聊罢之后。便到了寿星切蛋糕的重头戏。

"吹蜡烛！吹蜡烛！"所有同学都聚在李然身边起着哄。

"且慢！"有一个女孩突然发话了，我仔细瞅了瞅，是上次与李然同去药店的那个女孩。

女孩看着李然神秘的一笑："然然，你不想知道这个蛋糕是谁买给你的吗？"

离李然不远处的一张办公桌上，放着插上了 19 根蜡烛的一个大蛋糕，其他参与李然生日聚会的人则如众星拱月一般站在办公桌的旁边。

"不是你？"李然有些惊讶地摇了摇头，看起来确实并不知情。

"不是，"女孩向左手边拍了拍掌，声音提高了好几度，"让我们欢迎——林默同学！"

　　接着，办公桌两边的学生自动分开了一条道，穿着西装的林默从里面走了出来，满脸笑意，手里面还捧着一束鲜红的玫瑰花。

20

只有一颗心

一

林默从人群中手捧着玫瑰花出现的那一刻，我有如电流穿过身体一般，整个人几乎楞住，成了一具雕像，而一刹的惊愕之后，百味杂陈的复杂情绪开始有如潮汐一般涌起，波涛汹涌。

林默将玫瑰花轻轻递给李然，说："我想来想去，觉得你还是最特别的，我交往过一些女孩儿，但她们都是过去式了，我现在只想和你在一起……"

听到林默说"交往过一些女孩儿"时，李然脸色已变得不太好看，但还是极力忍住没有发火。

她没有接过林默的花，而是在林默说到"在一起"的时候打断了他，镇定地说："林默，我李然受不起这份厚礼……"

林默大概没有想到李然会拒绝他，愣了愣神说："你再考虑考虑啊……"

"不用考虑了，我李然知道自己喜欢谁。"李然没有多想便把林默顶了回去。

"这个，送给你。"林默指了指他身边的一个包装精美的礼品袋子，对李然说，他的语气里充满失望。

礼品袋里，赫然放着一台当时最流行，也最贵的诺基亚 N97。

李然看了礼品袋一眼，便拿起退回林默手中。

"我以后会自己买的。"李然说，神情仍旧是淡淡的。

"你就……一点机会都不给我?"林默仍旧没有死心，坚持着问李然。

李然摇摇头："你我之间没有任何可能，而且……"她想了想，又补上一句，"我已经有喜欢的人了。"

"哪个?"林默有些恼怒地问，李然却一言不发。

"我连关心你的权利都没有吗……"林默低声嘟囔了一句，然后慢慢走出了社团活动室。

林默走的时候，他的脚步声显得分外地凝重，社团活动室里没有一个人说话，除去李然之外的所有人都在看着林默落寞的背影，直到他走远，完全离开。

我也不例外。

林默的皮鞋与水泥地板的摩擦声回荡我的心上。他那副颓废的样子甚至让我产生了一丝对他的同情心——我能想象出他是怎样做下在李然生日当天向李然告白的决定的，那几乎是一种不撞南墙不回头的姿态；他一开始甚至希望通过打工攒钱去送李然一份礼物！对从小衣来伸手饭来张口的林大公子而言，做这样的决定已经抛下了自尊。

而这次生日会上他为李然做的一切，毫无疑问是他向父母软磨硬泡要到一笔钱之后，耗时耗力精心准备好的，只可惜落花有意流水无情。

林默所预想的，大概是郎才女貌，李然浅笑嫣然回应他的告白的情景吧？只是在他抛下自尊为大费周章安排李然的生日聚会的那一刻，他就已经输了，输得一败涂地片甲不留。

"李然，我……"林默走出房间好一会儿之后，李然闺蜜走到了李然面前，带着些犹豫，吞吞吐吐想说些什么。

"没事，我知道，你也是帮别人忙。"李然不动声色的回答她。

"谢谢你理解我，"李然闺蜜松了一口气。然后又像无意间想到了什么一样，问李然，"你说你有喜欢的人了，是谁啊？怎么从来没听你说起过？"

"是我男朋友，不在我们学校。"李然笑了笑，淡淡地说。

李然闺蜜显然知道再问不出什么，经过刚才的尴尬情景也觉得有些无趣，不一会儿便从李然身边走开，去找其他人聊天说地了。

而我始终注视着李然，静静地丈量着我在她心中的分量，我不知道我算不算得上何乔木之外她的至交好友，抑或我与林默一样，只是个无足轻重的人？

李然仍旧穿梭在人群里，谈笑风生。

她与高中时那个倔强而且不善交际有些死板的女孩相比，竟已变化得这么快、这么多了。而我愚钝地从未发觉，直到今天。

我摸了摸衣服口袋里装好的给李然的礼物：一个便宜的、但却对当时的我来说价值不菲的山料碧玉的坠子，犹豫着不知道该不该把礼物送出手。

玉，温润而且带有保人平安无虞的意思，我想它与李然应当是相衬的。

在参加李然的生日聚会之前，我所想的是李然见到这份礼物时的反应，会欣然接受或一口回绝？但现在目睹林默被拒绝之后，我开始不知道该不该将这份礼物送给李然了，我产生了某种莫名的担心，害怕从此以后我和李然连朋友都不能再做——虽然我丝毫没有向李然告白的意思，何乔木将李然托付于我，本就是对我的最大信赖。

我心中烦闷而又毫无办法发泄，只好趁李然和别人谈天的时候离开了社团活动室，我不知道如何抉择，只好逃避。

我在偌大的学校里像无头苍蝇一样没有目的地乱跑着，不知道接下来可以做什么，又能做什么。

过了很久，我喘了口粗气，抬起头的时候，发现自己竟已走到了女生宿舍的大门前。

我盯着那扇大门发了会儿呆，鬼使神差地，我推开了门，走了进去。

宿管阿姨见到我进了女生宿舍楼，满脸狐疑的起身，挡住了我的去路，问我："什么事？"

"阿姨，我好朋友身体不太舒服，我来给她送药。"我随意编了个谎话，说的时候都不敢看宿管阿姨的眼睛。

"哪间宿舍？"

"2307。"我想了想李然宿舍的门牌号，回答说。

临近期末，宿管阿姨管得也不再那么严苛。饶有意味地打量了我片刻之后，她对我说："那就上去吧，下不为例，以后要送药送饭这些事就在宿舍外做好。"

"行。"我胡乱答应一句，向李然宿舍走去。

"也是奇怪了，你们怎么今天都有事啊，刚才有个男孩儿也说有朋友身体不舒服，也是要到 2307 去。"

我愣在了楼梯上，有点儿不可置信地问宿管阿姨："您是说……除了我之外还有人去 2307？"

宿管阿姨点了点头。

听到她的肯定回答，我撒开腿便往李然宿舍跑去。

这个时候去李然宿舍的，只可能是林默。

果不其然，我气喘吁吁地跑到李然宿舍门口的时候，第一眼看见的便是林默，他一只手撑着墙壁，挡在李然右方。

"林默你不要胡搅蛮缠。"到达目的地之后，这是我听到李然说的第一句话。

他们两个人都没有注意到我的身影。

"我胡搅蛮缠？"林默嘿嘿一笑，说话的语气里有股令人不寒而栗的狠劲儿，"你搞得我丢尽了面子，然后回过头来说我胡搅蛮缠，你真厉害啊，李然。"

"面子是你自己给自己的。"李然镇定依旧。

"行啊，反正我的面子已经丢尽了，今天我就要把它给讨回来。我送出去的东西，没有收回来的道理，今天我送给你的东西，你不想收下也得收下。"

李然看着面前恼怒得像一只浑身针芒竖起的刺猬似的林默，平静地说："说完了吗？我走了。"

而李然转过身，往宿舍走去的时候，林默用力拉住了李然的手，几乎是推推搡搡的，把李然拉到了他面前，并且一张脸向李然凑得越来越近……

"砰！"

我一拳打到了林默脸上，用力把林默推到了墙角，而后铁青着一张脸站到了李然身边。

李然惊魂未定，全身上下都有些发颤，在我身边紧紧地拉着我的手。

林默看着面前的我和李然，抹了抹唇角的血迹，冷笑着问李然："我输给的是陈文武？"

李然这时才注意到她刚才不经意间拉住了我的手，赶紧放开，仍旧格外镇定的回答林默说："与你无关。"

言下之意，便是从此与林默天涯陌路，喜欢谁，讨厌谁，生活得如何，全部与林默再无关系。如果从前李然与林默还称得上普通的朋友，那么这一闹以后，便完完全全成了两个陌路人。

"我知道了。"出乎意料的，林默凝视李然良久以后低声说。

"我不会再打扰你，我走了。"又隔了好一会儿，林默才补上这么一句。

林默远去了，没再回头。

二

林默的离去并没有给我带来预想中的释然之感，他对李然近乎疯狂的举动我无法原谅，且必须阻止。

但他怀揣的，毕竟是一颗真心。

敢于为自己的恋情奋斗、勇敢追求的人，都是值得敬佩的勇者。

比如夏叮咚，还有林默。

在我还在愣神回想着林默的事儿的时候，李然说话了。

"今天谢谢你啊，陈文武，"李然满脸歉意，"本来这是我的私事。"

"没什么关系。"我随口答着，手里攥紧了准备送给她的礼物。

宿舍的熄灯铃响起，到就寝的时间了。

女孩们聊着天鱼贯而入，看见走廊上的李然和我，神色都细微地有了些变化，本来是热热闹闹呼朋唤友一同回到宿舍，碰到我和李然却都沉默下来。

不一会儿，狭长的走廊里，只剩我和李然沉默着对视。

月明星稀，一切笼在寂静之中。四目相对，我们俩似乎都有一丝尴尬。

我想说些什么，却不知道该怎么说。

"那我先回去了，明天请你吃饭。"最终李然打破了僵局，对我说。

李然转身要回宿舍了。

"先别走！"我大喊一声，李然有些诧异地回过头来看着我。

"我……我有话对你说。"我支支吾吾地说。

于是李然停在宿舍门口，等着我说出那句话。

"你能不能……别在宿舍这儿，我想……想在学校外面……和你聊聊天。"我的脸涨得通红。

李然显得有些惊讶，但还是同意了我的请求。

于是之后，我以"带李然外出看病"的蹩脚借口拉着李然出了宿舍……

整个请假的过程就是和宿管大妈斗智斗勇的血泪史，在我支支吾吾向宿管大妈请假的整个过程里，宿管大妈一直以一种"你们年轻人的事情我看得通透"的犀利眼神直视着我，那种眼神百分之百是一种心灵的洗礼，让我几乎想把内心想的一切全盘托出……

不过幸好我还没有丧失理智……

在我一系列卖萌之后，大慈大悲菩萨心肠的宿管阿姨终于网开一面，同意了我的请求。

"有什么话非得在外面说？"李然和我一同走到了学校的人工湖前，问我。

我把被捂得有些湿的礼盒拿了出来，递到了李然面前："送给你。"

李然没有接过去，而是看了看礼盒，然后突然像想起了什么似的，问我："前些日子，那天我在中药店遇见你……你打工就是为了买这个啊？"

"嗯。"我点点头。

"你不用这样的，"李然皱起眉毛，接着问，"你打工打了多久？"

"我一开始也不记得你的生日，"我低声回答她，"这个……一个月的工资吧。"

"是不是还得加上一个月的生活费？"李然反问我说，"前一阵子我看你老吃馒头，也是因为这个？"

"是。"

李然长叹了一口气，没有接过我的礼物，而是一直静静看着面前在月光的照射下波光粼粼的人工湖，一言不发。

"李然，我……"

"陈文武，你是我很重要的朋友，谢谢你。"李然打断了我的话。

"这份礼物，我会收下。"李然从我手中郑重接过了礼盒，"不过以后就不必要这样了，劳心劳力还耽误你学习，不好。"

"陈文武，你一直对我好，我全都知道。每一次我找你到图书馆看书，你从来都不拒绝我，我承认我是有感动的……其实今天你不用说出口我都知道你想说什么，想做什么。"

我呆呆地看着李然，听着她一字一顿地对我说话，看着她如炬般的目光。

"但我已经喜欢上了何乔木，我的心很小，不可能分给两个人。我们可以一直都是朋友，是很好很好的朋友，但是我们不适合走到那一步。"

似乎我心里的一切想法都会被她洞穿一般，我别过脸，几乎不敢再看她一眼。

而这段谈话，也迅速进入了尾声。

"我真的累了，明天还有课，我就先回宿舍了。"李然最后说。

而后，她转过身，朝宿舍的方向走了过去。

在那一刻，我想拉住她的手，我想向她倾诉那些不敢言说也无从言说，堆积在我内心深处的情动，可我终究只能看着她的背影远去，不甘心地问她一句："如果何乔木永远都不回来了，你怎么办？"

李然转身，脸上带着一丝微笑回答了我，她的语气分外坚定。

"我会等，一直等。"

李然远去，空荡荡的学校里，只剩下我一个人了。

甚至好像整个世界，都只剩下我和我拉长了的孤独的影子。

李然收下了我的礼物，也以一种最温和的方式，打碎了我的念想。

"我也会一直等。"我轻声说，好像喃喃自语，又好像是说给现在已经进入梦乡的李然听的。

21.

何乔木回归

一

李然的等待，终于有了结果。

老天爷终究不忍心给执着坚持的女孩太长时间的折磨。在 S 城的炎热夏天里，李然等来了何乔木。

不过她等到的，却不是那个意气风发准备和她以情侣档身份共同攻克高数、大学英语、计算机的大学生，而是一个没有完全褪尽少年的那股子青涩与稚气，眉眼之间却已经多了几分成熟意味的商人。

一年后的何乔木，已经不再准备念大学，而是决意从商。

在我和李然在 S 市的机场见到何乔木的那一刻，我首先感受到的，是诡异——何乔木的变化来得太明显，甚至在他那不动声色的微笑里，我觉察出了某种侵略性。

那是随着年龄增长，荷尔蒙分泌足够多之后，男孩子身上显示出来的，强烈的占有欲，足以让人为之一震，为之停顿的占有欲。

何乔木没有对我和李然说起任何他这一年之中所经历的任何事，但能把一个人改变成这样，他这一年以内遇见的人与事，一定不简单。

而外在的装扮，何乔木也变化不少。

他从前一直都是以青春大男孩的形象示人，夏天穿因为长期打球而显得有点邋遢的白色短 T，冬天穿一身迷彩羽绒服，偶尔还会戴一顶有着剑鞘图案的鸭舌帽。

但是现在的他，西装革履，还打好了天蓝色领带。

如果不是我和何乔木认识多年，不管他变成什么样子都绝不可能认不出他来的话，我想一定不会觉得面前这个打扮得像个商务精英的人是何乔木。

"你这一身……啧啧……人模狗样啊。"我不适时宜地打趣了何乔木一句。

何乔木正挽着李然的手，两个人并肩走着去取托运的行李箱，听到我说这话，颇有风度地回击了我："有点变化也不是坏事。"

从前的何乔木，基本上不会这么说话，一般你开他一句玩笑，他能回答上十句针锋相对而且句句带着脏字的话出来，但现在的他……

"未来打算怎么办？"知道继续开他玩笑只有话不投机半句多的下场，我话锋一转，问他。

"在 S 市做生意。"何乔木想了想说，"也不知道会做成什么样，我一直想你们，就和大舅说要来 S 市探探商机，大舅刚好在 S 市也有认识的朋友，我就过来了。"

"那你以后都不读书了？"这句话是李然问的，她问何乔木的时候，嘴唇抿得紧紧的。

　　何乔木点了点头。拿下了转轴上的行李箱。

　　李然却木然地站在转轴前，一动不动。

　　何乔木走了好一会儿才觉得不对劲。他回过头，便看见李然在转轴前发着呆，眼神木然。

　　而我则夹在他们两个中间，劝李然走也不是，跟着何乔木离开也不是。

　　飞机场的人群来来往往，每个人都行色匆匆，几乎无人注意到这场对峙。

　　一对久别重逢的情侣的对峙。

二

　　何乔木与李然之间的和事佬，仍旧是由我去担当的。

　　我装模作样地咳嗽了一声，对着何乔木和李然两个人说："哦，不然咱们，先去吃饭？好久都没有聚一聚了。"

　　但这两个人仍旧呈现剑拔弩张之势，双方都没有丝毫退让的意思……

　　"分开这么久了，你们才刚见第一天是在闹什么脾气？"见他们僵持不下的局面我也急了起来，"有什么事以后可以慢慢解释不是？本来挺开心的一件事儿……"

　　李然仍旧不为所动。

　　直到何乔木走到她面前，拉住她的手，将她轻轻拉到自己身上。

　　我清晰地看到，李然的眼泪止不住地一滴接着一滴掉了下来，掉到何乔木的西装上。

她用力地捶着何乔木的肩膀，似在责怪，又似在诉说这场等待的辛苦。

何乔木就任李然放肆地捶着，紧紧地抱着她。

两个人相处的画面显得那么和谐，我不由自主地苦笑了一声。

果然打是疼，骂是爱，现在的我已经完完全全地成了电灯泡一个，还是一盏散发着昏黄色光芒的白炽灯。

而接下来的出租车里，我几乎听了一路带着些肉麻与情意的情话。

李然和何乔木说的每一句话，就像一根根种在我心里的倒刺，无法拔出来，只能随着时间的流逝，越长越深。

我坐在副驾的位子上，而何乔木和李然坐在后座。

出租车在马路上平速行驶着，李然和何乔木在车内相对无言，不肯多看对方一眼，毕竟都是倔强的人，谁都不能憋下心里那口气。

一直到他们之中有一个人服软。

而这个人，往往是何乔木。

多年以后的李然，仍旧牢牢记得何乔木每一次是怎样在她耍性子的时候向她服软，向她缴械投降的。她回忆起这些前尘旧事的时候，往往带着一丝不易察觉的狡黠的微笑，如同又回到了十六七岁的青春年岁。

"然然，对不起……"短暂的冷战过去之后，何乔木终于忍不住了，向李然道了歉。

李然"哼"了一声，对何乔木说："你做得很好啊，你有什么对不起我的？"

"那时候我答应你的事，我没有做到。"何乔木硬着头皮说，他低下头，像做错了事等着被爸爸妈妈惩罚的小男孩儿。

"你也知道你没做到！"何乔木的回答成了一根导火索，彻底点燃了李然心中的郁结，她大声而忘我地教训起了何乔木，"我等了你整整一年，这一年里我没有收到你一封信，没有接到你打来的一个电话，你知道我等得有多辛苦吗？现在终于等到你回来了，我以为这种辛苦的日子终于到头了，可是你……"

两行清泪出现在李然的面颊上，顺着她的面庞流到了环抱着她的何乔木的手臂上。

何乔木最近距离地凝视着李然。这一年李然本来已经消瘦了许多，流泪后越发显得憔悴，用李清照的古诗词来形容便是"人比黄花瘦"。

李然流泪的那个瞬间，坐在前座的我也透过出租车内的镜子看得清清楚楚，那是一种近似于触电般的战栗的感受——李然从来不会在我面前示弱，哪怕一星半点。只有在何乔木面前，她才会彻底卸下心防，变回那个甚至有点儿孩子气的、最真实的她。

也只有何乔木，能丰富李然的色彩，能让李然嬉笑怒骂。

这二人之间，为一种人们说过无数遍的，最俗套的所谓"缘分"的东西牵引着、捆绑着，他们无从离开，也无法离开对方。

"别哭了，然然。"何乔木轻轻擦去李然脸上的泪花，李然则赌气似的望向窗外，背对着何乔木。

何乔木没有其他办法，只得轻轻地靠近了李然，柔声安慰她："然然，我这一次虽然不继续念书了，可是我既然回来了，我就想在你身边，一直都在你身边，不离开你……"

李然不再哭泣，转过头问何乔木："你说真的？"

何乔木点点头："不然我就不回 S 市了，这一次回来也是为了你……"

听到何乔木这么说之后，李然的脸仍旧绷得紧紧的，对着何乔木说："你现在不读书了，走入社会了。我不像那些黏人的女孩儿，非得你每天都和我腻歪在一起，你如果有事尽管去忙你的事吧……我只要你记住一件事，你何乔木是我第一个男朋友，也是最后一个。我李然是你何乔木第一个女朋友，也是最后一个。"

"好。"何乔木握住李然的手，郑重回答了李然。

三

到了 S 市大学的门口，我黑着一张脸，把李然和何乔木赶下了出租车……

果然小别胜新婚，真爱力无穷！前一秒李然和何乔木还短兵相接，两个人的眼神里全都飘着刀子恨不得把对方千刀万剐，后一秒便是一派浓得化不开的柔情蜜意。

"你们说话还要说到什么时候！"我看着后座磨磨蹭蹭交着心的何乔木和李然，连续咳嗽了两三声，又愤愤地说出了这么一句，两人这才终于有了些反应。

"这就到了？"何乔木脸上有些尴尬，"我们还有些话没说完呢……"

"再要说什么你俩也到食堂说去，别祸害人家司机师傅了。"我不耐烦地补了一句。

李然和何乔木瞬间都有些挂不住脸，尤其是李然，脸红得像熟透了的苹果一般……

于是我们三人沉默着下了车，又各怀心事走向了食堂……

站在食堂门口，何乔木停住了脚步。

他顿在原地，踌躇着不再前行，带着些犹豫的口气，对李然说："然然，我就不进去了吧？我刚回来，又不是你们学校的，不太方便吧……"

何乔木的本意是为李然考虑，毕竟大学校园也是一个八卦圣地，何乔木的打扮和学校里的大部分人完全不同，李然因为林默的事儿又恰好处于风口浪尖之上，李然还没来得及向何乔木说林默的事，但何乔木已经猜到了李然在学校绝对是一风云人物。这样的二人组合，存在着巨大的成为刚成立不久的 S 市大学贴吧八卦靶心的风险。

不过李然显然不这么想，她完完全全地豁了出去……

"怎么了？"李然冲着何乔木挑了挑眉，"连顿饭都不敢跟我吃，你刚刚说的话都是放屁吗？"

何乔木可以抵挡美人计，却抵挡不了激将法，尤其是李然使出的激将法。

"多大的事儿啊？去就去！"何乔木瞬间不镇定了，满口应下。

"这还差不多。"李然终于对何乔木用了一丝满意的口吻。

丢下这句话后，李然大摇大摆走进了学校食堂，后面跟着摆着一张苦瓜脸，不时对我挤眉弄眼希望得到我的回馈以表示"好兄弟心灵相通"的何乔木和面无表情、冷若冰霜的我。

这大概是 S 市大学食堂开办以来，史无前例的最尴尬的一次三人会餐……

四

在我们三个人全都打好饭菜，挑了个靠窗的座位坐下之后，我扎扎实实地感受了一番什么叫如坐针毡。

何乔木和李然坐在同一边，而我坐在李然的对面，在那个时候我才有机会近距离地观察李然——果不出我所料，我的礼物被李然埋在了箱底。

也许那只坠子，这一辈子我都没法儿看着李然戴上了。看着眼前安安静静吃饭的李然，我出神地想，心里面迅速泛过一丝苦涩，再看看陪在李然身边的何乔木，两个人郎情妾意，无须通过言语都心有灵犀一点通，对彼此饮食上的爱好都把握得清清楚楚……我不由自主地自我安慰了起来，其实输给何乔木，哪怕是毫无胜算，也无所谓吧？何乔木这厮认真起来还是挺认真的，这段感情里他应该能给予李然幸福吧？……

或许也只有他，才会是李然最终的归属吧？

那个时候，如醍醐灌顶般的，我想起了夏叮咚问我的那些话：你会一直等下去的，对吧？

如果人的意志力可以决定一段感情的去向，我想我不会让自己再等下去，明知无望而持续等待的感觉，心如刀割。

可惜在我发觉我对李然的感情的那一瞬，或者更早，从李然的笑颜在我心底撒下种子，并且渐渐生长起来的那个时期，我已经在这段单恋中，选择了做默默承受的那个人。

感情中没有对错。在一段感情中付出与否，只取决于自己的心。

我也想起了夏叮咚对感情的愿景——平生相见即眉开，静念无如李与崔。十五六岁，无意间遇上那个最好的人，从此死生契阔，与子成说，执子之手，与子偕老……

而何乔木与李然，早于我与李然，便已彼此认定……

也许他们，才是真正能够一生相守、白头到老的人，哪怕一路上有风风雨雨、艰难险阻……

于是，那时的我，保留给自己的唯一一点自私的权利是——在何乔木和李然的婚事未能尘埃落定之前，以一个保护者的姿态，守在李然的身边。

哪怕终有离开的一日。

五

"双全，双全，想什么呢?"何乔木注意到我一直没有吃饭，笑嘻嘻地把一双手伸到了我眼睛前边，不断地乱抖着……

"……"我有些无语，对何乔木的好感瞬间遁于无形之中，果然换汤不换药，他的个性半点儿变化都没有……

"没想什么，"我把头默默埋进饭盒里，"赶紧吃饭吧。"

"我吃完了，就等你俩了。"何乔木仍旧笑嘻嘻的。

"你并没有。"李然冷不丁地插了句话进来，用手指了指何乔木饭盒里剩下的青菜和胡萝卜。

"哦……"何乔木做恍然大悟状，接着，他笑脸盈盈的，把青菜和胡萝卜拨到了我和李然的饭盒里……

我和李然对视一眼，一人迅速地给了何乔木一颗糖炒栗子……

"疼啊!李然你能不能轻点儿，这是咱们久别重逢之后的第一次见面，你难道要谋杀亲夫啊!"何乔木杀猪般的鬼哭狼嚎了一声，然后放连珠炮似的耍起了嘴皮子，"双全你也是!你简直见色忘友色令智昏!胡萝卜含有大量胡萝卜素，青菜含有大量花青素，这些可是多少保健品都完全提取不出来，具有强有力保健效果的微量元素!我是为你们好!双全我一片日月可鉴的铁血丹心就被你当成了驴肝肺!老婆不懂事也就算了，你和我可是穿一条开裆裤的好兄弟!"

"你小声点!"听到"老婆"两个字儿，李然的脸瞬间涨成了猪肝色，"你这一年都去干什么了啊?我现在深度怀疑你是不是去做'只要九十九，九九九的金表带回家'的电视购物节目去了!"

"还是我老婆聪明，什么事儿都看得通透。"何乔木不正经的时候永远满嘴瞎话，"我本来是进了一个这种靠骗局来赚钱的机构，后来我良心发现坚贞不屈，被这些破坏社会主义和谐社会的犯罪分子严刑拷打仍旧誓死不从……"

李然和我都情不自禁笑了出来，李然比我笑得更为夸张，那神似林青霞、东方不败的激越笑声有巨大的杀伤力，引得旁边何乔木心一惊、手一抖，手中持着的一把勺子整个儿掉到了没喝完的汤里，汤汁飞溅，天女散花式地喷了他全身……

食堂里的这段小插曲也引发了四下行人的侧目，在转过头看着我们嬉笑打闹的人群里，我发现了林默的身影。

林默的表情分外哀伤，他在离我们很远的一个地方，目光如炬锁定着谈天说地说得意兴阑珊的何乔木和李然，整个人一动不动显得有些木讷，他没有再做什么，似乎也不愿意去做什么。

"李然，你看那边。"我心中有几分不忍，又因为林默看的时间实在太长，觉得有些发毛，便叫住李然，指着林默所在的方向。

"什么呀……"李然嘟囔一句，顺着我手指的方向看向前方。

林默发现李然后，默默低下了头，然后有些慌张地离开了食堂。

"双全叫你看什么来着？"何乔木来了兴致，非得问出个子丑寅卯来不可。

"没什么——"李然欲言又止，想了好长一会儿才说，"学校里有个男生追我——"

"这说明我老婆富有魅力啊！"何乔木迅速接过了话头，"学校里没人追我老婆我才觉得奇怪呢……"

"你正经点！"李然瞪了何乔木一眼，随后说话的语气变得温柔起来，"不过我满脑子都是你，装不下其他人了。"

"那你呢？这段我没在的日子里，有没有女孩儿看上你啊？"李然问得不经意，两手却一直交叉紧握。

"当然——有啊！"何乔木仍旧嘻嘻哈哈的。眼看李然脸色一变，他才赶紧补上了一句，"可是我跟你一样，我做任何一件事之前，我都会想，你还在 S 市等着我呢，哪怕睡觉之前也是这样……"

"何乔木，谢谢你！"听完何乔木的回答后，李然终于卸下心防，由衷地说，"你不在的日子，我始终都没有安全感，害怕这个害怕那个，不过害怕得最多的，都是关于你的，怕你过得不好，怕你和别的女孩子在一起了……不过现在你终于回来了，我的安全感好像也回到了我身边。谢谢你，何乔木。"

"肉麻死了。"我在一边咳嗽一声，"何乔木你要跟李然谈情说爱去其他地方说去，我可不想当大功率电灯泡。"

何乔木和李然这才停下了他们仿佛可以延续到天长地久的卿卿我我的势头……

吃过饭，我们三人各自回各自要去的地方。

何乔木在 S 市租了一间房，李然往女生宿舍走去，我则回我的男生宿舍。

一切好像都和以前一样，没有什么太大的改变。

但看着我们三个人不同的运动轨迹，我却惊觉一切都不同了，变化像潺潺流水，慢慢地在不经意间改变着我们三个人。让我们于无声处听惊雷，于无色处见繁花。

22.

同居生活纪

一

　　李然的倔强，李然骨子里那份不撞南墙不回头的偏执，在何乔木再度归来之后，最大化地释放了出来。

　　大二下学期，功课多且难，各类考试也纷纷提上了所有人的日程，包括英语四级与计算机考试。于是每天凌晨，学校各处都充斥着朗朗的读书声，以及分外痛苦的"混蛋这什么啊"的抱怨声。深夜熄灯之后，常常也有宿舍灯火通明——各种品牌的 LED 充电台灯成了学校小卖部最热销的商品之一，莘莘学子伴着孤灯一盏，苦读到天明。

　　S 市大学是一所二本，学生们未来的去向大部分都是读研，因此不少人学得比高中时期有过之而无不及，恨不得把自己完完全全变成一台步步高点读机。

我也是这股热潮中的一分子，不过我努力念书的原因与其他人不尽相同，大部分的人大二时已有了自己选定的目标——未来准备读研者，努力念书，未来准备工作者，大二便已经开始寻找与本专业相关的各类兼职机会。而我却是没有明确的目标的，"前途"这个词对我来说，藏匿在一片黑暗之中。

我的努力，主要是出自于李然与我的联系渐渐减少，我无事可做，唯有把自己彻底投身繁重的课业之中，方才可以缓一口气。

何乔木回来之后，李然不久便不在宿舍住了，与何乔木同居了，而在他们俩同居以后，我便很少能够看到李然的踪迹了。只是会经常收到她发给我的短信——告诉我她有事，叫我在公共课上替她签到。

我自是全都答应下来，内心却始终隐隐约约有些不安，经常回复她：有课还是要来上，大二是颇为重要的一年，各类考试都要在大二通过，不要轻易放松了学业……如此等等，而她则回答得简明扼要，通常只有三个字：知道了。

我害怕她嫌我啰唆，便不再多话了。

出于不放心的情绪作祟，我去了她们系找到了她的闺蜜，询问她最近上课的情况。原来她不止翘掉了大量公共课，专业课也常常缺席，叫别人帮她签到。

李然与S市的这所大学的缘分，与我的缘分，似乎正被她自己斩断着。

而这几乎是她选择何乔木之后，必然的连锁反应。

对她的选择，我不方便多言，更无从改变。只是在那些她几乎完全缺席在我生命中的日子里，我会经常性地想起她。

连续上完一上午的专业课，疲惫地走出教室后，听着学校广播的卡奇社的《日光倾城》回荡在走廊里，我常常有片刻的失神，那个瞬间，我的脑子里出现的是她认真看书的样子——嘴角微微翘起，看累了之后揉揉眼睛的样子……

李然的形象应和着空灵的女声，始终挥之不去。

二

我期盼着在每一个不经意的角落里，能够再看到李然，哪怕只能远远地看上一眼，于我而言便以足够了。

但每当我泛起这样的念头时，脑海中同时闪现的，却是李然和何乔木卿卿我我的甜蜜模样，有时我甚至会想得更远一些，联想到他们二人白头共老、举案齐眉的遥远未来。那时的我心头一阵伤神与恍惚，止不住地无数遍默念她的名字，李然，呵，李然……

那段时间我开始抽烟，5 块钱一包的软白沙香烟，也开始常常熬夜。

或许年轻和前途的不确定会影响人的言行，或许李然不过是我青春浮躁的年岁一个借以让自己原谅自己的借口……总而言之，那段时间我的生活彻彻底底偏离了常轨。我与其他人一样买了一盏 LED 充电台灯，但一宿无眠却不是为了赶作业记单词，而是在灯下发愣，脑子里有千千万万的闪念，大部分都与李然相关。

那些想法充斥着我的大脑，极度的郁闷与不安感挤压着我每一天的生活，刷牙洗脸时，上课时，还有走到食堂吃饭的时候，那感觉都如影随形。我几乎如同被毒蜘蛛喷射的毒液麻痹了一般，每天仅仅是机械化地重复着睡觉吃饭的例行动作，活得如同一个植物人。

只有在深夜，幽暗狭长的宿舍走廊里，我点燃一支烟抽起来，深深呼吸，感受着空气里弥漫的烟草味的时候，才有那么一时半刻，我能把李然从脑子里挤出去。

而在这短暂的自由背后，深不见底的茫然正蚕食着我。

烟吸到一半我通常把它掐灭，随后，依靠在宿舍的窗台边，凝望着窗外的无边黑暗，默默期盼李然再出现在我面前。

大学里我没有其他亲密的友人，因而这份孤独无从言说，更不可言说。林默自从被李然拒绝又被我打了一拳之后，就从宿舍里搬了出去，并且向班上的其他同学数次愤愤不平地提及我，说是我的某些行为习惯他无法容忍，所以才需要搬出去住。清者自清，我并不在意此事，但这些话到底还是起到了一些作用，班上有些同学开始疏离我了，有意或无意的。宿舍的另外两位室友孙历与陆桥虽明白这事件到底缘何而起，却也无意掺和进这起事件之中。

我成了一个沉默寡语的独行侠，唯一能将我从这份孤独中拯救出来的，只有李然。

三

或许是日复一日的期盼得到了呼应，又或许是命运的使然。我见到了李然——不，更准确地说，是李然找到了我。

那天下午没有课，我原本打算宅在宿舍休息一下午，平复好心情后起床准备老师交代的课堂辩论作业。没想到我不但无法入眠，还在约莫20分钟左右以后口渴难耐起来，环顾整个宿舍都没找到瓶装水，于是我便准备去小卖部买瓶水喝。

浑浑噩噩，完全没有从对李然的思念中抽身出来的我，在这个再平常不过的下午，以一个再平常不过的外出理由，遇到了对当时的我而言生命中的不寻常——我遇见了李然。

在从货架上拿下矿泉水的那一刻，我听到了那个曾经最为熟悉，此时此刻却显得有几分陌生的声音，那个在这段时日里只留存在我梦境中的声音。

"陈文武，最近还好吗？"

我心中一颤，转过身，便看见李然穿一袭白裙，踏一双黑色高跟鞋，在货架的另一端，静静地看着我。

"不好，我过得并不好，"我在心里面默默回答着李然，"如果不是你又回来了，我几乎就成废人了。"

可是话到了嘴边，却变成了："我还不错啊。你呢，和何乔木最近怎么样？"

李然眼神一黯，错开了我的问话，向我说："能请我吃顿饭吗？我没赶得及吃早饭，我们边吃边聊吧。"

我自然答应下来。

坐到了饭桌上，我才有时间细看现在的李然。

李然清瘦了不少，面色也有些苍白，她细致地化了些淡妆，却仍掩盖不住脸上的那份憔悴。

李然点上一份黄焖鸡米饭，没吃几口便放下了勺子，直视着我的眼睛，目光如炬，对我说："陈文武，我要请你帮个忙。"

"我能帮得上你什么忙啊。"李然突如其来的严肃让我平白无故产生了几分害怕，同时心中涌起了无数猜测：李然从前从来没有这样子拜托于我，李然的性格更是万事不求人的那种。不知道这一次她究竟遇上了什么事，能让她想到我……

"只要是我能到了，我必定鼎力而为。"看着坐在对面神色有些失落的李然，我赶紧地补上了一句。

李然随后脱口而出的一句话却让我瞠目结舌，我猜了千万种可能，却没有想到现实是最不可能的那一种。

"我和何乔木分手了。"李然说。

李然低下头，不再说话。

那一刻空气几乎都完全地凝结住了，我与李然中间隔着的那份沉默如同永恒存在着一般，不可打破。

我既心疼，又有些愤怒，几乎完全不给李然歇息的时间，接着问她："那何乔木人呢？他人在哪儿？"

李然抬起头，显得有些虚弱无力，吐出了四个字："找不到了。"

"你们……"我想继续向李然问些什么，又怕触及她的伤心处。

李然似乎是看出了我的心思，回答我说："说来话长，你听我慢慢告诉你。你是我现在唯一可以信赖的人了，陈文武。"

四

李然与何乔木的同居生活，完全没有我脑中所想的郎情妾意，夫唱妇随。

现实是残酷的，李然和何乔木要在一起生活，摆在面前最直接的挑战就是柴米油盐。

何乔木初到 S 市，一文不名。李然是学生，纵然可以打工兼职，但赚到的那些可怜兮兮的钱甚至于都不够她自己的花销。

在这样的情况下，两个人的日子自然过得紧张巴巴可怜兮兮。

两人最常吃的食物是速冻水饺和清汤面，冰箱里囤积着一大堆。廉价的手工面放在保鲜区最上层，速冻水饺放在冷冻区最底层，而整个冰箱里，通常也只有这两样食物。

　　吃到后来，速冻水饺开封的没开封的混杂在一起，吃不完的饺子上积聚上了厚厚一层冰霜。一团团的手工面原本根根分明，因为剩下不少便黏在了一起，有很多次，李然下面的时候，发现锅子里的面条已经成为一团面团。

　　"现在再吃到速冻水饺和清汤面的味道，我一定会吐出来的。"讲起这段过往时，李然让自己的语气竭力显得风轻云淡，但她的眉目之间所彰显的，却是期待落空的失望，以及对自己往昔一时冲动的深深遗憾。

23.

愤然地转身

一

这份失望和遗憾在一个夏天的傍晚,终于彻底爆发了。

那天天气极其炎热,即使到了傍晚时分,还是没有一丝风吹来,能让人感到些许清凉。夏蝉悲啼,一阕又一阕,更增烦闷。

屋漏偏逢连夜雨,因何乔木长期不去缴纳电费,酷暑之日,何乔木和李然家中断电了。

如同每一对情侣一样,遇到这样的事情。何乔木和李然最开始是争吵,吵的问题是电费应该要谁去交。长久争吵无果后,两个人开始互相数落对方的不是。何乔木与李然都是有股子傲气,无法向对方低头认错的人,于是语言冲突发展成了肢体冲突,两个人近乎疯狂,肆意破坏着家中的一切。

最终，二人精疲力竭，冲突却未能缓和。

"你受不了热，去网吧呀，那儿有空调。"何乔木躺在沙发上，气喘吁吁，对着李然说。

"我干吗要去那儿？要去你去。这是我自己家。"李然没好气地回应何乔木。

"呵呵？这是你的家？谁去找的房子？谁把房子里的东西准备得齐齐整整的？有些人说话也不脸红。你是大小姐，嫌热就自己去宾馆里开个房间啊，有空调多舒服啊？你不是花不起这钱吗？我是为你——"

何乔木话音未落，李然一巴掌已经劈头盖脸扇了过来。

李然发丝凌乱，看上去分外像一头怒发冲冠的母狮子。她冲着何乔木大吼了起来："我说话不脸红？当时是谁跟我说租房子的事不用我管，他一个人全权负责就行的？我记得他可是信誓旦旦给我打好了包票！这不是我的房子？是谁说暂时经济情况比较紧张，叫我出一半房租的？何乔木，你想要我走是吧，好。"

李然收拾好几件衣服放进了行李箱，何乔木则在一旁横眉冷对。

"何乔木，我走了就不会再回来了，你别到时候求爷爷告奶奶的，没用！"李然临走之前对何乔木说。

"滚吧！"何乔木看都没看李然一眼，大吼道。

门被重重地甩上了，李然离开了这个伤心地。

"那后来呢？"听李然说到这里，想到当时的激烈场景，我情不自禁担心起来，我看着李然，急切地问她。

"我不是在这里吗？放心，我生命力挺顽强的，死不了。"李然微微一笑，对我说。

现在李然提起来虽显轻易，但可想而知当时的艰难——一个女孩儿，拿着几件衣服就离开了家，在酷暑难耐的夏天，身上又没有什么钱……

李然出门之后做的第一件事便是翻遍全身的口袋，看自己还剩下多少钱。

李然的银行卡放在何乔木家，没有来得及带出来——这几乎绝了李然的后路，她要父母转账给她生活费都不再可能，而她身上所剩的现金，加起来只有 89 块钱。

李然拖着行李箱在大街上来来回回地走着，无处可去而又百无聊赖，天色渐渐地黯淡下去，恐惧席卷了李然心头。

最终那个晚上，李然还是按照何乔木刚开始所说的解决办法，去了一家网吧过夜。李然告诉我，她对于那个晚上的记忆分外清晰，为了省钱，她在网吧门外靠着行李箱站到了午夜 12 点，然后才上机开了一个通宵。

网吧里弥漫着啤酒的味道、卤味的味道……百味杂陈，而在这各种各样的味道里，李然静静地查找着兼职信息，品尝着人生的艰辛味道。

李然通宵未眠，查兼职信息查了一宿。

她第二天从网吧里出来的时候，天已经完全地亮了，李然顶着黑眼圈，拖着行李箱，如一具雕像呆坐在人行道上，苦苦思索了半天自己能去的地方。

"然后你去了哪儿?"我问李然。

"其实那个地方我早该想到的，"李然有些失神，轻声说，"我学校宿舍没有退房，也就是说我还可以进去住。"

于是当时的李然，做了两件事——去超市里买了一箱袋装方便面，以便在未来几天里填饱自己的肚子。她搭上了一辆开往学校的公交车，拖着行李箱和方便面，回到了宿舍。

　　从校门通往女生宿舍的那条路，李然每一步都走得艰难，但她记得很清楚，汗水沾湿了她的全身，但她却没有流下哪怕一滴眼泪。

二

　　"那你怎么会？"听李然说到这儿的时候，我心头不由得泛起了些许困惑。这段感情若已发展得如此不堪，怎么会有后续的故事？李然怎么会……

　　"他终究也只是个大男孩啊！"李然像看出了我的心思，苦笑一声说，"我也对自己说了不止百次千次，不原谅他了，这辈子都不原谅他了，可是每次看到他，我还是容易心软。"

　　"对了，李然。"我不愿多听李然谈及她与何乔木之间的关系，装作有些不经意地打断了她，"那段时间你不是在学校吗？怎么我一次都没有遇上你？"

　　"我们毕竟不在同系，我又经常出去打工。"像是料到了我有此一问，李然解释道。

　　李然的神色仍旧是安静的，安静到与她从前，何乔木没有来 S 市的时候，那个俯首图书馆的书卷中的女孩没有任何区别。但时过境迁，她的心境已经大有不同。说是千疮百孔也好，脱胎换骨也罢。她转变得如此彻底坚决。

　　而我仍旧停留在旧日的时光里，我唯一想做的，只是能拥有她可倚靠的那双臂膀。

　　不过短暂一段时日，一个学期都未能完结，给人的感觉，确实此去经年后了。

　　离开了出租屋，住进了学校宿舍的李然，每日打工，偶尔上课，但仍未完全将学业搁置一边、弃之不理。那段时间里每天晚上，她都拿起书本自学，伴着一碗泡面，直到天边现出一道鱼肚白来。

那段日子里，她几乎每天只睡 3 个小时。

她的生活忙碌而充实，她忙到可以把与何乔木之间的那些不快放到一边，好好筹划自己的未来——一个没有何乔木的未来，无数次她觉得，她与何乔木的缘分，大概就到此为止，可以完完全全地画上休止符了——那不过是她年少无知时的一段露水情缘，该放手的时候便应当放手。

唯一的变数是何乔木的再度出现。

而起初，李然以为，她可以坚守住内心那块阵地，不让何乔木攻破。

何乔木来到了李然的宿舍楼，打电话给李然，李然没有接。

何乔木拜托李然的舍友给李然传话，说他要见李然，李然说不见。

而之后，何乔木睡在了李然宿舍楼大门前，睡了整整一个晚上。

从学妹得知何乔木在她的宿舍楼下等待一宿的消息，李然的内心已有了些许震动，而当她推开窗，从窗外看到何乔木倚着宿舍楼大门酣睡的样子的时候，思念和不忍已经彻底地控制了她的理智，她决定去楼下见何乔木。

她下楼的时候，心里想，这一次，必须和何乔木说得清清楚楚明明白白——两个人就此分手吧，在此时终止，对两个人都有好处，而且他们的性格太过相似，相濡以沫，终究不如相忘于江湖，这样两个人都还有重新来过的余地。

可是看到何乔木那凸显的黑眼圈、乱蓬蓬的头发，她准备好的那些话，却一句都说不出口。

李然和何乔木就那样沉默地对视了很久，去上第一堂课的学生们从他俩之间穿插着走过，有的还停下脚步，有些奇怪地看了他们一眼。但他们就像两尊雕塑一般，两个人都一动不动，长久地对峙着。

"你瘦了好多。"最终还是何乔木打破了这份安静，"是我的错，然然，对不起，你回来吧，对不起……"

紧接着，何乔木又像想起了什么一样，猛掏自己的衣服口袋，翻了半天，终于翻出来一张皱巴巴的纸条，还有李然的银行卡。

何乔木把纸条和银行卡递到李然面前，可怜兮兮地看着李然。

没有人和钱过不去，何况这笔钱本来就归李然所有。李然脸一黑，还是接过了何乔木递过来的东西。她本来不想接那张纸条，但何乔木耍赖，夹住银行卡，硬得李然接过纸条才给她那张关系李然生死存亡的薄卡片。

"这是什么?"李然问何乔木。

"保证书，"何乔木回答说，仍旧是一副可怜兮兮的模样，"你就大人大量发善心看看吧，我写了很久的。"

李然"哼"了一声，一边看何乔木写的保证书一边说："你这时候知道叫我原谅你了，说那些混账话的时候怎么就不过过脑子呢?"

"是我的错，"何乔木低着头回答李然，"我当时说的都是气话……你不见之后我一直在找你，我真的快急疯了，我想着你身上没带多少钱你能去哪儿……这阵子我从早到晚一个一个地儿地找……每一个我觉得你能去的地方我都去问了一遍……那时候我才知道，缺了你我没法过下去，然然。"

何乔木写的保证书，前一半的内容基本上是道歉信，而最后一行则用上马克笔写了醒目的大字"何乔木如果再敢欺负李然，天打五雷轰，不得好死"……

看到这最后一行字，李然破涕为笑。

"喂，我问你，"李然向何乔木扬了扬手中的保证书，"你说的话是不是每一句都是真心的？"

何乔木眼睛一亮，回答说："绝无戏言。"

"那就够了，"李然点点头，把保证书撕成两半，"我这个人呢，是从来不相信什么誓言的，但是——"她话锋一转接着说，"我愿意相信你，何乔木，我之前就无条件地相信了你，高中的时候我是因为你才选了这个学校，现在你问我跟不跟你走，原不原谅你，我都愿意，不是因为你发的这些誓言，只因为我仍旧愿意相信你。"

"但你要知道，人的心会死，血也会冷。如果我还有下一次失望、下一次受伤，我一定会离开你。"李然补充说。

三

李然再次回到她与何乔木的家后，生活略微有了些起色。

最大的变化，是何乔木不再那么吊儿郎当。他开始从他舅舅那里接手一些生意——他心下明白这是来之不易的机会，便认真踏实地干了起来。没花多长的时间，他便小赚了一笔钱，而他的舅舅也乐于和自己的外甥分账，毕竟是自家人。

如同滚雪球一般，几笔生意下来，何乔木在同龄人之中，已经算得上一个小富翁了。

李然则接受了一份翻译学术书籍的工作，几乎每天夜以继日鏖战在写字台前，写得累了便去床上休息片刻，然后继续工作，丝毫不给自己放松的空间。

何乔木看在眼里，觉得甚是心疼。于是便经常带李然外出打牙祭，晚上李然熬夜，也一定记得给李然准备一杯红糖水、一些小零食。

　　两个人在一段时间内，可谓情投意合琴瑟和鸣。竟如同度过了一段小蜜月一般，但一位哲人曾经说过，快乐的时光总是短暂的。李然和何乔木之间，可谓一波刚平一波又起。

　　而且这一次，是完完全全地戳到了两个人的痛处。

　　讽刺的是，这件事原本应该是增进李然与何乔木感情的好事。不过很可惜，毕竟年少的感情还是太脆弱，经不起一星半点的磕磕碰碰了。

　　那一天何乔木回家之后，第一件事便是从口袋里掏出一个小的红色盒子，带着一种神秘感递给李然。

　　"这什么啊？"李然嘟囔着，带着些奇怪打开了盒子。

　　映入她眼前的，是一条镶嵌着青金石和绿松石以及水晶的项链。这些宝石虽然都不甚名贵，却都被打磨得异常漂亮。正中间的是一颗硕大的紫水晶。

　　何乔木拿起项链，微笑着给李然戴上了："快去照照镜子，看看怎么样。"

　　李然站在镜子前，仔仔细细地看了半天，心里美得不行，嘴上却不肯放松，故意说："你现在也没有多有钱啊，哪儿来的闲钱买这个，今天又不是什么特别的日子……"

　　"今天是啊，怎么不是？"何乔木笃定地回答李然。

　　"啊？今天也不是我生日，也不是我们在一起的纪念日啊。"李然有些奇怪。

　　"庆祝我老婆翻译的书终于结稿了。"何乔木似笑非笑，对着李然说。

　　"你快别哄我了，那都一周以前的事了。"李然有些脸红。

　　"不管一周以前还是一年以前都值得庆祝的嘛，我老婆终于有了自己的第一本作品了。"何乔木从后方双手环抱住李然的腰，向李然说道，

"老婆，我知道你心疼我，你可不可以帮我个忙？"

"就知道你没安好心，"李然把弄着项链上的紫水晶，柔声说，"说吧，什么事？"

"老婆，你看咱们多久没去外头走动走动了，闷在家里多烦……"何乔木又开始装起了可怜，"今天有个聚会，是我一个朋友的生日 party，你能不能和我一起去啊？"

李然有些严厉地看了何乔木一眼，何乔木像被看穿了心思一般，有些羞愧地低下头……

"还真以为这小子改过自新懂得心疼人了，没想到原来是为了这个。"李然心想。

不过这个念头只持续了短短几秒钟，李然毕竟心疼何乔木，而且这次也是何乔木主动示好，再说她和何乔木一起参加朋友生日 party，也不见得是什么坏事。

于是李然思前想后之后，终于点了点头，答应了下来。

四

李然被何乔木带到生日聚会的场所后才发现与平常的朋友聚会完全不同。

何乔木朋友生日聚会的场所在一所高级会所里面，会所的整个环境偏暗，放着不知道是哪个国家的诡异音乐，还散发着一股奇怪的香薰味道。

何乔木却像对这种地方已经轻车熟路了一般，拉着李然的手，在大厅里领了两个吊牌就带着李然走向了会所里的休息室，在他们走过那个散发着昏黄灯光的小道时，各种男女技师像幽灵一样穿行在他俩之间，李然还看到一个女技师饶有意味地看了她一眼……

李然当即便满脸通红，在何乔木要进休息室的时候，拉住了何乔木的手，有些试探性的对何乔木说："不然，我们……不去了吧？我从来都没有来过这种地方，而且……"

"而且什么啊，而且！"何乔木格外不耐烦，"然然，你现在是成年人，社会总要适应，增长点见识不好吗？再说了，你答应过我陪我，现在又想反悔了？"

在何乔木的激将法下，李然也不得不硬着头皮赴上了这场鸿门宴。

在李然走进休息室的那一刻，她就明白为什么何乔木要带她来这个地方了。

他们俩走进休息室后，有五六个人看见他们俩，便都纷纷起身。这五六个人都是男孩子，年龄基本上都显得比何乔木要大上两到三岁，而他们每人的身边，都陪着一个女孩。

李然仔细地打量着这些女孩儿，她们的着装基本上都挺暴露，不少人还把头发染成玫瑰红或酒红色，有两个女孩还打了耳洞。同时，浓妆也必不可少，夸张的眼影和如一团烈焰般的红唇……看见她们第一眼，如同条件反射一般，李然的脑子一下子冲出了"卖"这个字。

李然强忍着恶心，挽住何乔木的手，陪着何乔木走上前。

何乔木还没来得及跟他的朋友打招呼的时候，角落里已经有了个声音飘了过来。

"我以为李然李大小姐没有男朋友呢，这是怎么了？"

那个声音阴阳怪气的，而且"男朋友"三个字说得极重。

李然顿时愕然，立马转身，看见最左边的角落里，坐着她没有预料到的、会再次见面的人——林默。

林默也像其他男孩儿一样，怀里抱着一个女孩儿。女孩儿看见错愕的李然，又看见自己身边的林默。大概把林默和李然的关系给误会了，立马像示威一样，摸了摸林默的脸。

林默不耐烦地把那女孩拉开了，走到了李然面前，冲着她说："没想到像李然李大小姐这么自重的人也会……"他停了停，如同挑衅一般看着李然。

现在是个傻子也看得出李然和林默之间的火药味了。

李然的眼泪在眼眶里打转，下一秒几乎就要流出来了。她转过头看着何乔木，向他求救，何乔木却像个植物人一样木然，不理不睬。

周围已经有人聚了上来，拉林默的手，对着他说："朋友的聚会别为女人伤了和气，咱们赶快去楼上的 VIP 贵宾室吧。这里的人按摩按得不错。"

大概李然当时甩向林默的那一巴掌让他大受刺激，林默不但没有听劝，反而更加肆意妄为了，他快步走到了李然面前，几乎是咬牙切齿地，愤愤地抓住了李然的衣领，质问李然："为什么别人可以，我就不行？"

不过当他做出这个动作之后的数秒，他就得到了何乔木的亲切回复。

林默一个踉跄，被何乔木打翻在了地上。

何乔木这一打触发了周围的一片混乱，有几个女孩尖叫着站起了身来，另外几个男孩儿则在何乔木身边劝架。不过何乔木却压根儿没有解气，把林默的头往地上重重地撞去，林默挣扎不得，脸上几乎像开了个裁缝铺一般热闹，一块乌青一块鲜红，全是伤口。

眼看着整个休息室的氛围完全白热化，变成了一块腥风血雨之地，李然尖叫一声，冲出了会所。

接着，何乔木放开了林默，冲着李然跑的方向紧紧地跟了出去。

休息室里的人几乎全愣住了，也没有人去追何乔木，过了好一会儿，才有人反应过来："赶快把林默送医院啊！"

五

何乔木一路急追，才终于追上了李然。

李然则一路哭着，一边甩开何乔木伸过来的手，一边往前跑。

"够了，你还要去哪？你是不是又想像上次一样，找家网吧待着，然后回学校啊？我还不知道你在学校里谈过几个男的呢！"

李然听到何乔木的吼叫声，像个木偶一样转过身来，对着何乔木说："何乔木，我们分手吧。"

"你说什么？"何乔木不敢相信，"你再说一遍！"

"信不信由你，我跟这男的，没有任何的瓜葛。"李然没有理会何乔木的话，兀自往下说了下去，"你从来都不关心我的生活，你第一次来的时候我就跟你说过，这所学校里有人追过我。现在你还把我带去，那种地方……你把我和里面那些女孩，看成一样的人吗？"

"那就是那天我看到的那个人……"何乔木愣住了，脑子里模模糊糊的有了些印象，立马后悔了起来，"李然，我……"

"别说对不起了，你的对不起，我已经听过太多遍了，耳朵里都要生茧子了，"李然完全不给何乔木解释的机会，决绝地说，"何乔木，我们分手吧，我们不适合在一起，真的。"

李然扯掉脖子上何乔木送的项链，把它放回了何乔木的手里面："何乔木，就在这个时候好聚好散吧，我们现在都太年轻了，更不是那么适合在一起的，我们分手吧。"

"李然你听我解释！"何乔木慌慌张张地拉住了转身的李然的手，

"我压根儿不知道会是这样的，我朋友打电话给我，说有个生日聚会在一所高级会所里举办，最好带女朋友一起去，你就是我的女朋友啊，我不带你我带谁啊？"

"是吗？按你这么说？这种场合你出入得挺少的？"李然向何乔木带着讽刺的一笑，向他说，"我看你跟门卫都挺熟悉的啊。"

李然挣脱开了何乔木的手，说："放开我，你今天如果穷追不舍，只会让我恨你。现在你放手，至少我们以后还可以像普通朋友一样，见了面还能打声招呼。"

李然的话起到了效果，何乔木放手了。

而后李然在路边拦了辆出租，扬长而去。

"李然，我真的不知道会是这样，李然……"何乔木追悔莫及的声音一遍又一遍回荡在大街上，而坐在出租车里的李然，低声抽泣着，哭声不断，惹得出租车司机都递给了她一包纸巾。

24.

李然的抉择

一

"没关系，李然。你要是不想说的话可以不再说下去。"知道那段往事对李然的伤害之深，我连忙说道。

"不，应该告诉你的，"李然眼神坚定，"当时的我，很……决绝，比其他的女孩儿都要决绝，而且我满脑子都只有他一个人啊……"

可是现在又何尝不是。

李然与何乔木已彻底分手，李然下了狠心，无论何乔木在她的宿舍楼下停留多长时间只为见她一面，她都没出门，何乔木连她的半个影子都没有见着。

也不管何乔木用何种方式吸引她注意——大声嚷嚷也好，叫她宿舍的同学替他捎话也把，她都没有在意，她只是一直重复着翻一本英语学习资料的动作，像个机器人似的。

有一天下起暴雨，何乔木在外头带着哭腔跟她大喊："你就出来吧，这样有意思吗？"她隔着窗户看见暴雨不断冲刷在何乔木身上，觉得再过一会儿她就要心软下去了，于是她迅速拉上了窗帘。

何乔木最后喊得没有力气了，悻悻然隔空说了一句："我不会放弃。"

但大概一周左右之后，何乔木便不再来了。

同时，女生宿舍开始流传着一个消息。林默被打了，打得还挺严重，起因是李然。林默现在要告打他的人故意伤害罪，律师都已经找好了，已经上诉，马上便要开庭了。

所有女孩儿看李然的眼神都和从前不一样了，大有把李然当成红颜祸水看待的意思，就连李然从前的闺蜜挚友，也和她划清了界线，再也没有人来找她一起逛街、一起玩儿了。

别人对她的态度，李然虽然难受，但却并不在意，让她在意的，是女生们口中流传的林默上诉的消息。

这个莽撞的家伙即使在分手之后，也没有让李然省心。

李然去找了林默，孤身一人前往。

"对不起。"李然见到林默后的第一句话。

"你可不可以不要告他？"李然见到林默后的第二句话。

这两句话，从前的李然根本无法说出口。

"哼！"林默对着李然别过头去，"那我呢？做错了事就要付出代价，这家伙不吃几顿牢饭就不会知道什么叫为人处世。"

李然沉默了一阵之后，跪在了林默的面前。

"林默，是我对不起你，"李然柔声说，"这一切因我而起，你要怪，就怪我吧。"

"你快起来,"林默着急地说,"你为了他这样……他知道吗?你至于吗?"

"我没有其他的任何办法了,你不答应我,我就不起来。"李然低声说。

"好!"林默看着在冰凉的地板跪了许久的李然,发了话,"你起来吧,私了也不是不行,只是他必须得陪我医药费和精神损失费。他自己做的孽,他还是必须得付出代价。"

"好,我会告诉他。"李然起身,觉得自己的膝盖已经隐隐作痛。

这时她第一次为了何乔木说谎,也是最后一次。

何乔木曾经在她最脆弱的时候帮助了她,但也是在另一段时期里,她最脆弱的时候,毫不留情地伤害了他。

这样,她和何乔木,终于完完全全地两不相欠了。

二

"你们的事闹得这么大,我居然什么都不知道。"听完了整个故事,我有些感慨地对李然说。

"这样的事越少人知道越好,"李然的表情依旧没什么变化,"或许碰巧他来的那段时期你都不在,我又没出门,你也没什么机会遇上我。我们系里面的人把这件事当丑闻,别的学生提到都一笔带过,你自然不会知道。"

"李然你当不当我是朋友?"我直勾勾看着李然的眼睛说,"如果你早点告诉我,或许我可以帮你分担一些。"

"也能够减轻我对你的思念。"我在心里默默地补上一句。

其实想来也是阴差阳错，在我最思念李然的那段日子，在我像疯子一样寻觅着李然蛛丝马迹的日子，李然与我竟是咫尺天涯！一想到这，我不由自主，涌出无数悔恨来。

"其实……"李然看出了我脸上表情的变化来，轻轻对我说，"是我叫他们都瞒着你的……你还记得我跟你说的吗？你是我的好朋友，也是最特别的那个。而且你还是……何乔木从小到大最好的朋友……不到万不得已的时候，我也不想要你帮忙。"

"我知道这样对你不公平，可是人都是自私的，在我和何乔木在一起的时候，我只能为他自私一些。可是现在我和他扯平了，彻彻底底地扯平了。"李然接着说道。神色仍旧镇定自如，看不出一丝波澜。

三

无巧不成书，此时我接到了何乔木打来的电话。

"喂，双全，你在吗？"

我向李然打了个手势，示意对方是何乔木，然后装成没事人一样回答他："我在，你有什么事吗？我们可以好久都没联系了啊……"联系两个字我说得很重，甚至于都有点儿咬牙切齿的意思了。

何乔木愣在了电话那头，过了不久又恢复了原来的样子。笑了笑对我说："是啊，双全，有空一起吃顿饭吧。"

"行啊行啊，"我随口答应下来，"你现在人在哪儿？有什么事儿吗？"

"双全你还真猜对了，没有急事我也不会这么着急忙慌着来找你，"电话那头，何乔木压低了声音，"我出事了，把李然的肚子搞大了，我现在要打胎，你还有多少钱？能都借给我吗？我真的很急……"

"何乔木!"我打断了他,不让他继续说下去,"你说李然怀上了你的孩子,你现在要花钱打胎是吗?"我看了看坐在我对面的李然的神色,她脸色几乎是一片惨白。

"是。"何乔木说。

"那李然现在在不在你旁边?我要听她说话。"我说。

"李然现在在医院呢……"何乔木犹豫了半天以后,方才回答我说,"准备做手术了,我现在人还在筹钱,也不方便这个时候叫她接电话。"

"何乔木,你可越来越出息了啊,"我冷笑一声,对着电话里头的何乔木说,"你现在还骗到你好兄弟的头上来了,你现在怎么变得这么无耻?"

"双全你在说什么?我……我没有……"何乔木抢着解释说,"真的是李然怀上了……这种事情我用得着骗你么?"

"你想知道李然现在在哪儿吗?"我问他,"我告诉你,李然现在就在我旁边坐着,现在你觉得你说的这些鬼话,我还会相信吗?"

何乔木这下吃惊不小,以迅雷不及掩耳之势挂断了我的电话。

李然看了看一脸怒气的我:"他说什么吗?向你借钱?这人怎么这样?!"从电话里头李然也听了个七七八八,知道了我和何乔木说的是什么事。

我点了点头。

"不知道他现在人到底在哪儿,究竟在干些什么……"李然沉默一阵后,嘟囔着说,"别是被人骗了吧……"

"你放心吧,他这么大人了。又在外头闯荡了这么久,不存在还被骗到的可能性。"我听到李然仍旧努力维护着何乔木,一阵无名火从心头窜起,"倒是你,你现在怎么办啊?"

"忘记他,过我应该过的生活。"谈及自身,李然神色依旧分外宁静，"和何乔木在一起的那段日子，我想我和他都忘了自己叫什么、是什么。我原本就是学生，学生哪里有办法去赚大钱，只是凭着自己的本事，花些力气赚点儿自己能赚到的钱，填饱肚子都已经不容易了……陈文武，我现在都想清楚了，虽然付出的代价惨烈，可我好歹明白了，可是何乔木还不明白，他迟早会出问题的，但我……对得住他了。"

我见李然开口闭口说的都是何乔木，不由自主一阵恼火："李然，你要我帮你，一切都好说。可是你要知道的是，你和何乔木所有的联系都已经断开了。你绝不能对他再有半分心软，你明白吗？"

"不管何乔木再怎么主动联系你，也不管他有多么可怜——那都和你李然没有半点关系了，你如果不下定这个决心，你所想的一切便都是空谈，你如果不能彻彻底底底摆脱他的阴影，那么你未来的生活和现在相比，也没有任何的变化。"

"我明白，我全都明白，陈文武，"见我动怒，李然急忙解释，"我对他的感情，在他把我带到会所令我受辱的那一刻，已经烟消云散了。而我与他的牵绊，在我向林默下跪，乞求他原谅何乔木的那一刻，也已经被完全斩断了。在你面前的李然，不会因为他随随便便而心软了，何乔木现在把我害成这样，我还替他去擦屁股……于情于理我都算对得起他了，哪怕未来还有什么……"

"那你什么都已经想清楚了？什么决定都已经完完全全做好了？"我问她。

李然看着我，再一次地，郑重地点了点头。

"好，再吃些东西吧，吃完我送你回宿舍。"

李然往口里塞了一块儿鸡块，狠狠地咬着鸡块上的肉，过了片刻，吐出一块骨头来。

25.

何乔木被骗

一

我和李然未曾料到的是，或者说李然料到了，却没能分开心细细思量的事情是——何乔木真的在那个时候，卷入了一场骗局中。

"好像去鬼门关走了一遭。"在时过境迁，追忆往事的时候，说起旧时的这番际遇，何乔木对我这番感慨道。"如果说生活分为三种：社会新闻里的生活，电视剧里的生活，电影里的生活。那么我那一段的生活，就从电视剧里的生活直接降级到了社会新闻里的生活，而且变化的精彩程度，绝对值得上头版头条，引发民众热议。"

社会上的人鱼龙混杂，何乔木虽说有了些经验，但毕竟与别人年岁相当，又有孩子心性，贪玩爱闹，长此以往便交了不少狐朋狗友，人际交往圈也越来越大，大到为骗子所惦记。

骗何乔木钱财的"李老板"，是在他朋友的一场生日宴会上认识的，这样的宴会何乔木参加了不少，打着生日宴会的名头，实际上就是给赴宴者彼此一个互相熟悉、笼络关系的机会。所有与会者自然都懂得这些道理，均心照不宣，各自忙着各自的事情。

何乔木百无聊赖，靠在沙发上持着一杯没能敬出去的酒，一副带着几分慵懒的二世祖样子，这模样被人看在眼里，记在心里。过了不久，就有个戴金丝边框眼镜，一身黑色西装，谈吐显得格外儒雅的男子凑上前，和他说起话来。

开始何乔木还有些爱理不理，奈何骗子都分外精明。试探一番之后，何乔木的喜好便被人了解得清清楚楚，他从何乔木的喜好着手，与何乔木聊天说地，酒斟满一杯又一杯，没有间断地递给何乔木。何乔木喝得有几分微醺，趁着醉意便什么都说了出来。那段时间李然不在他的身边，骗子便成了他唯一可以倾诉的对象，于是，骗子不费半点力气，便事无巨细打探出了何乔木的家庭背景、人际关系网，以及何乔木银行卡上的余额。

而何乔木在与"李老板"熟络之后数日，便把"李老板"带回了自己的家。他开了一瓶自己珍藏了很久，甚至没能舍得和李然共享的红酒，和"李老板"开环畅饮，酒过三巡之后，更是与"李老板"称兄道弟。

一个社会经验丰富的老狐狸，开始了他的捕猎。

而他的猎物，此时还没有半点自己即将成为别人砧板上鱼肉的觉悟。

当时的何乔木甚至以为，自己找到了自己此生的知音，一辈子的忘年交。他的内心甚至觉得，这个来历不明的"李老板"会成为继我和李然之后，他值得交心的挚友。

"李老板"在不久之后，便和何乔木开始谈一些生意上的往来。

何乔木在那段时间，不但从他舅舅手中接收了几单生意，也开始跑起了运输。"李老板"便从这一点作为出发点，诈骗何乔木的钱财。

他找准了时机，神神秘秘把何乔木请到了餐厅里去，未曾开口一支烟便先递了过去，何乔木一直把"李老板"视为大哥，哪里习惯"李老板"待他这么恭恭敬敬，便慌慌张张接了过去。又替李老板倒上一杯茶水，洗耳恭听李老板和他说话。

"何老弟，你是自己人。老哥我这里有件好事想要你去做，肥水不流外人田，你能不能接下来？"

"李大哥，你还问我能不能接下来？那就太见外了。"何乔木对李老板已全无半点戒心，立马应声答道。

"我搞到一批货，要运到新疆那边去。是大生意，要分好几批运的。交给外人肯定不放心，你这次安安全全运过去，以后你自己的货过来，到新疆那边，也是一句话的事。"李老板压低声音，显得神神秘秘的。

"这是好事。"何乔木来不及多想，赶紧回答说。不久，他想了想又补上一句问话："李大哥，这批货到底是什么啊？你能不能给我透个底，我做事也好做到心中有数，不辜负了李大哥你一番心意。"

何乔木到底还是存了个心眼，他的本意是要摸摸这个"李大哥"的底子，看看这"李大哥"到底是个什么样的来历。但魔高一尺道高一丈，骗子如果没有准备，就做不成骗子。

"李老板"听到何乔木的问话后，没有立刻答话，而是直视着何乔木的眼睛，甚至看得何乔木心里有些发毛。

半晌后，"李老板"长舒一口气，问何乔木："何老弟，我之所以这个事想要你来搞，就是看你是个实诚的人。我这件事要担负些风险，本来应该是完全保密的状态。但既然老弟你开口问了，我也没什么好瞒着你的。不过你能答应我，不向别人透露出去半个字么？不然你跟我——"他压低声音，对着何乔木的耳边说："可能都要出事，会掉脑袋的。"

"李老板"这么神神秘秘，搞得何乔木神经也紧张了起来，何乔木笑了笑，声音有些发颤的对李老板说："我当然按照您说的不跟别人吐露半个字……毕竟谁想要别人挡自己的财路啊……李大哥，您这个事儿，可别是什么违法乱纪的事吧，那我何乔木还真担当不起……"

"何老弟你怎么说话呢，我可是良好市民！"李老板笑了笑，缓和了一下气氛，再次压低声音，凑到何乔木跟前说，"我送的那批东西呀，也不怕告诉你，就是军需物资。我和他们兵团采购部门的部长有些关系，费了好大力气才拿到这个名额，何老弟你可千万别给我搞砸喽。"

"李老板"这一惊一乍的架势，让何乔木不疑有他。

何乔木给"李老板"满上了一杯茶，然后又给自己斟上一杯，举起茶杯笑着回答李老板说："李大哥你信任我，是我的福气。我们以茶当酒，干了这一杯！你放心，要是出了任何差错，兄弟我这颗脑袋割下来给你当球踢！"

"李老板"听着何乔木带着几分孩子气的话语，也笑了笑，举起茶杯，轻声说："就一批货，没什么关系的。且不说兄弟你不会出什么差错，就算是出了，我也舍不得割你的脑袋啊。"

话音刚落。"李老板"与何乔木便一齐碰了杯，两人四目交接，均哈哈大笑了起来。

二

说干就干，何乔木自然当天便忙了起来。

但他的忙碌，却完全不是为那批货，而是为了另一件事——借钱。

"李老板"与何乔木签好了合同，合同的底下"李老板"更盖上了公章，且两人还按好了两个硕大的红手印，盖在了上头。但"李老板"却迟迟没有通知何乔木去取货。

原来这协议一式三份，"李老板"一方是甲方，何乔木一方是乙方，因为数额巨大，仅仅两个人立好合同，"李老板"仍觉得不保险，还委派了担保公司，要担保公司为这批货担保。

没有担保便无法出货。而担保公司提出的条件，也由"李老板"的律师代为向何乔木解说。

当天下午，忐忑不安中，何乔木等到了"李老板"的律师给他打过来的电话。

对方听声音是个中年女人，一上来便向何乔木自报了家门——我是李先生专门聘请的律师，就职于某某律师事务所……何乔木听说这女人能说出自己就职的地点，又想到自己已经签好了合同。便完完全全地相信了这个素未谋面的中年女子。

中年女子以一种极其职业化，类似于办理银行手续时的问话声对他解释，担保公司必须要两方均出资寄存在公司里，才能够进行担保手续的办理。也就是说，担保公司要求李老板一方出资 5 万元，何乔木一方出资 5 万元，而且由于"李老板"与何乔木分别是这份合同里的甲乙两方，因而不存在一方替另外一方把钱交上。必须是由何乔木本人打到担保公司的账户里。而在合同履行后一周以内，这笔钱会打回何乔木的账户上头。

这类事件，放在平日里，何乔木定然不会轻信。可他现在已经和那个所谓的"李老板"签好了合同，他如果能成功接下这批货的运输的差事，带给他的经济利益也是巨大的。想到这一茬，何乔木便决心借钱，到他成功接下这门差事以后，再还给借给他钱的朋友亲戚。

于是，从接到这个"律师"的电话起，他便兜兜转转，不停地忙碌，给每一个认识的朋友都打去了电话，说要借钱。

何乔木交的狐朋狗友不少，但那些酒肉朋友，都是只可以一起富贵，却无法共同患难的典型例子。一听说何乔木要向他们借钱的事，一个接一个地找起了借口，因此何乔木的电话，打得也分外地徒劳。费了全天的力气，也只借到3万块，全部打到了"李老板"的律师告知他的那个账户中。

其实看到那账户户头的名字，他也不是没犹豫。

他将钱汇入的账户，开户人叫作江平。他还特意询问了律师，为什么他汇钱要汇入一个私人账户，而不是汇到一个以公司名义开户的账户上头。

律师很不耐烦地回复了他："你和李总做的事都是有风险的事情，谁敢明着来做？何先生你应该也是见过世面的人，怎么连这点道理都搞不清呢？"

这话一出，何乔木便把心一横，将3万元打入了对方的账户，换来一张汇款的回单。

刚刚借来的3万块钱，此刻变成了手中一张薄薄的纸片。何乔木看着那张纸片愣神良久，心下不安，总觉得什么地方出了错。可他转念一想，合同已经签订了，律师也已经找好，所有程序完完全全是按照流程来的，他觉得不应该有什么问题。

人的劣根性便在于此，人如果为一件事付出良多，便会期盼这件事按照心中所想的去进行，会一厢情愿地给自己一个解释，把明明是坏的、有错漏的事颠倒成好的、值得开心的喜事。所以，尽管潜意识里，何乔木已经起疑。但他已经投入了3万块进去，实在不愿完完全全地放弃此事——那时候他内心也隐隐约约地知道，这笔钱很可能是无底洞，投入进去就像将水洒向万丈深渊里，甚至连一丝一毫的回响都听不到。可是他却没想过放弃这件事。

"对不起，蔡律师。我借了半天也只能借到3万块……"傍晚，何乔木打通了那个自称律师的女子的电话，支支吾吾地对她说。

"那怎么办？""律师"不给何乔木半点喘息的空间，劈头盖脸地问他。

"我跟你说何先生，你要是不打入全款，担保公司是不给担保的，你已经投入了3万块，你自己想想吧！"

"我……我真是……不好意思，但你能不能叫李总帮我垫付上剩下的2万块钱，我也才刚刚出来到社会上做生意，实在是手头紧，这3万都是我借的，你知道的……"

"这是你和李总的私人问题，这个问题我是没办法帮你负责的，你自己再去和李总沟通交流，可以吧？"

"……那能不能麻烦你帮帮我的忙，借我2万块钱呢？您也说过的，担保公司会直接把5万块钱退还给我，到退还的时候我第一时间打到你的账户上。"何乔木厚着脸皮说。

"律师"沉默了一阵，方才对何乔木说："我肯定不行的，何先生，我四十多岁，有老公有女儿，我要养家的。你再想些办法行不行？找找身边的亲戚朋友……"

"不然我也只能跟李总说，叫他放弃和你的合作了，本来李总是特别看好你的……"

这番话有如一个魔咒，把何乔木搞得彻底心慌了。

已经走到了这一步，放弃是肯定不可放弃了。那借钱呢？要继续借的话，向谁借钱？以什么理由借钱？何乔木的脑袋转动的从来没有今天这么快。

于是，便有了何乔木给我打来的那个电话。

遭到我的拒绝后，何乔木悻悻然挂断了电话。不过直到最后关头，他都没有去问自己的母亲要钱，他知道母亲生活的不易，就如他知道他打电话问母亲要钱之后，母亲一定会想尽一切办法，满足他的要求。

理智在他陷于骗局，陷于疯狂里留给他的唯一一点清醒，是建立在亲情的基础之上的。

三

四处借钱无果之后，何乔木把主意打到了我的身上。

他接着做下的事情，可谓破釜沉舟，不成功便成仁，扎扎实实把自己推到了绝路之上。

他把自己租的房子退了，因为提前退租，因而没有拿到押金。退了房子后中介公司只退给了他 8000 块钱。

他把自己的电脑当掉，换了 2000 块。

……

诸如此类的事，他忙活了整整一个晚上。然后把换来的 15000 块钱打入了江平的账户里。

在打完这笔钱之后，何乔木找了家小旅馆，开了个靠边的特别小的房间。

迷迷糊糊睡到凌晨，他又起来了，心里头藏着事情，再怎么样都睡不香。他想着明天什么时候能再凑到 5000 块钱，什么时候能拿到李老板给他的货？

寻思来寻思去寻思了半天，他给李老板和律师都打了一个电话，对方不接，关机。他看了看墙上的钟，现在是 3 点，他想人家可能睡着了就没理会他，就决定再等一等。

何乔木一个人静静坐着，一直不停地抽烟，在慢慢流逝的时间里，咀嚼着孤独和等待的痛楚。

等到 6 点，稍微有些天亮，他继续给李老板和律师打电话，对方手机关机。

8 点，他继续打去电话，两个人的手机仍旧关机。

10 点，他持续不断地打去电话，还是打不通。

……

11 点，何乔木感觉出了不对，下楼拦了辆的士就往李老板住的那家旅馆冲过去，结果服务员说人家昨天一大早就把房给退了。

何乔木在那个时候，才知道自己受了骗。他骂了几句自己财迷心窍，像疯子一样在大街上溜达着，按着那几个打不通的手机号。但不管他怎么按，手机里传出来的还是忙音……何乔木气得都想把他手机给砸掉了。

最后，他报了警。

何乔木从派出所里出来的时候，觉得自己脑子整个都木了。他看见街上面走来走去，衣着光鲜的男男女女，看见那些提着昂贵手提包的女孩儿，拿着新款的苹果手机打着电话……他觉得自己的生活和这些人离得是那么遥远，他脑子里甚至一闪而过抢钱的念头，可是想了又想，他还是没有迈出那一步……站在天桥上的时候，看着桥墩下来来往往不断穿梭着的车辆，他忽然很想跳下去。但那个时候他妈妈的脸、我的脸，还有李然的脸全都闪现在了他的眼前，他好像听到了他妈妈痛苦的哭泣声、李然轻蔑的笑声……

于是，在他最绝望的时候，他压制住了自己的绝望。他静静的，像没事人一样，从天桥上走了下来。

何乔木看着S市高耸入云的楼房，觉得自己完完全全没必要在这个城市里留下去了。

他用身上所剩无多的钱，买了一张回南城的火车票，他突然发现，自己前所未有地想回到家里面去。

26.

再会何乔木

一

在何乔木经历着这番惊心动魄的历险的时候，我和李然正窝在学校的图书馆里——这个地方我们已经很久没有来过了。有部电影里说的话没错——所有的相遇都是久别重逢。我们两个人都把手机关上了，暂时和外界彻彻底底地断开了联系。

"李然，"我从口袋里面掏出了一个小苹果，递给了她，没看她的脸，轻声说，"这是我刚刚楼下小卖部买的，你把它吃了吧……以后就平平安安地、顺顺利利的，不会再有这样那样的事了……"

李然接过苹果，咬了一口，说："谢谢你。"

"别谢，我们什么交情啊，现在……除了我也没什么人可帮你了，难道你还准备自己一个人……"

话还没说完，李然的眼圈已经红了。

"你可别哭啊，"我冲着她夸张地做了个手势，"你现在可是我们学校的风云人物呢，让别人看见你哭成这个样子怎么行啊……"

"你放心，我撑得住，"李然对着我微微一笑，说，"哪个凡人没点烦心的事，我知道你的好，大恩不言谢。"

我别过脸去，我们彼此的对话几乎有种生离死别的氛围了，说实话，此情此景，我一辈子也没想象过会发生在我和李然的身上，连做梦都没有。

我凝神看着李然，发起了呆来。一瞬间我想起了何乔木、我还有李然上高中时候的样子。何乔木比我帅，还会打篮球，走在校服的海洋里鹤立鸡群，跟着他一起走的永远是我还有李然。李然和何乔木永远在顶嘴，他们是冤家死对头，我常常充当着他们之中的和事佬……

闷热的夏天里，何乔木在上自习课的时候会翻开一本漫画书看，叫我帮忙做掩护，老师来了就喊他一声……我呢，常常迫不得已乖乖听他的话，而李然就不同，她会跟老师打小报告，然后在尘埃落定，何乔木被罚写检查的时候跟何乔木大眼瞪小眼……那时候的李然满身的傲气，用当时何乔木的话来说：她简直就像一只挺着胸膛的公鸡……

一晃过去这么久了，如今已物是人非。

我们三个人都离开了我们曾经最想离开的南城，到了 S 市这样的大城市，这个地方有肯德基、麦当劳，有必胜客有星巴克，交通发达、环境很现代化……我们最开始都以为我们会在 S 市混得顺风顺水……然后呢，我们三个人都被撞得头破血流……

在我几乎是止不住的伤春悲秋的时候，李然打断了我的思绪。

"陈文武，你在想些什么呢？"她问我。

我没有回答她，只是默然地看着她，也不多说话，心中却有未能出口的万语千言。

"在看些什么？"李然发现我眼神不定，问我道。

"什么？……没有，我什么也没看。"我带着些慌乱回答她说。

"是看这个吧。"李然把手伸到我面前，她手上面有一道细细的伤痕。

"那时候何乔木到了 S 市。我想和他一起搬出去住，这种大事不能全瞒着父母啊，我就告诉我爸妈了。然后他们就坚决的反对，尤其是我爸，他也来了 S 市，跟我说我要是和何乔木搬出去就打断我的腿。"李然苦笑着说，"这个，就是那个时候留下的记号。"

"对不起，我……"我低下头。

"没事的，都过去了。你不用和我说对不起，今天多亏了你，不然我脑子整个都是木的，一点办法都没有。"李然回答我道。

"我从今以后，不会再为何乔木流一滴眼泪了。"

"这是最后一次了。"

李然看着我，对我补充道。

我有些闷闷不乐地回应她："其实我也没帮上什么忙，你也不用跟我说这些的……你跟他的事，我也管不着，而且就算你真跟他掰了，我跟你也没什么戏啊……"

李然听到我这么说以后，轻声笑了出来。

她走到我面前，认认真真的说："我们会是好朋友。"

"今天你帮我这么大忙，谢谢你。"她一转身，又变回了那个心性有些高傲的、笑容明媚的李然，变回了那个图书馆里头认认真真读着书的、侧脸被太阳晒得通红的女孩儿。

"今天我请你吃饭吧，你想吃点什么，日本寿司还是豚骨拉面？"她问我。

"不快一点的话，我就不请你了哦。"她冲我眨了眨眼，走出了图书馆。

"喂，李然，等等我啊……"我赶紧地追了上去。

酒足饭饱后，回到宿舍，我的心情仍是久久不能回复。

良久，我在电脑上敲上了这么一段话：

"李然，这些话我知道你听不到，但我知道我说的这些你肯定心里面都知道。李然，你知道的，我也不算一个特别有大抱负的人，而且我总是喜欢乱想，有时候我经常会问自己，生活的意义到底是什么呢？会是守护你吗？我跟你没有可能，但是我却还是忍不住想要抓紧你……扑火的飞蛾应该是美丽的吧，即使下一秒它就要遭到毁灭，它也无所谓……李然，你知道吗？你对我来说就是那一团火，你遇到了任何的事，你都可以过来找我，我会始终在你身边的。而且你要知道，你不欠我什么，这都是我心甘情愿的。"

二

在李然的生活重归平静之后，我回了南城，找到了何乔木。

寻找何乔木的过程意外地顺利，更准确地说，是有关于何乔木的消息找到了我。

何乔木的妈妈，出于对何乔木的担忧，给我打来了电话。

"文武啊，乔木一直都是你好兄弟……这几天他回了老家之后人一直是木木的，什么话都不肯多说，我看得出他有心事，可这孩子的脾气你也知道，就是倔。你有时间的话就回来看看他好不好？"

我无法拒绝，那是一个母亲基于对她儿子的担忧，对我的恳求。

于是我搭上了前往南城的火车。

在火车上，我一直在想，再次见到何乔木之后，我该对他说些什么、做些什么呢？我应该骂他混蛋，狠狠揍他，责怪他伤害了李然。

可是当我真的再一次见到何乔木的时候，我所想做的却一点儿也做不出来了，我准备骂他，给他添堵的那些话全都出不了口了。

何乔木坐在窗户下的一个大沙发上，两眼无神，发丝凌乱，就那样一直坐在那儿。

看到我之后，他招呼了一句："双全啊，你来了。"说话的声音小得跟个蚊子一样，然后他就又颓废的坐回了那个大沙发上，头伸进沙发里，以一种半躺着的姿势面对着我。

"你在这儿装什么可怜？"我憋半天憋出了这么一句话。

"我被骗了。"何乔木对着我，难看地笑了笑，回答我说。

"什么事？"我愣了愣，脑子一时没能反应过来。

"我想着凭自己的能力赚一笔大钱，结果——"他惨笑一声，说，"钱没赚到，自己辛辛苦苦的积蓄搭上去不说，我现在还欠着人钱呢。"

"所以你就回南城，把自己搞得跟个鬼一样？啊？"我气不打一处来，质问他。

"除了南城我还能到哪里去呢？我现在什么都没了，钱没了，和你和李然也都——我现在——我是自作孽不可活，老天爷大概也看我不顺眼想惩罚我。"

"何乔木，你不是小孩子了。"我冷冷地说。

"南城不是一所幼儿园，你不解决自己的问题，难道你在南城待上一辈子么？何乔木，如果你要做梦，前提就是你得有钱，得有很多很多的钱，才能撑得起你的梦。"

"钱……呵呵……"何乔木像个醉鬼一样，大笑几声："真是个大笑话！双全，你现在也在看我的笑话来着，是不是？我什么都赔进去了，为了搞点钱。然后又为了钱把什么都亏了。我一无所有了，双全，你如果是替李然报仇来的，想打我你就打吧。"

那时候我可以冲上去，痛打他一顿。可是我没那么做，我看着瘦得皮包骨、毫无精神的何乔木，想到他曾经意气风发的样子，心头闪过一阵心疼。

"何乔木，我们十几年的朋友了。"我一字一顿地说。

"以往遇到什么事，我从来都听你的，哪怕你坑我，我知道你出发点是好的，从来都没有怪过你。但是这一次，我对不住了。"

我走到何乔木面前，用尽全身的力气，扇了他一耳光。

何乔木还是像个没事人一样，也不捂也不躲，一个人呆坐在那儿。

"何乔木！你如果还是个男人你就给我振作点儿！什么事儿寻死觅活的！你自己看看你那样子！你觉得对不起李然对不起我，那你就活出个样儿来！你知道你老娘有多担心你吗？她打电话给我叫我回来看你！你能不能争气点儿！"

我大概一辈子也没有说过这么多愤怒的话了，而且每一句都是吼出来的。

在我说这些话的过程里，何乔木的眼睛亮了一下，又亮了一下。

他沉默了很久，才对我说："双全，谢谢你，我知道了。"

"好。"我回答他，忍不住又多说了一句，"你别怪我打你的那一巴掌，我是替你妈打的。"

说完我就觉得自己有些心虚……

"没事，你把我打醒了，不是朋友你也不会这样，"何乔木凝望着我的眼睛，补上一句问话，"对了，最近李然怎么样？"

"还能怎么样？就那样，"我不耐烦地回答他，"你干的好事！李然整个人都差点被你弄崩溃了！"

"啊?"何乔木大吃一惊,"不至于吧? 她那么坚强的人……"

"怎么能不至于。"我冲他翻了一个大白眼。

"李然从没告诉我啊……"他叹了口气,思忖半天之后,对着我说,"之前拜托你的事,现在估计得继续拜托你了。双全,好好照顾李然。我对不起她,就算再黏上去,我估计她也不会再理我了……双全,你不一样,你比我靠谱。"

27.

留下或离开

一

"何去何从,觅我心中方向。

风和云在梦中轻叹,路和人茫茫……"

大四上学期,大量的同学都外出实习的前几天,班导组织了个聚会,在市中心某家金碧辉煌的KTV。

班上的其他人都点《死了都要爱》《离歌》之类的一些情歌,整个氛围分外不像我们彼此要分开了,反而像为了庆祝什么而举办的一场盛会。

"陈文武可一首歌都没唱呢,大学当了好几年同学了,也没见着他展现他的歌喉。"不知道是谁递了支麦克给我,冲着我说。

我点了首老歌，张国荣的《路随人茫茫》。

原以为我不纯熟的粤语会引得同学们阵阵发笑，没想到所有的人都听得挺入神的。

屏幕上头，张国荣做书生装扮，行走在幽深的密林里。

一曲终了。

"可惜啊，写歌的人和唱歌的人都不在这个世界上了。"唱完之后，有个同学小声地说。

班导师像是吓了一跳似的，大声说："呸呸呸！大吉大利大吉大利！你们现在学了这么多年，都是出征的勇士，以后未来都会挺好的，对自己都得有些信心！"

"咱们听老班的，共举杯，不醉不归！"看到氛围有些压抑，林默举起了手中的啤酒瓶，对着其他的学生说。

"我们中文系，都是文曲星下凡。未来一定也都前程似锦，我要考研，祝大家在工作的职场上顺顺利利，就不陪各位闯荡了。"陆桥见林默发了话，也举起了手中的酒，向着我们说。

"不管是怎样，醉笑陪君三万场，不用诉离殇！"有人带着豪情壮志，大吼一声。

紧接着，所有的酒杯都碰撞到了一起，觥筹交错，所有的人的脸全都变得通红。林默看起来已经醉得不行了，却还是一个接着一个地劝着酒。

敬到我的时候，他和我干了一杯，说要一口闷。饮毕之后又在我耳边小声对我说，要我出去一下，他有话想对我说。

于是，看到他前脚出了包厢门，我后脚就跟着走出去了。

"毕业之后有什么规划？"他显然还没有完全想好要和我说什么，匆匆忙忙地来上一句。

"还没准备。"我回答他。

他看了看我，眼神里有些……怎么说呢，捉摸不透的东西，我们两个人良久地对视着，似乎都知道对方要说什么，但谁都不愿意先开口。

"那一次，对不住了啊，"最后还是我先跟他说的，"那一次我也是心急，你知道的，李然是我好朋友。"

"我如果怪你就不会再把你叫出来了，"林默低声说。想了想接着话头问我，"李然最近怎么样?"

"她过得不错。"我回答林默。

"想想她也应该过得不错，"林默有些自嘲地笑笑，"碰上你这么铁、这么死心眼儿的朋友谁都会过得不错。"

"不过可惜了，到头来我们也是一样——"林默转口说，"我刚开始还以为她是因为你才不肯接纳我呢，没想到也不是。陈文武，你说感情这回事，兜兜转转一个大圈子，人最后能得到什么。"

我也不知道这问题的答案，林默说的话像一个无解方程，我甚至都不怎么想去理会了，于是我对着他说："你喝多了，如果你说的话都这么没营养，咱们也没必要说了。我先回去了，你也回去，然后好好睡一觉吧……"

"我原来是想好好地对李然的，可是没想到我和她搞得这么僵，我也不知道她心里面已经有了别的人，那不是我的错……"林默大概是真的喝高了，完全没有理会我，自顾自接着说。

"所以我跟她没开始，就结束了。陈文武，你比我有毅力，可是你跟她不会有结果的，你自己也知道吧。"

我站到林默跟前，语气坚定地回答林默："那是我的事，你不用管。"

林默愣了愣，然后大笑出来："果然啊，果然能和李然当上朋友的人，性格都和李然一样倔。"他笑得脸都有些变形，过了好一阵子才恢复了原样儿。

然后他站定。从衣服兜里掏出了一张银行卡，递给我。

"我答应了再也不去找李然的，你把这个帮我交给她吧，密码就是她生日。"

"她男朋友赔我的那些医药费，我不会要的。其实想想有多大个事啊？是我欠了她的，遇到这些事就算我倒霉，也算我活该吧。"

我没有接过林默递过来的银行卡，皱了皱眉对他说："李然也不会要的，她跟那个男孩子，已经分开了。"

"过去的事就已经过去了，我们都没必要耿耿于怀。咱们的人生才刚刚开始呢。"我拍拍林默的肩膀说。

林默想了想，最终还是把银行卡收了回去，对着我露出冰释前嫌的一笑："陈文武，谢谢你。"

"嗯，你未来也要加油。"我回答他。

"好。"

我们两个人击了一掌，从此过去的那些风风雨雨，再不算数儿了。

我和林默回到 KTV 包厢的时候，其他的同学已经唱完了歌，喝完了酒，准备散场了。

有个平时和我们不怎么熟的女孩儿，哭得眼睛通红，小声说："大家都要加油……"

"都加油！"有个体格壮硕的男生接着大吼了一句。

"所有人，加油！"班导师也加入了这个毕业祝福的行列中……

于是，一时，四面八方都洋溢着祝福彼此，要同学加油努力的声浪。

我也不例外，没心没肺地在人群里乱喊着。

林默看见我喊得脸红脖子粗的样子，笑了笑，把手卷成圆形放在嘴边，大声说："陈文武加油！"

"林默加油！"我回应他。

声音回荡在 KTV 包厢里，经久不散。

二

尽管心里面已经做好了准备，但现实往往还是会把人冲击得措手不及。

大四的 KTV 聚会之后，能走的同学相继离开了。不少人回了老家去找工作，还有不少人租房出去住，开始准备考研。我在这样七零八落的氛围中也无法做到无动于衷，于是我也开始奔波在这个城市之中，想找到一份合意的工作。

找工作的过程相当艰难，我算是高不成、低不就的典型。大型企业招文秘、策划的工作都偏向于女孩，从性别上我就失去了先天优势。小型企业给的工资待遇各个方面都不甚理想，我又不怎么想去就职。那一阵子我妈妈每天都给我打来电话，叨念的全是我的亲戚邻居七大姑八大姨的儿女们找到了好工作的事儿，我听她讲话常常不到半分钟便听得烦闷，但知道她的唠叨是对我的关怀，便把手机放在一旁，待她讲完话，便回答她："你放心，你儿子的未来一定会越来越好的。"然后便不再多言。

电话那头往往在我说完话后，便传来一阵叹息声，母亲带着哭腔，悠长而伤感的叹息声。

母亲的心面对自己儿女的时候，终归是痛与不忍的。

过着这般压抑的日子，我甚至生出了放弃 S 市的念头了，原先我是打定主意，一门心思要留在 S 市工作的，但找了一个来月的工作却还没有半点结果的时候，我开始想要回到南城了，南城里我毕竟有家，有个温馨的避风港，也许我可以在南城待上一阵子，收拾好自己的心情，然后整理好行囊，再度上路。

如果在我走之前，还有一件事是重要的……

那天我订好了第二天回南城的火车票，然后在黄昏时节，给李然打去了电话。

"李然，最近怎么样？"这半年时间里，因为我和李然不在一个系，李然耽误的功课又多，我和她的联系并不是特别紧密，只限于偶尔通一个电话嘘寒问暖。这次给她打去电话，我的声音竟然都带上了几分颤抖与欢欣。

"还不错。我最近都在赶招聘会，上一年没能通过的几门功课也得重修，每天都挺忙的。你呢？"

我？目前自己的境况我怎么好意思对李然说出口？于是我支支吾吾地回答她："我也……还行吧，对了，李然，今天下午你有没有时间，我有话想对你说，想请你吃个饭啥的……"

李然在电话那头的笑声和银铃一样："就为这事啊？你怎么扭扭捏捏跟个女孩儿一样。当然行啊，我今天下午有时间的，但是不是你请我吃饭，是我请你，我找到工作了。"

"那祝贺你。"我小声嘟囔一句。

"祝贺什么呀，还有好多琐碎的事儿没解决呢，我还有事在忙，先不和你说了，晚上吃饭的时候慢慢说。"

李然把电话挂断了，我听着手机上传过来的最后几声"嘟嘟"的忙音，有些愣神。

我想起那天何乔木恳求我照料李然之后我对他的回答来了，何乔木的无奈、苦楚我能够理解，但是他的窝囊样子却看得我很不耐烦。在他摆出一张苦瓜脸拜托我照顾好李然，说"你和我不一样，你比我靠谱"的时候，我抹掉自己的同情心，横下一张脸，对着可怜兮兮的何乔木说："你跟李然的事我不会去掺和的……你如果觉得对李然有愧，那就用你自己的实际行动，去挽回李然的心……"

不过这样的李然，大概根本不需要我和何乔木插手她的生活半点吧……想到这里，一抹苦笑轻轻溢上我的嘴角。我想起自己当时在高中时候那般爽朗地应承何乔木照料李然的事儿来了……其实当时的自己，大概还是存了私心，一心想停留在李然的身边吧，现在的李然，没有我去帮她的倒忙，也许过的生活会更好一些……

我独坐在宿舍里，一个人静静地寻思着这一切……最近也不知道是怎么了，只要触及关于李然，或者有关何乔木的事儿，我就会变得容易多愁善感，容易思虑很多，回忆很多往事……就好像记忆的闸门一下子被触动了，如同洪水一般的记忆汹涌澎湃，奔涌而出……

在那个时候我更下定决心回到南城，当时的我甚至胆小到想推脱掉李然晚上请我的那一顿饭了。我不想再见到李然的脸，害怕我因为李然还留在 S 市而动摇……

大概我是属蜗牛的吧……虽然我义正词严劝说何乔木不要放弃，可是面对自己对李然的那一份感情，我却只有逃避，好像也只能逃避。感情真的是世界上最为复杂、最不可捉摸的问题……在我没有李然半点音讯的时候，我疯狂地寻找着李然，想探着她的蛛丝马迹，但是在李然回到了生活的正轨，和何乔木分得彻彻底底一干二净之后，我却又突然的，一点儿也不想见到她了。

我想见到的，其实是回到过去，是昔日我们三个人无拘无束生活着的高中年代，可是，时光无法逆流，这一切都不再可能了。

而李然，也已经完全不是过去的那个李然了。

这一点，在我准时到达李然请我吃饭的那个餐馆，没错，我是个有贼心却没有贼胆的人，李然每一次的要求我都无法拒绝她，更何况这一次是我先来邀请她的。在我再度看到李然的时候，我便知道得清清楚楚了。

李然似乎完全从过往的伤痛记忆里走了出来，她穿了一件浅粉色的职业套装，拿了一个玫红色的手包，剪了齐眉的刘海，还戴着两个月牙状的金色耳环。

果然女大十八变，我完完全全地看傻了眼。

李然走到我面前，推开了我对面的一张椅子，带着些嗔怪，对我说："怎么，还没看够啊，我脸上有东西，还是？"

她一句话把我堵得满脸通红，不知道回答她些什么才好，我支支吾吾地说了半天，也只得挤出来一句："没有，李然……你今天……特别漂亮。"

李然爽朗地笑了一声："真的吗？我也不知道好不好看，以前何乔木老嫌我不会打扮，说这也不好看那也不好看……"她注意到我脸色有变，调转了话头说，"我们不提他了……今天我穿这身去的公司面试，也不知道是运气好还是怎样，之前赶了那么多场招聘会都没有注意我，这一次倒是 OK 了。"

"李然，你现在是在做什么工作啊？"我喝了口水，问她。

"也不是多紧要的事儿，一家外企的翻译。"她把手提包放到一边，冲着正前方来了句："服务员呢？怎么还不把菜单递上来。"

"不用了，我已经点了菜，"我说话的声音有些酸涩，尽管我极力隐藏却也掩盖不住，"我知道你喜欢吃什么……李然，你变了很多……这是好事，你比我能够更融入这个社会。我记得好久以前，你是那种……有满身的傲气，又有些小害羞的人，今天，我发自内心地祝贺你……"

下定决心有些话不和李然说，但我还是在见到她的那一秒，彻彻底底地破功了。

"李然，你知道吗？我要回南城了，"餐馆里墙上的壁灯把李然的脸照成浅黄色，我凝视着李然的眼睛，轻声说，"我其实，挺没用的，高中的时候我答应何乔木要照顾你，不过你现在大概完全不需要我的照顾了……李然，你快要实现自己的梦想了，尽情地飞吧……你只要记得有我这个人存在过就好了，哪怕只有那么一丁点儿……"

在我还陷在伤春悲秋里不可自拔的时候，李然的一声大吼劈头盖脸冲我发了过来。

"陈文武，你在说什么傻话！"

我彻底愣住了，从前我从没有看见过李然动怒……而面前怒发冲冠的李然，怎么说呢，活脱脱一只……母老虎。

"你以为你到底是谁啊？梁山伯还是罗密欧啊？你自怨自艾个什么劲儿啊？你现在离开 S 市，你就什么都不是，只是个懦夫！"李然愤慨地拍了拍桌子，大声说道。

离我们临近的几桌被吓到，他们全都齐刷刷地看了过来。长相和他们这儿的拿手好菜——荷兰纯种小乳猪颇有几分相似的老板也好奇地伸出头张望……

我瞪了鬼头鬼脑的老板一眼，看什么看！再看把你眼珠子挖出来！

不过，李然却还没有注意到这一切，她依旧沉浸在得知我要回到南城消息的怨念中不可自拔义愤填膺，嘴巴像机关枪一样，说话快，准，狠。

"当时我们来到 S 市大学是为了什么？陈文武你想过没有？啊？当

时立下的那些誓言……"

听李然提起这个，我心中顿时涌起一阵苦涩，柔声对李然说："李然，你不知道……其实我当时，是为了你才来到 S 市来的。"

李然为我所说的话怔住了，有点儿不敢相信地看着我，问我："你说什么?"

"我当时真的是为了你，才到 S 市来的，"我不应该把这些话说出来的，可是我却怎么也止不住，"我的高考成绩不差，上了一本线。李然，我和你，还有何乔木三个人，也许就是这样的关系吧。你为了何乔木到了 S 市，我为了你……但现在你越来越好了，我继续留在 S 市，一点意义也没有了。"

李然整个人都轻轻颤抖起来，她的表情像是在哭，又像是在笑。那是一张复杂的、百味杂陈的脸。

"所以陈文武，你一直以为你是在为我活的?"她低声问我。

没想过她会问得这么犀利，我点了点头，想了想又摇摇头。

"我也一直以为，我大学这几年都是为何乔木活的。"李然的神色恢复了平静："可是最终我什么都没得到——陈文武，你知道吗? 我就在那个时候想清楚了，除了父母至亲，一个人在另一个人的生命里，并不是不可取代的。陈文武，放下我吧! 为自己去生活吧，为了别人去生活是很可悲的。就算我请求你，好吗?"

"正是这样我才想离开 S 市的。"我低声说。

"那不是理由，"李然回答我，"为了逃避而离开，不算理由。"

饭菜已经端上了桌，但我和李然却长久地对峙着，没有人想要进一步，也没有人想要后退一步。

一直到饭菜转凉，我和李然还是在那样的，看着彼此……

"陈文武，你发生了任何的事，都可以来找我。"李然最后对我说：

"以前的一切都多亏了你帮忙，你的事情我要帮得上忙的，也必然会全力以赴，我先走了。"

我没有阻拦李然。

28.

找工作很难

我还是决定留在 S 市。

或许真如李然所说的，做好了决定就必须对自己负责，我不能代替李然生活，但我可以留在这个陌生的城市，这个我上过好几年的大学，却依然给我浓浓的陌生感的城市里，和她一起共奋斗，同进退。

这样对我，或者对李然而言，都不会觉得那么……形单影只吧。

而那一阵子，何乔木也如同人间蒸发了一般，我很长的时间没有得到任何关于他的讯息，但不用想也知道，他应该也在某个地方努力地奋斗着，毕竟他心中，也有所牵挂啊。

决定了留在 S 市之后，我的生活反而变得轻松了起来。

我彻底解除了对于工作的顾忌，变得不再那么好高骛远了。彻底地走上了曲线救国的战略。文员、策划之类的工作不好找，那做其他的也无所谓。

在找工作的漫长的过程中，我还找了一份餐馆里头端盘子刷碗的兼职，毕竟我已经大四，自己生活老需要父母的接济，也太不像一回事了。

这段日子要说辛苦，着实是辛苦的。我几乎一天 24 个小时没有任何喘息的空间，每天都在投简历，写材料。毕业要准备的论文也着手写了起来，每天中午 12 点还得准时出门，到离学校挺远的一家餐厅打工，一直工作到下午 6 点钟。但辛苦的背后其实也万分充实，我越来越了解用人单位对大学生的要求究竟是什么。自己的长处和短板也越来越明晰。

这样的生活持续了三个月左右之后，我终于接到了一家企业的面试通知。

那是一家不大的出版社，平时负责运营的主要是一些青春类、历史类的小说。

面试的时间是早上八点半，我 8 点钟便赶了过去。到达那儿的时候，我惊觉所谓的"就业形势紧张"果然不是虚言，排队的人呈波澜壮阔之势，每一个人都打扮得衣着光鲜，女孩子有好几个穿了礼服，男孩子有好几个穿着西装……

恍然一看，我还以为我来到了选秀节目的现场……

耐心地排队等了好几个小时，终于轮到了我。

"陈文武，S 市大学大四学生？"一个头发发白、戴着眼镜的老先生拿出我的简历看了看，说："你赶上好时候了，我们这里招实习生，大学毕业之后有转正的机会。能不能说说你对于这项工作的看法？"

等等，大爷你思维逆转得有点快啊……

在我还在冥思苦想挖空心思想组织一些好词好句的时候，面试的考官明显没了什么耐心，一个"下"字即将脱口……

"等，等一下！"我结结巴巴地阻止了他。

老先生用锐利的眼神饶有兴趣地打量着我……

"我觉得这几年的图书市场，并不是特别好做。"

老先生满脸的不耐烦，脸上写满了两个大字——"废话"。

我心里面倒吸了一口凉气，继续说："但是传统的纸媒和其他媒介的结合，却在这几年变得格外地紧密。"

老先生的脸色明显宽和了不少，向着我问道："那你对于这些方面有怎样的看法呢？"

我内心的紧张感已然褪去了大半，有条不紊地回答了他："现在不少文学网站开始推出，这个其实是在向台湾人进行学习的，台湾人在大约 1999 年到零几年的时候，网络文学便已经开始普及，我们的进程相对来说比台湾人要慢一些。但我觉得我们的优势是市场更大，因此在未来，网络文学的发展我觉得是不可小视的。"

"说重点。"老先生的表情活脱脱一个晴雨表，不久就又显示出了不耐烦。

"其实青春类、历史类的小说作为我国现在图书的几个非常普及和流行的类别，竞争非常激烈。如果不能推陈出新，很可能埋没在庞杂的图书市场里头。但是已经有较大的认可度，或者说已经有一定读者群的网络小说就不一样。我觉得未来很有可能完完全全是一个网络的时代，大家甚至会比较少地用到纸质图书，而更多地利用各种各样的阅读器。现在的 MP4 基本上都有电子书阅读的功能，但是阅读体验却说不上好，所以我觉得现在的时期其实是一个过渡期。抓住这个过渡期，把握住一些有市场潜力的网络小说。同时又为未来的阅读方式的巨大变化做一些筹备，应该是我们的当务之急。"我一口气把所有话都说完了。

"就这些？"老先生看着我，问道。

我点点头，虽说一早对于面试官会问怎样的问题我已经有了准备，但要我抽丝剥茧，想出更多的东西来，我的确是一星半点也说不出来了。

"不算太具体。"老先生摇了摇头："回去之后你能不能写一份具体的策划书出来交给我？"他把一张名片递给了我，对我说："发到这个名片上的邮箱就成。"

我受宠若惊，接过名片，点了点头。

这一次面试对我来说，是这三个月时间里，结果最令我满意的一次。

至少我听到的不再是"你回去等通知吧"诸如此类的回答了。

回家之后我把这个事情打电话告诉了李然，知道我工作有希望之后李然比我还要激动。

"那得好好庆祝一下！八字还没着落？还要写一份策划？那对你不是信手拈来的事情嘛！你加油！我百分之百地相信你！"

隔着手机我都能想象李然在电话另一头的样子。

李然或高兴，或伤悲，其实一直都写在脸上。

不带太多考虑的，想去做就去做，风风火火的那个女孩，才是李然最真实的一面。

29

李然的改变

一

　　大概付出努力便终能收获一些什么，在我把策划准备好，发到指定的邮箱以后一周左右，我接到了这家公司的通知，顺利地成了这家公司的营销策划。

　　不过由于我当时还是大四，所以我算是实习生。给我面试的老先生就是我上司，一再跟我说他非常看好我，大四之后也希望我继续留在公司。

　　正式开始工作后的生活一如想象中的平静，朝九晚五，经常性的加班，写策划案和各种各样的宣传文案写到深夜，常常在半夜的时候，一个人独自对着泛着蓝光的电脑，泡上一杯咖啡继续工作。

那种感觉如同我会一直安定在 S 市，留到天长地久一般。

和公司的各个部门的同事，我相处得基本上和大学时期的同学没有太大的区别，我一直相信君子之交淡如水，如果同事有需要帮忙的，我也义不容辞会帮帮忙。

这样平平淡淡的日子轻轻地流逝过去，人却并没有多大的意识。一晃，便过去了大半年的岁月，我毕业了，顺利地通过了答辩，穿上了学士服，拍了毕业的合影……然后呢，我仍旧留在 S 市工作，从完全是学习的状态跨越到半工半读，再到工作的状态，原来也并不需要太长的时间。

在抢着闹着拍毕业合照的人群里，我也发现了李然。

李然班上的其他男生都笑着要和她握手，还有人起哄说："大美女变了好多哦。"

李然的脸变得通红，嗔怪着说："哪有！"

其实他们说的话是真的，李然真的变化良多。如果说我和她那一次餐厅见面的时候她的形象气质还像个售楼处的迎宾小姐的话，那么现在她活脱脱就像电视台的节目主持人了。

这小半年里，李然的境况，我也听别人谈及过。

她在这家外企负责的，是总经理的贴身翻译的工作，工作强度并不算大，但薪酬挺高的。

因为工作强度不大的便利，除了自己的本职以外，李然还在外界接活，进行一些社科书籍的翻译，因为她本来就有过这方面的经验，因此接这样的工作，也做得顺风顺水。

我隔得远远地，看着李然，她身上好像散发着迷人光芒，那么耀眼，甚至都让人有那么几分不敢轻易靠近。

她待人接物的样子、说话的语气、她的一颦一笑、她的装束……我的眼睛紧紧地盯着她，想把她的样子全都刻在我的心里面。

二

　　李然再一次恋爱了。

　　可别想岔了，她这次不是和何乔木重归于好的。

　　她和何乔木分分合合多次，事到如今，激情早已退却，她亲口与我说："我们两个人，现在即使再度相见，也真的只是最普通的那一类朋友了。"

　　她恋爱的对象，是他们公司的总经理。

　　她恋爱的故事，并不完全是一段灰姑娘的罗曼史，而更接近"日久生情"。

　　李然公司的老总，经常需要李然替他做一些翻译的工作，去国外出差时，也必须带上李然一同前往。两个人相处久了，便变成了对方生命中最了解对方习性、脾气的那个人。

　　她公司的老总忙碌于工作，也难免在生活上，或多或少有些疏忽，李然在此时便不仅净是翻译的工作了，也做到了她老总私人助理的工作……

　　比如，她老总深夜伏案写企划书的时候，她在等着翻译企划案的过程里，会叫上一份肯德基的外卖，送到她老总的办公室……

　　一开始她的老总特别不接受这种示好，横眉冷对地看着她说："我从来不吃这些洋快餐，没品位。"

　　"吃吃就习惯了，"她像没有听到一样，把快餐盒一样样放到她老总的桌子上，"你还要写一个晚上，不吃点东西怎么行呢？"

　　"而且你不考虑自己也得考虑考虑我啊，我作为你的员工，等着翻译你写的企划案，你难道叫我空着肚子等一晚上啊?"李然眨着眼睛，带着些狡黠的神色说。

李然老总一副"我怕了你了"的表情，老大不愿意地往自己口中塞了块鸡块。

"真受不了你，你怎么会喜欢吃这种垃圾食品。"李然老总横扫了一整盒鸡块，吃干抹净之后嘟囔了一句。

"我小的时候最喜欢，最想吃的东西就是肯德基和麦当劳。我是小城市里出来的，这些东西当时只有在市区才有得吃，所以那个时候我就很想去市里，就为了吃上一段这样的洋快餐。"

"后来到了S市，这些东西成了最容易吃到的东西，习以为常了。反而变得对这些……其实挺没品位的，但我还是喜欢吃啊。"

李然脸上的表情一脸无奈。

她转身离开办公室的时候，没有注意到她的顶头上司再次提起笔的时候，脸上绽开的笑意。

李然的老总生长在一个大家族里头，又是三代单传的一根独苗，基本上家里面每一个人都是护着他的，含在嘴里怕化了，捧在手里怕摔了，每一个人对待他的态度都有几分源自于对他身份的畏惧。他从小就由保姆带大，父母对于他的关心往往是通过足够的金钱来呈现的。

很少有像李然一样的人，真切的关心他、挂念他，担心他这个人过得好不好的人。

其实这种感情，更多的是来源于感激，但他至今没有过恋爱的经历，也不管两个人是不是适合在一起，就把这份感情武断地理解成了爱情，既然是爱情，他便开始追求起了李然。

李然其实知道这段感情的原动力在于哪里，但是她和何乔木分开这么久，一个人在外打拼这么久之后，也着实感到心累。她开始渴望得到爱，开始渴望展开一段新的感情。

李然把这一切都告诉了我。

我能做的，当然是祝福她，不带一点杂念的，真心地替她高兴。

"可是我还是害怕……"李然对着我，轻声说，"我特别怀疑自己能不能把握住一段新的感情，在和何乔木的相处中，我已经足够累了，我是那种坚持的人，你也知道，如果一段感情开始了，再怎样我都会努力到最后，可是……"

"你自己也说过，你不是为何乔木生活的，记得吗？"

李然看着我，眼神亮晶晶的。

"你和何乔木既然已经结束了，一段新的感情开始没有什么不好的，"我回答她，"是何乔木那时候不懂得珍惜你，并不是你失去了爱人的能力啊。"

"所以我，真的可以重新开始吗？"李然问我，也问她自己。

"试试吧，"我回答她，"不试一试怎么知道呢？我那个时候不是听了你的话，继续坚持留在 S 市，我也找不到工作。工作是这样，其实感情这回事也不例外。"

"好。"李然点了点头，对我说。

30.

新婚的李然

一

　　她和那个老总的感情进程在她和我交流之后，开始急速前进。

　　两个人都是成年人，两个人都无心开始如同少年人一般过家家式的恋爱。那种今日喜笑颜开关怀备至，明日便冷落责备互相辱骂的恋爱方式，完全不在两人的考量之中。李然和她老总的感情，是不咸不淡的，在他们二人彼此的关怀间升温的。

　　没有那些令人难忘的浪漫桥段，也没有那些令人动容的山盟海誓，两个人很快便到了谈婚论嫁的程度。

　　成年人之间的感情，往往是有目的的，是为了一个结果。毕竟曾经有过一句至理名言"不为了婚姻的恋爱就是耍流氓"，而李然同志，果断地行进在通往婚姻的康庄大道上。

那一日是情人节，她的老总向她求婚，给她买来了有着耀目光环的钻戒，单膝下跪，想把戒指戴在她手上。

她没有拒绝，事实上，她也没有什么理由拒绝，事实上，这段感情发展至今，公司的所有人都喜闻乐见。

于是，她便答应了他，她甚至很应景地夸张地哭了出来。他将她单薄的身体轻轻揽进他的肩膀里，然后轻轻地，吻了吻她的面颊。

"我爱你，嫁给我吧。"他低声说，如同在念一个魔咒般。

她看了看手上艳光四射的钻戒，微笑着对他说："这不是答应你了吗？"

"我的家庭和普通的家庭不那么一样，你可能要自己适应一下。"

四周都是祝福的声浪，他抱着她下楼，对着她耳语。

她一愣，果然如此，他的目的再明确不过了。就算感动也无法停留太长的时间，他便要求她快一步，再快一步，适应他的生活，跟上他的节奏。

二

"陈文武，我要结婚了。"

接到李然电话的时候，是一个一如既往加班的深夜。

"恭喜。"我竭力让自己的声音不带上任何的情绪，对她说。

"以前总想着怎么会有人大学毕业几年就结婚，现在我算是彻底明白了，"李然似乎感慨良多，"女孩子比男孩子都要早熟一些，更早一步踏入家庭生活也是顺理成章的事。"

"以前看电视，看到里面的女孩儿戴上象征新娘身份的花环或者王冠，我心里面总是特别羡慕，现在轮到我自己了。我却有点慌神。总觉得一切都太快了……"李然接着说。

"不用担心，这一切又不是梦。你是名牌大学的毕业生，又不是每天做白日梦希望自己的舞鞋被王子捡到的辛度瑞拉。"我以一种开玩笑的语气对李然说。

"谢谢你，陈文武，"李然的声音低了下来，"听到你的祝福，我很高兴。"

在李然道谢之后，我们两个人都没有说话，似乎都在等待着对方再说些什么，可是我们都没有将这场对话继续下去……我和李然，极其微妙地僵持着。

"你现在还在加班？"李然最终打破了这份沉寂。

"嗯，公司里还有些事，我想处理完再走。"我回答她。

"你也要注意身体，好好关心自己，"李然说，"那我现在就先挂断了，我的婚礼你有时间要记得参加。没有你们这帮朋友我可势单力薄啊，我娘家来的人本就不多。"

李然将电话挂断了。

我愣在公文桌前，脑子里还是有些不清不楚的——李然要结婚了？这么快？虽然早就料到有这一天，但我却仍旧觉得来得太快，也太难以料到了。

她嫁给的人，不是何乔木，更不是我，而是他们公司的总经理。

在那个时候，我忘记了，一段成熟的感情，或者说一段以结婚为目的的感情，确定下来并不需要太长的时间。我甚至天真地希望，李然和何乔木之间从来没有那些不快，她从来没有和何乔木分手过。她毕业之后仍旧和何乔木在一起，两个人拼尽全力在工作，为了不裸婚，为了他们一起交上房子的首付。

也许这样，李然和何乔木两个人，都不会离我离得这么远了。

但是一切却已经发生了。不久，我再一次接收到了来自李然的信息：婚礼日期已定，5月14日。宏图大酒店，记得参加。

一切都已经是板上钉钉的事儿了。

在李然的婚礼事宜确定下来之后，我见到了许久不曾会面的何乔木。

何乔木和那时看起来并没有太大的差别，只是人精神了许多。这次见面，并不是我因为李然结婚的事去找他，而是他再度来到S市来找我，他要离开南城，离开S市，甚至离开中国了。他家里已经确定下来，举家移民新西兰，后天就走。

"这么快？"我的反应和听到李然结婚的事情的时候相较没有太大的区别。我看着时隔数年不见的何乔木，有些感慨："没想到你们一个两个的，现在都变化这么大了，就剩下我一个在原地踏步来着……"

"双全，你说的哪里的话，我还得感谢你呢，"何乔木看着我认真地说，"后来我比之前活得努力了很多……虽然移民新西兰和这些努力没有关系，但是我后来的生活和以前相比，充实了很多。"

"其实我也不一定去，"何乔木看着我，想了想说，"在这个地方其实我还是有放不下的人，像你和李然——"

"李然你可以放下了，"我接过他的话头，"你还不知道吧？李然已经要结婚了？她没打电话给你？"

"啊？"何乔木一脸惊愕，彻底证实了我的猜想，"我还真的不知道，李然要结婚了，什么时候的事？"

"5月14号。"我看着愣在原地的何乔木，继续说："好男儿志在四方，我跟你不用说了，这么多年的朋友，你混得好我才能够开开心心的。李然……你知道吗？其实李然早就不需要我们两个费心费力去帮她的忙了，所有的事她都能够自己搞定。何乔木，错过了就是错过了，别再给自己找借口了。"

"5月14号，5月14号正好是我出国那一天……"何乔木嘴里仍旧在念叨着。

三

5月13号，李然婚礼的前日，何乔木再次找到了我。

在一家僻静的中餐馆里，我和何乔木静静坐在靠窗的位置上，两个人对视着、沉默着，都没有出声。

"这几年过得好吗？"这一次是我先发了话。

"马马虎虎，但我没再做过天上掉馅饼的美梦了，每笔钱都是自己踏踏实实赚到的。双全，你呢？"

"不也是马马虎虎嘛，"我看着何乔木笑了笑，"你知道的，我从小到大都不是那种胸怀大志，非得要活出个什么样儿才算数的那类人。"

"这么多年了你还是什么都没变，"何乔木凝神看着我，双目清明，轻声说，"那时候多谢你了，双全。"

"你我之间，不言谢字，"我听他又要道谢，连忙说，随即又问他，"现在打算怎么办？准备出国还是追回李然？"

我又说："我知道这些话我不应该说。但是——只怕现在的李然与你，真的如同陌路人一样了。"

"我，我也不知道——"面前的何乔木心乱如麻。

"何乔木，我应该是讨厌你的，但是就在前几天，我听到李然告诉我她要结婚的消息的时候，你知道我怎么想吗？"我眯起眼睛，"我宁可你和她好好在一起，也不愿意她跟一个陌生人结婚。"

"在这尘世之间，我们说到底都是自私的人。"何乔木细细品尝着面前的二锅头，突然举起来和我碰了一杯，"再喝一口吧。"

我和何乔木干杯后，喝下一大口，却觉得全身都有些入了幻梦间的麻木感，面前的何乔木甚至都变得有些模糊，我所有切身的、实际的感受都全然不存在了。

"何乔木，我从前是讨厌你的，很讨厌很讨厌你，"我舌头有些打结，连自己又说了一遍重复的话都没有发觉，"我和李然当朋友的时间和你和她相处的时间是一样长的，可是，不公平——为什么从始至终，李然的心里面都只藏得下你一个人。如果她过得快快乐乐、平平安安的，也就算了，可是她明明过得那么不开心，心里面还是只有你一个人，我不懂——"

"双全，少说几句吧，你醉了。"

"不，我，我没醉，"也许我真的已经醉得不成样子了，可是对于何乔木与李然，与我的这段情缘，我却从来都没有这般清醒过，"何乔木，你现在一走，和李然的距离就不仅仅是从南方到北方了，你们相隔着大半个地球。你问问自己，你真的舍得么？你现在试一试，也许还有机会。"

何乔木在一边沉默着，良久地沉默着。

"我舍不得，"最终他说，"我叩问了我的心，我舍不得。"

我轻轻笑了出来。

"可是不行了，时过境迁。"何乔木看向窗外，S市不像南城里有那些枝枝蔓蔓不断交叉蜿蜒向远方的电线杆，除了高耸入云的楼房之外，就是一片浅蓝色的天空。景无情而人有情，他看着那些属于S市也属于李然的一切，低声说："李然已经有自己的生活了，那是她所追求的，属于她的未来，也是她应得的。你还记得高二那一年，我们几个人曾经聚在一起，说过自己长大以后要干什么吗？"

被何乔木提醒，我如遭当头棒喝一般，猛然间回忆起来了……

那个时候倔强地说着自己愿望的李然……

"要去北京，去上海，去大城市里打拼。过得很苦无所谓，活得很累也没关系，我会靠我的手，去得到我想要得到的生活。我不幼稚，我知道一定会付出代价，但我相信付出和结果能成正比。"那时候的李然如是说。

"她有她的未来，我们也有我们各自的事，"何乔木的声音里透着微微的苦涩，"双全，相濡以沫，不如相忘于江湖。"

"不会后悔？这是一辈子的事，不是一天两天。"我盯着何乔木的眼睛，问他。

何乔木显得格外坦然："不会。天南地北，未来各自珍重。"

"一辈子的兄弟？"我向何乔木伸出手。

"一辈子的兄弟。"何乔木给出了响亮而有力的回应。

四

5 月 14 日，何乔木出国了，李然结婚了，我升职了。

我升职成了部门经理，不过我最要好的两个朋友，都没有机会向我贺喜。

而我，也在究竟是参加李然的婚礼还是去送别何乔木两件事之中，摇摆不定。

最终，我像没事人一样度过了这个不算平凡的 5 月 14 日。这两件事，我一件也没有做，下班回家后，叫了份外卖吃完，我便在电视上演绎的古装片的激烈争吵声中，渐渐睡着了。

醒来的时候已是天色大白。太阳还没有投射出光芒，但已经看得见橙黄色的身影了。

我没法儿面对穿着婚纱，笑容满目的李然，尤其在她新婚的对象是个陌生的、与我并不熟络的人。

没法儿面对，甚至没法儿想象。

但这就是李然的选择，结婚，生子，S市的户口，家长里短的人生。

和留守南城不一样的人生。

我也不愿意送何乔木离开，我觉得他一直会在南城或者S市的某个角落里，默默奋斗着。

用网络上的通讯软件，其实我和何乔木已经可以很方便地沟通了。但是他在国内，和在国外，两种感觉，完完全全是不一样的。

留在国外意味着不确定，意味着此生会面的次数变得寥寥无几。

这一切我都不愿意面对，我害怕孤独，害怕夜幕低垂的时候，我清晰地意识到自己的朋友都不在身边，我成了一个孤家寡人。

我常常劝何乔木，劝李然，劝说他们不要逃避，要坦诚面对自己的内心。

可是我自己，又何尝不是在逃避呢？

31.

爱情的坟墓

一

深秋，我收到李然的再次邀请，要我来她家中做客，这一次我无可推辞。

第一次去结婚后的李然家中做客，看得出来，她是幸福的，带着些苦楚，无奈却心甘情愿地承受着的那种幸福。

李然的形象永远处于变化之中，这一次也不例外。

她的脖子上多了一串紫色的珍珠项链，手上多了一枚象征已婚的钻戒，多了一串卡地亚的金色手链。头发染成酒红色，烫成有些微卷的样子，微微化了点淡妆，浅色口红，精致修好的眉眼。全然是不一样的风情。

见到我，她微微地向我笑了笑，说："坐吧。"

我坐到沙发上时，她家的佣人便连忙递上了一杯热茶，又在我和她面前摆好了水果、糖果和点心。

"以前看年代戏，里面总有受尽万千宠爱的少奶奶，"我打趣她，"没想到现在是你过上了这种生活。"

李然被我说得有些不好意思，连忙岔开话题："工作一切可还顺利？"

"好，一切都好，"我直视着她，道，"我升职了。你怎么样？"

"我辞掉了那边的工作。"见我脸上显出几分不解，李然解释道，"我本来是他的私人翻译，现在我们结了婚，工作上就有些不方便。他要我辞掉工作，我就老老实实待在家里了。"

"这样啊？"我想了半天都没想出来怎么和她搭腔，最后挤出来一句，"也不错。"

"其实我以前想过很多种可能性，"李然似没有听到我说的话一般，咬紧了嘴唇接着说，"很多很多可能，我想过我会当一辈子翻译，也有可能自己创业，开公司。甚至我还想过在南城里当一个英文老师，教那些认认真真读书的孩子们英文，带领他们考上自己心仪的大学。不过这些可能，在我遇见他之后，我就不多想了。也在那个时候，我才意识到，对一个女人而言，人生最重要的也许还是遇到适合自己的那个人，然后携起他的手过完自己的一生。"

李然的眼神里有些憧憬，也有几分甜蜜。

"那以前的事呢？就这样，你都忘了？"

我话音未落，便见李然神色慌张了起来。方才意识到自己无意之间又说错了话，我也有些坐立不安。

"每一段感情我都做了长久的打算。不能继续下去，有时候是造化弄人，有时候……谁知道呢？可能当时我太年轻了吧。"

李然没有忘记自己的过去，她也从来没有试图忘记。

她只是前进着，坦然接受了自己现在的处境。

我看着面前一举一动都极其谨慎的李然，心里默默叹了口气，同时真心地祝福了她："李然，新婚大喜。"

李然面露喜色，想了想走进房里，拿出了一包香烟、一包喜糖，递给我："你那天没来，这些我一直都替你准备着。"

我收下，想要和李然告别，但李然却一再挽留我，要我在她家吃完中饭再走，她神色恳切，我只能听她的，留在了她家，更准确地来说，是她老公——她从前公司总经理购买的别墅，李然尽管已经嫁了过来，但夫家的房产证上却没有多加李然的名字。

分得是这般分明。

大约中午 11 点的时候，她的丈夫回来了。李然忙不迭地上去，替他脱去大衣，挂在衣架上，又向她丈夫介绍了我。

那是个很有气质的男人，相貌说不上有多好看，打扮得却是一丝不苟、分外精致的。头发用发胶固定造型好，着一件浅色 POLO 衬衫，套上一件山羊绒毛衣。戴金丝眼镜，系一条湖蓝色缀星星刺绣的领带，手里拿一个 PRADA 的湖蓝色男士公文包。

听到李然向我的介绍，他冲着我微微点了点头，转身对着佣人吩咐了一句："今天我们分开吃，你把我的午饭送到楼上书房里，我还有工作没做完。"说完便上了楼。

看到这一幕场景，我不禁有些发愣，亦有些不快。新婚不久就和妻子分开吃饭？这个人如果不是不解风情，那就是……难道这场婚姻还有什么其他不可告人的……

李然发现了我的心猿意马，忙替她的丈夫解释了一句："我跟他一向这样，公私分得很清楚的……他工作很忙，既然要在书房吃饭，肯定是有自己的事要做，我不去打扰他的。"

这解释有几分苍白，我带着满脸的狐疑，看着李然。

一波未平，一波又起。隔了不久，李然家中座机响起，她连忙接了起来。

"喂，妈？你等一下回来？好的，要吃些什么？莲子银耳羹、木耳鸡肉汤？好的，我这就叫吴婶婶去做。"李然脸上的表情有些微的慌张，又显得毕恭毕敬、一丝不苟。

"李然你何苦——"李然挂断电话之后，我便脱口而出。

李然向我做了一个"嘘"的手势，带着些苦笑说："不管怎么样我已经选择了……我自然要做个好妻子、好儿媳。"

李然从前略带骄纵的心性，竟是被婚姻生活磨得荡然无存了。

李然婆婆不一会儿就回了家，手里还拿着好几个购物袋。袋子里放的都是衣服、品牌包一类的东西。

李然婆婆看见我后，连忙问李然："这是谁？"

"这是陈文武，我大学时候的朋友。"李然连忙解释。

"朋友？李然，跟你说了多少遍了，不要带一些随随便便的人到我们家里来，我老了，喜欢安静，你怎么就是不听？"李然婆婆一副港台剧里恶毒婆婆的样子，对着李然横加责难。

李然连连点头，像小鸡啄米一般。

为了不给李然带来什么麻烦，我一句话也没有多说。李然一再挽留我吃完饭再走，也被我拒绝了。

从李然家中走出之后，我仍旧一直想着我所看到的一切，不由得有种直觉：大概李然结婚以后的日子，也不会如她预想那般岁月静好了。

二

但我没有预想到的是，李然的生活，远比我想象中还要辛苦。

这种辛苦，并不是操持家业、日日劳作的那种辛劳。事实上，李然嫁的男人家大业大，吃饭洗碗洗衣服种种琐事，自然有佣人服侍，几乎没有一件需要李然去做。这里所说的，是李然心头的苦。

外人看到李然，会羡慕不已，都说李然找到了好的归宿，一世享不尽的富贵。李然好面子，在外人面前，也总是表现出夫妻和睦、家庭美满的表象。

可表象终究是表象，剥了皮窥到她婚姻生活的筋骨，旁人定会大惊失色——竟是如此残破不堪。表象的幸福之下，竟是这样叫人压抑、无趣的婚姻生活。

丈夫在婚前与婚后对李然的态度，可以说是判若两人。

婚前，李然是他手中的宝，对待李然，他眉里眼里，全是化不开的温柔。李然深夜等候他文件写完，以便翻译，等待的时间长，他定然会给李然披上一件衣服，也时常会叫上肯德基外卖，和李然一起吃——他从前是从来不屑于这些洋快餐的。

也正因为这份温柔，李然才会动了和他结婚的念头。

可婚后他便如变了一个人一般，越发显示出他自私刻薄的本性来。

他常常加班，作息并不十分规律。中午回来的时候也几乎都是一个人吃饭，并不常和李然说话。

深夜时分，李然常常是孤身一人，黯然入睡。

长此以往，李然便向他提出请求，希望他能够让她再回到公司，去做翻译。

　　他听到李然这么说的时候，眉毛紧皱，李然开始还以为他在考虑。于是便对他多补上了一句："不用考虑了，你的事业上我能帮到点什么，我也是很开心的。再说我们相处的时间这么短暂，短暂得几乎都不像一对夫妻。如果我能够到你公司去继续当你的随身翻译，我们相处的时间也多一些，感情也深厚些。"

　　李然这么说本是一番好意，谁知道他听了之后竟勃然大怒。

　　他随意拿起墙角的鞋子便向李然甩了过去："已经嫁给了我，你还动什么去工作的心思！你这个贱人！说些什么相处时间短的屁话！你是在怀疑我是吗？你嫁到我们家来，就得守我们家的规矩，安安分分做好我们家的媳妇！你听到没有？听懂没有？"

　　李然擦掉嘴角流下的血迹，木然地点了点头。

　　那时候李然开始了解，她嫁了一个什么样的人。

　　自私、贪婪是他的本性。随意的殴打、辱骂是这种性格的表现形式。他本就是活在"天之骄子"般的优越感中的人，没有人教过他如何爱人。

　　所以，他不懂得爱。婚姻在他眼中，也从来不是因为爱所以才结合的。于他而言，婚姻不过一场交易而已，李然嫁给了他，他便要给李然足够的钱财、足够的金银珠宝，撑起他自身的面子。而这份给予的代价，是李然必须听从他的命令，不能够违抗他。

　　在那以后，李然忍受了很长一段时期的家庭暴力。

　　她已经失去过一次，当她再一次鼓起勇气，付出她所能付出的全部之时，她不希望自己再一次白费心力，不希望自己的努力付诸流水了。

　　所以对于她而言，所能做的一切便是默默隐忍。

　　她的丈夫偶尔待她还是热情的，有好几次的周六周日，会叫上她一起出门，两个人一起坐过山车或者旋转木马。

　　可惜这种哄小孩子的手段，她却没有一点热情了。

她常常断然拒绝他。久而久之，他也不再起带着她出去玩的心思了。

那是非常尴尬的境地，她与丈夫关系不断恶化。婆婆则一直嫌弃她没有孩子，甚至当着外人的面拿她没有生子来说事。

她活得分外辛苦，不过就在那样的处境下，她都没有想过要联系我，或者何乔木。

她知道这终究是需要她一个人面对的事，外人所能做的也就是不痛不痒地安慰两句。

而她倔强到完全不需要这份安慰。

不到最后一刻，李然是从来不会服软、认输的。

三

李然和她丈夫在两个人僵持了很长一段时间之后，都动了要一个孩子的心思。

在这之前他们没有任何的商定，只是两个人都以为，这段婚姻如果有一个孩子的加入，还不算不可救药。

李然和丈夫总是聚少离多，相聚的时候在不多的几次里，她总要丈夫避孕，说不想那么年轻就要孩子。而在他们都动了要一个孩子的主意的时候，两个人在床上，彼此总会提前没了半点热情。

婚姻着实是爱情的坟墓，但那时的李然可完全不相信这一点，她是纯粹的、彻底的实用主义者，深信任何的机会都需要她自己来创造。

那一天是她和丈夫结婚的一周年纪念日，她早早便打去了电话，说希望丈夫提早回来。她的丈夫在婚后待她虽然凉薄，却从来不会失了礼数，落人口实。

在外人的眼中，这是相亲相爱、和和睦睦的一家，唯一的遗憾也只是结婚一年了还没有孩子。

在那以后，李然便独自前往超市，挑选了牛排、西兰花，诸如此类一大堆丈夫爱吃的菜。还订好两瓶价格不菲的红酒，然后便忙活了一整个下午，在家中佣人的陪同下，做好了一桌子菜肴。

丈夫果然如约而至，还给李然带上了一束玫瑰花。

那天的丈夫令她心中大喜，她不住地劝酒，不停地要丈夫多吃点儿菜。最后，两个人都喝得有些微醺，带上了几分醉意。

在适当的时机，她凑上前，吻住了丈夫的唇。

在微弱烛光的映照下，两个人吻得不分彼此，都有些意乱情迷。

是了，这便是最好的时机。她心中想。

"抱我去睡。"她向丈夫张开手臂，带着些娇嗔说。

她从来不是不懂得撒娇、不解风情的女子，而且恰恰相反，她有千种姿态、万般风情，但她平时从来都不屑于使用这一切。不过今时已经不同往日，她必须唤回面前这个俘获了她的心之后，又将留给她的希望狠狠摔成碎末的男人的心。

丈夫看见她柔顺的、楚楚动人的模样，笑着吻上了她的唇，说："好。"

丈夫抱着她到了卧室的床上，她如同迫不及待一般，脱去了丈夫的外衣……而丈夫也激烈的回应了她……两个人的欲望之火都被点燃，两人的感情再次急速升温。

一场在她算计之中的情事便这么发生，也极其仓促地落了幕。

在她彻底满足的那一刻，激情也燃烧到了尽头。

丈夫躺在她的身边，又变回了那个喜怒无常的男人。

"你是不是早就已经知道，我跟你的未来会是现在这样？"她终究还是忍不住，多嘴问了一句身边的男人。

身边的男人没有任何的回答，空气里弥漫着一片沉默。

"要是我早就知道的话，我也许不会嫁给你的，"她如同自说自话一般轻声说道，"我没有想过我们成了夫妻之后，心却比我们没有任何关系的时候隔得还要远；我没有想过我嫁到你家之后，会每天过这样的生活——用一张笑脸来逢迎我所遇到的一切，我……"她觉得委屈，呜呜地哭了出来。

身边的男人终于忍无可忍，说了话。

却不是安慰的温柔话语，他们彼此之间的关系，紧张如斯，本就不需要任何的安慰了。

"是，我早就知道。可是我记得我也跟你说过，跟我在一起，你就必须习惯、必须适应。"男人的话是冷冰冰的，不带一丝的温情。

李然飞快把自己伸向男人的手缩了回来，她觉得男人的身体就像一块千年的寒冰一样，贸然碰触只会把她冻坏。

"你的伎俩我可以容忍，但你不要试图来窥探我的心！"男人直勾勾地盯着她，扼住她的脖子，"你懂我的意思吗？"

那一刻她甚至觉得自己不能呼吸了。

男人过了好长时间才放开手，她大口大口呼吸着这房间里仍旧弥漫着强烈情欲味道的空气。

"演戏别演得惹火上身，我们之间本就是你情我愿。你现在也犯不着来跟我装可怜，李然你记住，任何时候我都不会可怜你。"

男人留给她的最后一句话，是一句严厉的警告。

随后男人便穿上他的大衣，离开了这个他刚刚与妻子温存过的小世界，毅然决然。

李然呆呆地坐在床上，她的泪水已经完全地流干了。

32

疯丫头与我

一

　　升职为部门经理唯一的好处大概是被女同事正眼看的次数开始变得多了起来。

　　李然快步踏入了婚姻生活，可我却从来没有想过这一天的来临，大学四年我更是没有交往过一个女朋友，大概我平日灰头土脸，又或者其他人都知道我心有所属，总之那四年里，基本上我的感情生活是一片死寂，没有所谓的大学必修课——两个人一起翘课，互赠礼物等浪漫情节，更不会像李然和何乔木那样轰轰烈烈，合久必分，分久必合。

　　但真正踏入社会，开始工作之后，我开始察觉到了一些注目的眼光……

我所就职的公司并不大，男同事也为数不多，在这种僧多粥少的情况下，我们几个男职员的情况便成了女职员口中的谈资也是午饭时节最好的一道开胃小菜。

那天也是无意，我刚好坐在围炉畅谈八卦的女孩们对面，她们没有发现我，但她们所说的每一个字却都清清楚楚传进了我耳朵里。

"公司里面你们觉得哪个有希望啊，同志们？"说话的这个是人赠外号"疯丫头"，平素一贯快人快语的一个女孩儿。

"要嫁就嫁老板……"有个女孩怯生生地来了一句，话还没说完便遭到了一记暴栗，是"疯丫头"打去的，她大声对着这女孩儿说："老板有家室了，亲爱的，而且咱们老板人到中年了！再来一个，想个现实点儿的。"

"小蒋？"另外一个女孩提到的是蒋文伟，工作上一个典型的"三天打渔，两天晒网"的人，相貌堂堂但甚是花心，他的生活有三分之二的时间基本上都用来追女孩子了。

"这个也不行，分不清楚对人是真心还是假意，"疯丫头看了看四面八方沉寂的女孩儿们，"虽然我们公司娘子军多是多，但是不意味着咱们身边就没有不错的男孩儿啊。我觉得陈文武就挺不错的。"

"啊？"其他女孩儿显然是忘了有我这号人物的存在，过了好一会儿才有人说，"他太普通了吧，虽说算部门经理，但我们这种小公司的部门经理当着也没啥用啊。"

"就是普通才更值得喜欢啊，"疯丫头一本正经的分析者，"你想啊，陈文武很年轻，未来发展不可限量。还有陈文武长相一般，这样的男生一般都不会特别花心，陈文武性格也比较沉稳安静，这样的男生一般不会特别黏人，我最烦的就是黏人精了……"

"说得这么头头是道的，是不是你自个儿看上陈文武了，快从实招来。姐妹给你出主意搞定他。"不知道是谁说了这么一句，这话一脱口后，众多女孩们的笑声便连绵不绝传到了我耳朵里。

疯丫头恼羞成怒，大声说："放——"

她一个"屁"字还没出口，便整个人如同触电一般，完完全全地愣住了，其他女孩儿顺着她的视线看过去，正好看见冲着疯丫头笑着的我。

"把话说完呀，怎么不说话了，放什么呀？"有个女孩儿存心要开疯丫头的玩笑，在她面红耳赤拿着饭盒走出食堂之后大声说道。

"对对对！话可必须得说完，到底是放什么，今儿非得说出个子丑寅卯来不可！"总有嫌事儿不够大的人……

"你们别闹了。"我看不下去，对着女孩们说，一本正经的。

女孩们一阵发愣，随后再次集体发出了爆笑声。

二

疯丫头大名和她的外号极不相称，叫文静。文静 25 岁，正值花样年华，偏偏待字闺中。

食堂的那场尴尬发生之后，我发现疯丫头对我的态度和从前相比，发生了 180 度的大逆转。

我一般来公司的时间都比较早，总是习惯在清晨工作一阵之后再到楼下买豆浆油条，这个雷打不动的作息时间表疯丫头铭记在心，于是她便从这里着手，开始了她的追求攻略。

有段时间从我到公司之后，走到办公桌前，第一眼看到的，必然是疯丫头给我买好的豆浆油条，常常还会附带上一张纸条，写着"趁热吃"或者"今天也要加油"之类的话。

我拿着豆浆油条四下望去，往往会看到疯丫头带着些紧张的眼神，正认真地看着我，眼睛眨都不带眨的。

"……这是哪部偶像剧里学来的桥段。"我万分无语地看着疯丫头，心里默念。

人家已经买来了，浪费人家一番心意总是不对的。于是我把疯丫头的字条收好，然后把她买的东西吃掉了。

疯丫头看到了我吃了她送的早餐的那一刻，她那份掩饰不住的喜悦，那从紧张激越到慷慨激昂的表情变化，简直可以突破变脸的吉尼斯世界纪录了。

看到她神色突变，我心中突然有了一种不好的预感……

果然，疯丫头是那种不折不扣的"好事做到底"的典型代表，她身体力行诠释了坚持的含义。

接下来的一周，我都有幸品尝到了疯丫头的爱心早餐。

那时候我脑子里还没想好应当怎么拒绝她。

于是，在一周过后，我开始改掉了从前的生活习惯，买好了豆浆油条上楼。

坐到办公桌前果然又看到了疯丫头替我买的早餐和字条，字条上面写的是"可不可以请你和我一起吃晚饭？文静留"。

我想了想，在纸条上写好了给她的回答，然后把豆浆油条和纸条全部都退回了疯丫头，放到她坐的位置上。

疯丫头看到我把豆浆油条原样退还的时候脸上已经写满了"不爽"两个大字。当看到我的答案之后更是失声大哭，用力地撕碎了纸条，然后把自己锁到了厕所里头。

我的想法分外直接，长痛不如短痛，于是我写了一句"落花有意流水无情，你会找到更适合你的人"来答复她。

但我预估错误了一件事，就是疯丫头的反应。

疯丫头梨花带雨冲出办公室之后，在厕所里号啕大哭了整整一个上午，她的肺活量果真不是盖的……

于是，在这个上午里，所有的女孩儿都没法儿去距离最近的厕所解决"人生大事"，她们仇视的目光如一把毒箭，集中向我射了过来。

最后，逼得无奈，我只好硬着头皮，亲赴梁山。

"文静，我是陈文武。你把门打开，我们出去谈谈好吗？"

我好声好气，说话的语调几乎像宫斗剧里头百依百顺的公公，把我自己都给恶心到了。

"和你有什么好谈的？大混蛋！"里面的女孩仍旧是哭哭啼啼的。

我甚是无语，不过妾有情郎无意的事儿，我什么都没做，哪里就混蛋了。不过这些话我都只能在心里头悄悄想，安慰面前这个又羞又恼的女孩就如同攀爬蜀道——蜀道难，难于上青天。这点觉悟我还是有的。

"我就是大混蛋，"我仍旧细声细气地对着她说，"你先把门打开好不好？你这样耍性子解决不了任何问题，除了同事们都上不了厕所之外。我们都是成年人了，你犯不着为我发这么大火吧？"

"还不都是你的错，哼！"里头终于没有传来哭声了。

"是是是，都是我的错，我是典型的渣男。"敌在暗，我在明，为了抢占先机，我也不得不没心没肺一把，把自己贬得一文不值。探得厕所里的动静小了许多之后，我继续攻坚："所以你更犯不着因为我跟自己生气，对不对？你跟我生气，甩我两耳光我都不会怪你什么，真的。"

门终于"砰"的一声打开了，站在我面前的疯丫头，面无表情还挂着两条长长的鼻涕虫，要多滑稽有多滑稽。

"你，你等一下。"

我迅速窜到办公室里，把一包纸巾递到了她手上，然后低声对她说："哭吧，没人看见。"

"去你的，我才不哭。"疯丫头瞪了我一眼。

"也不知道刚才是谁在厕所里头水漫金山来着。"

"那是，那是我工作压力大，你管得着么?"疯丫头红了脸，嘴上却不肯放松。

"真的对不起了，我心里面还有别的人。"我对她说，带着几分无奈。

"是谁?"我看见疯丫头眼中的八卦之魂熊熊燃烧了起来。

"是一个你不认识的人，"我用小得像蚊子叫一样的，只有自己能听到的声音轻声回答她，"这个人曾经跟我说过，一个人的心里面，只可能装得下一个人。但这个人，也没有跟她心里面的那个人走到一起，文静，感情就是这样，不能勉强，强求不来，你明白吗?"

33.
李然的女儿

在遭遇办公室告白的乌龙事件之后，我收到了李然的好消息。

李然生了一个女儿，属于她和她丈夫的女儿。

第二次来到李然家，我看到的是一大堆准备给小男孩用的婴儿用品和一小堆准备给女孩儿用的婴儿用品。

小女孩在摇篮里，睡得正香甜。

"恭喜，叫什么名字？"我问李然。

"米米，是乳名。"李然看着摇篮中的女孩儿，脸上洋溢着母爱的光辉。

"孩子的爸爸呢？"看到除了李然和佣人之外她家空空荡荡，没有半点人气，我不由自主问她。

"走了，"李然面不改色回答我，"他有事，一大早就出去了，说是要出差，去香港，得好几天。"

"那你婆婆？"

"我婆婆喜欢买东西，白天出去到晚上才会回来，她晚上还得跳一阵子广场舞，没什么心情帮我带孩子。"李然语气冰冷，好像说的是和她全不相干的两个人。

"怎么会有这么混账的……"我不由自主握紧了拳头。

孩子好像意识到了什么一样，突然睁开了眼睛，哇哇大哭了起来。李然娴熟地抱起了孩子，拍了拍孩子的背，然后让我把尿布递给她。接着她又熟练地换好了尿片，把孩子放回了摇篮里，轻声唱起了催眠曲。动作一气呵成，我几乎看呆了。

"其实我也可以跟他们一样，"李然无力地笑着，对我说，"家里有佣人在，都可以照顾孩子。他们家也愿意出钱请月嫂，但是我就是不放心……"

"我原本以为这个孩子，会让我和他之间的关系进一步的，"李然已经不是对着我在说话，她自言自语了起来，"我只是算错了一步，我早该想到的，他是那种生性凉薄的人，对他抱有一丝的希望，本身便是最愚蠢不过的事。"

"那你离开他。"我不忍看见李然变成现在的样子，不由得多嘴了一句。

"离开？"李然眼神迷离，"在没有生下孩子之前我想过要离开，但是现在有了孩子我却一点离开的念头都没有了，陈文武，你想过一个人的成长里，父爱有多么重要吗？我不希望我孩子的生活是不完整的。"

"可是现在——不离开他，难道孩子的父爱就完整了吗？"我注视着前面摆放的一堆属于男孩儿的婴儿用品，问她："他们家里头想要的是个男孩儿吧？他们现在这样对你，以后会怎样对孩子，你难道想象不到吗？"

李然看着我，艰难地动了动嘴唇，最终却没有说话。她只是不停地、匀速地摇着摇篮，看着襁褓中那分外可爱的、不知世事的女婴。

"孩子的大名也起好了，你想听吗?"李然突然问我。

"好。"

"我叫她李和静，在我心里孩子的姓是跟我的。"李然轻轻一笑："我希望她性格温和敦厚，不像我那么要强。我希望她生活一生无虞，岁月静好。"

"好名字!"理解李然给孩子取名的良苦用心，我赞叹道。

李然看了我一眼，笑了笑，对我说："不管怎么样，我都要孩子生活得好好的，平平安安的、快快乐乐的。你知不知道? 在没有生下这个孩子之前，我甚至以为我是为了挽回这段感情，才选择了生下这个孩子。但当她诞生之后，一切都不一样了。孩子就是孩子，而我，是她的母亲，她在这个世界上唯一的依靠。"

"那你也不应该让自己这么受苦。"我看着面前憔悴了不少的李然，带着不忍说道。

"没事的，不辛苦。忍字头上一把刀，只要有女儿在，我的生活就有盼头。"李然回答我。

34.

追爱疯丫头

疯丫头的爱心早餐攻略凄凄惨惨地收了场，但她却并没有就此死心。

她开始对于我的每一点过往都变得万分好奇起来，在休息时间，下班之后就会有如一块磁铁一样，黏到我的面前来。

"你说过，你心里面藏着一个人，但那个人已经和别的人在一起了，"疯丫头冲着我抛了个媚眼，"那是不是说我还有机会？"

我不置可否，既不承认也不否认。只是默默收拾好了桌上的东西，准备走人。

"正面回答我的问题！"疯丫头拦在我面前。

"你还是放弃吧，"我无奈地笑了笑，"天涯何处无芳草，何必单恋一支花？而且像我这种缺乏生活情趣而且姿色平平的人，哪里够格入大小姐您的法眼，您还是行行好让个道，放过我吧？"

在说这番话的过程里，我点头哈腰双手合十，心里面向天上众神默默祷告，谁能够把我从水深火热之中解救出来我就信奉谁。

不过历史的教训告诉我们，怪力乱神不可信。

疯丫头冲我翻了个大大的白眼，对着我说："你以为我挺想拦你啊，我当着办公室里头那么多人向你告白了，现在大家都知道连你都看不上我，我多没面子啊。"她低着头，眼珠子"骨碌骨碌"不断转动着，一看脑子里就正打着什么坏主意。随后她对着我极其诡异地一笑，说："不如这样吧，今天晚上呢，我请你客，就算我们做不成恋人，作为朋友吃个饭总可以吧？"

我看着面前固若金汤、一动不动拦着我的疯丫头，微微叹了口气，说："好吧。"

没想到疯丫头仍旧不肯罢休，大声对我嚷嚷了一句："好什么呀？和我吃个饭你就那么难受？"

"不吃也行，"魔高一尺道高一丈，我坐回了工作桌前，"加班一整夜还有加班费可以领，我待这儿上网玩玩纸牌游戏也不错。"

"你……"疯丫头气得脸色发白，嘴唇发青。我则得意扬扬地冲她眨了眨眼睛。

"你什么你，要吃饭就赶紧走了，晚上我还得看芒果台10点钟的电视剧呢。"我拿起桌上的一大堆文件，向外走了出去。

"得令！"疯丫头赶紧跟上了我的脚步。

一家暗藏风骚、装修得姹紫嫣红的日本料理店，我和疯丫头两个人无言地相对着。

"吃什么？"疯丫头拿着菜单，手指一路不停地戳着菜单上那些看不懂的名词。

"是你要到这儿来吃的，干吗问我吃什么。"心安理得向疯丫头抛了个白眼，我优哉游哉继续进攻面前没有喝完的半杯水。

"不然就两碗拉面好了，方便又实惠。"看着疯丫头眉头紧蹙，从可持续发展的角度考虑，我向她提了一个对她口袋里的钱包极其环保的建议。

"不行！"疯丫头一口否决，摇头摇得像拨浪鼓，戴在耳朵上的金耳环都晃个不停。

"你之前没到这儿来吃过吗？"看着疯丫头如临大敌的紧张神态，我有些好气又有些好笑，我对她说，"其实我们换一家吃也行的，我对吃的不怎么讲究。"

"我讲究。"疯丫头冲着我又抛了一个白眼。

"行……"进了餐馆，可是等候了接近半个小时还没能吃得上饭，我无比郁闷，头靠在桌子上，盯着眼前的水杯，那里面的水已经被我喝得精光了。

"那什么，"疯丫头一声大吼，雷霆万钧，即刻勾来了附近的服务员，"就这个吧，两份。"

我看了看菜单上被疯丫头手指刻出了一道深深划痕的菜品，咳嗽了一声，和服务员异口同声地问了一句话："你确定？"

疯丫头用力点了点头。

"呃，你最近没看电影吗？特别红火的那部《失恋三十三天》。"我旁敲侧击："这道菜，有印象没？"

疯丫头看了看菜单，又转头看了看我，突然面色一阵绯红："这个就是……传说中的……"

"烧白子，没错，你脑子还没烧坏。"

疯丫头夸张地干呕出来，然后拉着我，落荒而逃。

她6厘米的尖顶高跟鞋踏在坚实的木质地板上，发出"蹬蹬蹬"的声响。

她对这家餐厅再无留恋，绝尘而去。

"我知道一个不错的地方，要不要一起去吃?"看着身边的疯丫头灰头土脸的模样，我出于同情向她建议道。

"当然，你必须要补偿我!"疯丫头气鼓鼓地，冲着我说。

于是 10 分钟后，我和疯丫头重整旗鼓，一同踏入了一家火锅店。

"老板，二人份的鸭肉火锅，少辣，半份青菜半份金针菇，拼个盘，谢了。"为了不让疯丫头再在点菜这件事情上左右为难浪费时间，我进门后便先下手为强，点好了菜。

"现在可以说了吧?"火锅冒着热气，香味儿引得人口水直流，疯丫头却像一点食欲都没有，缠着我问道。

"说什么?"

"你以前的事情，那天你支支吾吾的，什么都没告诉我。"

"以前啊，"我想了想，看着面前已经煮沸的火锅，轻声说，"以前我跟她就是吃火锅吃出来的交情啊。"

的确也是。

虽然在初次相识的那一顿儿以后，我跟李然、何乔木都没有再次聚在一块儿，好好吃一顿儿火锅，喝点儿小酒，尽诉人生酸甜苦辣，把酒言欢。

那时候那顿饭，其实已经确定了我们三个人之间的关系了。李然和何乔木永远在争执，但他们才是最为般配的一对儿。而我呢，我通常是他们两个人之中的和事佬，他们之间发生的所有不愉快，所有倒霉事儿都需要我夹在中间，像奥利奥里头的白色夹心一样，把他们两个人搅和到一块儿。

而现在，过去多久了呢?我还总是在怀念，没办法，记忆不是想抹去就能抹去的，铭心刻骨了的事情，是会跟着人过一辈子的。

"那然后呢？然后呢？"疯丫头追问我。

"后来发生了很多事，也挺复杂的，"我想从千思万绪中理清这如烟往事，组织成有条不紊的语言告诉疯丫头，却发现自己无能为力："几句话真的说不明白，后来我喜欢的那个人，她结了婚。我喜欢的那个女孩喜欢着的男孩，出了国。我和他们离得越来越远了……"

"那你一个人在这儿悲情个什么劲儿啊？"疯丫头可算听明白了，大声对我吼道，"从头到尾都没你什么事儿嘛！"

果然当局者迷，旁观者清。

"我知道，"鸭肉火锅的麻辣味儿在我口中弥漫开来，我迅速地呛到了，连着喝了好几口水，"可是，放不开……"

"所以啊，文静，我现在不能喜欢你，因为我心里头还有别的人，可是这不代表我以后不会喜欢你。"

"好，我等你。"疯丫头回答我说。

35.

李然离婚记

一

再次接到李然的电话是在深夜时分。

李然的声音是颤抖的，带着明显的哭腔："陈文武，帮帮我。我不知道该怎么办……"

"发生什么事了？"李然难受，我感同身受。但下一秒我还是恢复了冷静，我是要帮助她走出阴霾的那个人，不能陪着她任她哭哭啼啼然后让事态一发不可收拾。

"这件事我其实早就知道，他在外面有别的女人！"李然没有止住抽泣声，"我们结婚才3年，只有3年啊……陈文武，是不是我做错了什么？事情怎么会变成现在这个样子？我不懂。"

李然虽隐忍，但一个女人所能承受的总有一个限度，她一再退让，造成的却是那个男人的得寸进尺，终于那男人彻底背叛了她，从身到心。

她请了私家侦探，替她抓奸。证据确凿无可抵赖，私家侦探告诉她事发的酒店房间，要她赶过去，她却心乱如麻，千头万绪混杂交织，不知道究竟应该怎么做。

我听着李然焦急而悲伤的声音，看着窗外寂灭了的千家灯火。这时，只有圆月高照，原本一切都该宁静安详，可是此地并非圣地仙境，而是人间，交织着笑与泪、悲与欢、喜与忧的人间。

"你别急，"我收拾好思绪，对李然说，"我就赶过来。"

"好。"

李然的车停在一家五星级酒店旁边，我见到她时，她显然已经哭了很久，眼圈两侧通红。见到我之后，便着急忙慌地抹掉没有来得及擦拭干净的眼泪。

我走上前，想替她擦掉泪水。

李然却轻轻推开了我的手，低下了头，我的余光正好窥到几颗热泪从她眼中夺眶而出，那一刻我不知道该怎么劝慰她，也不知道我究竟可以帮到她什么，我只是呆呆地站在那里，看着她止不住的泪水如同决堤的河流一样，奔涌在她的脸上，泪水纵横交错，洗去了她原本精致的妆容。

而她抬起头，面对我的那一刻，她的目光又恢复了原本的坚定。

这便是李然，从不允许自己颓废，伤心太久的李然；带着一身傲气，勇敢直面这个世界的李然。

"现在打算怎么办？"我问她。

"我没有想好呢，"她想了想，回答我说，"但事已至此，一切都回不去了。我不可能再和他相安无事地生活了，现在每见他一面，我都觉得他无比恶心。"

"长痛不如短痛。"说话的时候我亦是心如刀割——我知道李然走完这一步棋之后，将会有怎样的遭遇，如果可能的话，我真愿意代她受过，可惜我不能。所以我只能将这番艰难的劝慰继续进行下去："从前你隐忍，是为了你的女儿，今天和他彻底地分道扬镳，也是为了你的女儿。但李然你要准备好了，走进那个房间里，你要面对的就是一场离婚官司，在这场失败的婚姻里，你也许不要想缅怀任何的东西了，可是你的女儿，她需要好好生活下去的物质条件，这取决于你最后能争取到多少东西。李然，你懂我的意思吗？"

李然呆呆地听着，点了点头。

"原来长大之后必须面对的，就是各种各样的算计啊。算计着钱，算计着婚姻，算计着生活。"李然突然感叹，脸上挂着一丝苦笑。

"众生皆苦。"我想起从前在小说里常常看到的一句话，回答她说。

李然并没有着急着行动，她站在车前，长久地看着我。

"李然，"我轻咳一声，走到酒店的大门前，"如果你做好准备了，就走进去吧。面对你应该面对的一切，我不能陪着你了，但我会一直在这里，一直等着你。"

"好。"李然冲着我点了点头。

接着，她推开了酒店的大门，一步步靠近了那个她曾经在他身上播种过梦想、最终也收获了失望的男人，她名义上的丈夫、她女儿的父亲。

二

酒店里的乱象，是李然时隔多年之后旧事重提时才告诉我的。

她穿越过幽暗的酒店长廊，然后走到了那扇门前。

她深吸一口凉气，面前不大的木门宛如一扇命运之门。

而她终于叩响。

"是谁？"里面传来熟悉的声音，"这么晚了？有什么事？"

"酒店客房服务，"她镇定地回答道，"先生我们还有些东西要取。"

里面一片沉寂，显然那男人已经听出了她的声音。然后，隔了不久的时间后，那男人打开了门，面无表情。

果然是那男人一贯的做派，她进门的那一刻，看见的并没有想象之中的狼狈场景，她看到的是衣冠楚楚的男人坐在床沿上，和另外一个女人一起，等待着她。

"你好。"她见到这一幕时，心中曾有的爱都如烟云般散尽，她拿了把椅子，在他们的对面坐定，然后冲着那个女人轻声打了句招呼。

"你应该知道我是谁，"她仍旧是微笑着的，"我是这个男人的妻子。"

对面的女人愣了愣，回答她："我知道，Jack 跟我说过。不过他说和你没什么感情，你们可以各自有各自的生活，不是吗？Jack 对他的妻子，出手应该还是很大方的。"

这女人拼尽全力，想隐藏住自己的恐惧，把自己伪装成一副满不在乎、天不怕地不怕的样子。

李然发现对面的男人皱了皱眉头，于是她颔首微笑，对对面的女人说："我现在找 Jack 有事，你可不可以先出去一下？等我们说完如果

Jack 还要你回来的话，我不反对。"

"可，可是……"女人咬紧嘴唇，支支吾吾。

"快滚！"男人一直沉默不语，此刻却暴跳如雷。

李然看了一眼盛怒之中的男人和他身边委屈地抿着嘴唇的女人，只觉得一阵好笑，在女人不情不愿地走出房门之前，她添油加醋地说了一句："我渴了，Jack 应该也渴了。麻烦你给我们都倒一杯水，谢谢。"

女人的脚步顿了一顿，看了眼床铺对面目光无比冷峻，仿佛一切都与他无关的男人，递了两瓶矿泉水送到了李然和他的手上。

随后，女人走出房间，用尽全身气力，重重地关上了房门。

房间里只剩下了李然，和她名义上的丈夫。

"你眼光越来越差了，"李然慢悠悠地说，"还有你的英文名为什么又换了一个？我记得我认识你的时候你叫 Chris，如果不想对她负责，就应该直说。你连你已婚的事情都对她说了，这种事你反而没有胆量说出口吗？"

"不用你管。"男人闷声回答她。

"我不会管，"李然说，"我今天来也不是想管你的这些糟心事。我要跟你离婚，女儿归我，其他东西我什么都不要。"

李然最终还是没有完全听从我的话，她并非不屑，只是不想，那男人并不真正的属于她，在真的要撕破脸皮、分道扬镳的时候，她所选择的是承载了她的痛苦和希望的血脉依存，而那对她已经足够。

来的时候她孑然一身，走的时候她也要走得潇洒。

男人听到她这么说话，便知道她已经下定了决心。

"不可能！"男人从床头柜上取下烟盒，拿出一支烟抽了起来，"我不会答应，女儿，你必须留在我这里，其他东西要什么我都可以给你。"

　　"给我？"李然笑出声，"给我什么？你的公司？你家的房子？你的车？"李然把手上的婚戒取下，狠狠摔在他面前，"我今天来的时候就已经想清楚了，我什么都不要。而我刚刚说的东西，你一样都不会给我吧。你能够给我的，是钱，也仅仅只有钱。"

　　男人一声不吭。

　　"我跟你不一样，你野心很大，需要的东西很多，所以车子，房子，公司，你每一样都舍弃不了。但是我现在什么都不想要了，我只要我的女儿。"李然接着说。

　　"你是比我有钱，这是事实，我承认。但你扪心自问，你能够给予她多少爱？你们家本来就不想要一个女儿，你觉得即使她的生活环境再优越，她会快乐吗？我不想她变成另外一个你。"李然快人快语，说话如同在放连珠炮一般。

　　"另外一个我？"男人皱起眉头，显然不懂这句话的意思。

　　"是，"李然站起身来，"不会有人跟你说的，你从小都是在别人对你身份的畏惧里生活的，你就像生活在一个真空保鲜袋里头一样，你所听到的，都是虚伪的谎言。所以——你很可怜，我不要我的女儿像你一样。"

　　在李然说话之时，男人的面色已是阴晴不定，李然说完话之后，男人更是大发雷霆，和那日与李然温存之后突然的暴怒的情状一模一样，他冲上前，猛然扼住了李然的脖子。

　　"住口！"他怒吼着。

　　"你……你就算……杀了我……这些……都是……事实……你……你根本……不爱她，就像你……从来没有……爱过我……一样。"

　　简简单单一句话，李然说得无比艰难。

　　男人听到"爱"字，突然如触电一般，松开了手。

"今天我本可以不来，"李然喘了几口粗气后，重归于平静，对男人说，"我找了私家侦探，他们可以拍摄到对我有力的证据，可是我还是来了，我们之前能在一起，是因为那时候我以为我是爱你的，而现在，我肯面对你，是因为我是尊重你的。"

"爱……"男人似没有听到李然说话一般，喃喃低语。

"是啊，你爱过我们的女儿吗？我生下孩子之后，你陪了她几次，恐怕用手指头都能数出来吧。"李然故意大声说。

"是啊，我不爱她，"男人无力的跌坐在床上，"我的心是冷的，那个时候我就告诉过你了，李然，我无法做到爱人。跟你结婚，也不是出于爱你，让你失望了。"

"所以，让孩子和我一起生活吧。求求你——"李然的眼神中有担忧，但更多的是期待。

"好。"男人终于点了点头，答应了下来。

"不用觉得亏欠我什么，从此以后，我们两不相欠。"李然出门时，对着他微笑着说。

直到已经走远，直到确定酒店的走廊里空无一人之后，李然才靠着墙壁，大声痛哭起来。

三

后来还有一些事，是李然这段短暂婚姻的余响。

丈夫除了把女儿留给了李然之外，还留给她 60 万元作为女儿的赡养费，一次性付清，从今而后，两人再无瓜葛。

李然离婚两个月后，将女儿更名为李和静。

李然前夫在和李然离婚五年之后，突发脑溢血，半身不遂瘫痪了。

当偶然得知这个消息时，我们都替李然感到兴奋——恶人终有恶报。但李然却只淡淡说了一句："我不做落井下石之人。"

李然前夫病后，公司经营也陷入困境，他抵押了所有财产，但信用卡中还欠着 60 万元。

李然只身一人前去探病，并将他给她的 60 万元还给了他。

她终究没有收下他的任何东西。

当然这一切都是后话了。

36.

她无从忘怀

一

李然离婚之后，我和她曾把酒畅谈过。

那是一个万籁俱寂的黑夜，李然准备好了丰盛的酒菜，轻柔的月光洒下来，颇有几分围炉夜话的氛围。那样的夜晚，实在太适宜情动了。

那时的李然，怀揣着离开夫家后拿到的钱，独自一人支撑起了她和小女儿的全部生活。

她曾经想过拒绝那男人的钱，但世事多无奈，能完完全全按自己意志生活的人毕竟是极少数——她离婚后不可能继续在丈夫的公司工作，而她还不想离开 S 市，她想要等自己生活安定之后，再和女儿一同离开这个伤心地，于是她收下了，带着屈辱感收下了。

而后她独力承受了所有，她租了一个不算大的小公寓，开始四处寻找适合自己的工作。

"李然，其实你不必要这么辛苦，"看着她近几日因过分忙碌而日益消瘦的面庞，我不由得有些心疼，"其实我们公司也需要翻译，不过是翻译小说，周期比较长，而且酬劳不算丰厚，看你有没有这方面的意向。"

李然低头，抿紧嘴唇："对不起，每次都要麻烦你，陈文武。"

"哪儿的话！"我挥挥手，"我们两个谁跟谁啊，你还用得着跟我这么客套么？"

"谢谢你，"李然举起酒吧，"喝一口吧。"

我们碰杯，对饮。我对她说了一句："一切都会好起来的。"

"陈文武，我记得很久以前，我爸爸一直都用'越是遇到挫折，处境越是艰难，越要勇敢前行'的人生箴言教育我，不过现在——"李然的眼睛里透出几分无奈，"看来我还不能完全做到，陈文武，这段日子，我太累了。"

"别怪自己，你做得已经很好，也很足够了。"我看着她，觉得万分心疼。

"其实女孩子就是用来疼的，"我再次举杯，装作不经意地说了一句，"古往今来不都是这样的？男人赚钱养家，女人负责貌美如花。李然，这段婚姻也许失败，但毕竟也只是你人生路上的一小段路程而已，犯不着太耿耿于怀。"

"我不会的，"李然有些失神的回答我，"我还没有那么脆弱，可是我也不会靠着男人去生活了，这段婚姻——"她似有万语千言，却不知从何说起一般，最终，她轻声说，"也不过偶然而已。"

"其实女人都很傻，容易相信承诺。"李然又喝了一口酒，半躺着坐到了客厅沙发上："他告诉过我和他在一起会过怎样的生活的……但是他毕竟也许给我一个美好的未来。而我……你知道吗？我就像飞蛾扑火一样，明明知道那个未来有可能是虚妄的，有可能没有办法兑现。但还是直冲上前，我需要爱，而他给不起爱，他虽然有足够的钱可以买到我所能想到的一切物质上的东西，可他是一个爱的贫民。"她有几分醉决了。

"其实说到底，我也有错——我不应该随随便便去相信一个人，以为他可以代替那个人的位置，可是，我做不到……"李然显出了几分醉态，低声说。

"李然，李然？"看到李然浅睡在了沙发上，我走到她面前，轻轻抱住了她。

她身上没有香水味，却有婴儿沐浴露的味道，看来她下午一定有帮小 Baby 洗过澡。

"抱抱我。"李然突然喃喃自语。

我凑上前，发现李然仍旧紧紧闭着眼睛，我方才意识到她是在说梦话。

"抱抱我，抱抱我，何乔木，抱紧我……"李然说。

我方寸大乱，此时李然双手已经紧紧环抱住了我，我挣脱放开也不是，继续任由李然抱下去也不是，竟有那么一小会儿，我不知道该如何做了。

"我是爱你的啊，一直是爱你的……"李然的眼泪突然流了出来，她眉头紧皱，不住地低吟着，"你相信我，相信我……不要再离开了我了……"絮絮叨叨如同在念魔咒一般。

"不走，我不走。"我心一软，立时便脱口而出。

我们彼此拥抱着，睡了一宿。

其实，拥抱住李然的那一刻，我想，李然是否错认了我，我和李然未来将会如何，都变得不再重要了。

至少那个夜晚，我可以充当她心灵深处最无法忘怀的那个人，和她一起相拥着，度过短暂的一晚。

而她，也足够值得我去付出，不计得失，不计代价。

二

MSN 上，何乔木的头像亮了起来，显示他上线了。

我打了一行字过去："你现在在干吗呢？"

何乔木回答我："帮我舅舅在唐人街打理餐馆的生意，顺便把大学给补回来了，从语言学校读起的，我现在过得挺好。"

"不过这儿可有人过得不好。"我刻意先卖了一个关子。

"谁啊？莫不成是你？好兄弟你现在要工作有工作，要妞也有不少妞迷你，怎么会过得不好。"我把疯丫头追我的事儿告诉了这厮，从此这便成了他每次和我聊天的时候必须要提及的笑料之一。

"我过得很好！！！"我没好气地给他回了一句，还加上了 3 个感叹号。

相应的，3 个问号从对话框里头蹦了出来。

"想知道是谁，你得先回答我一个问题。"我想了想，觉得犯不着那么早告诉他。

至少在那之前，我得先确认一件事。

"你还想李然吗？"

对话框沉寂了片刻，何乔木久久没有回应。

"想啊。"过了好一会儿，他才打了两个字上来。

"是李然过得不好。"看到何乔木的回答后我没再犹豫，飞速地打起字来："李然离婚了。"

"真的?!"何乔木发了个问号夹带感叹号给我。

"骗你是猪。你现在有女朋友没有?"

"没有，我就认李然。"何乔木回答我说。

"不如回来一趟?"我向他建议道。

"再说吧。"何乔木匆匆打上一行字，然后便下线了。

我双手合十，枕在脑后，眯着眼睛回想了一下何乔木的这番反应。

都说女人心海底针，此时此刻我猜不透的却是何乔木的心。他究竟怎么想的？他对李然现在到底抱有怎样的感觉？这一切都像未解之谜一般，我无从得知。

原来以为相隔两地，哪怕在两个不同的国家，我和他之间的情谊都不会受到任何的影响——现在形形色色的通讯设备这么发达，一个聊天软件或者一个电话都足够让彼此心意相通，但如今看来却不是这样，我对何乔木近年来的生活，所了解到的其实是一片空白。

MSN上我和何乔木短暂的聊天交流，每一次都是来也匆匆，去也匆匆。

在他的只言片语里，我间或能得知一些他的生活状态，比如他赚到了第一笔钱，或者他结识了新的朋友一类的琐事，但他究竟生活在什么样的环境里头，他过得好不好一类的问题，我全都无从知晓。或者说，何乔木那厮会告诉我的一切，也仅限于报喜不报忧——或许对我们这一代而言，遇到朋友或者亲人的关心的询问之时，都只会习惯性地回答上一句"还可以"或者"挺好的"之类的话吧？何乔木也是如此。出国之后，每一次我询问他这样或者那样的问题的时候，他的回答都是雷打不动的三个字"挺好的"。

毕竟两个人已经分隔在地球两端，两颗心也是如此。

李然离婚之后，我曾经打定主意，不把这件事情告诉给何乔木，但是那个夜晚，李然那般无奈、悲伤的倾诉，我却无论如何都无法从脑中抹灭。

多年以前，我就是他们两之间的和事佬，他们心河里的一艘渡船。

直到现在，这种微妙的联系也没有任何的更改。

37.

随你到天边

一

离告知何乔木李然离婚的消息数日之后，我从电视新闻上得知了何乔木的境况。

新西兰突发暴雨，雨连降数日，形成洪灾。

这场暴雨，刚好降落在何乔木所在的克莱斯特彻奇。

电视上的画面触目惊心，原本安静祥和的小镇此刻陷入彻底的混乱，四面八方俱是源源不断的洪流喷涌，电线杆、许多房屋都被冲垮，七零八落散落在地面，随着土黄色的洪水漂流。

我在 MSN 上询问何乔木，问他是否平安。但他的头像却一直没有亮起来。我觉得心慌，打跨国电话给他，他留给我过他的电话号码，却无论如何都无法接通。

李然和我同时看到了这个消息。

她打来电话，问我知不知道何乔木最近的情况。我犹豫了一下，告诉李然我无法联系上他。

而李然几乎在片刻之间就做好了决定。

"我要去新西兰。"她说，声音无比坚决。

我感觉无比惊讶，心头更是一阵泛酸，低声劝她："李然，何乔木究竟怎么样，还没有一个准信儿。你现在自己的生活都没彻底安定下来，这么贸然前去新西兰不太好吧？"

"我知道，你说的一切我都知道，"李然带着哭腔说，"你说的这些我何尝没有想过，但除了死生之外，再无大事。如果他走了，我不想连他的最后一面都见不到……如果他还好好地活着，那我就祝愿他平安。"

"这些年你是不是一直都没有忘记他？"我问她，而这问题已无须她多言，她的行动就说明了一切。

"那我呢？我算什么？"心头妒火越烧越浓，我几乎冲着李然吼了出来，"你跟他分手之后我以为我有可能了，结果造化弄人，你结婚了。如果你过得好好儿的，万事顺心的话也就算了，可是不是那样。兜兜转转这么一大圈，结果你还是忘不了他！李然，这些年我一直都陪在你身边，我不要求什么，也知道自己不配有这样的奢望。我只是想……"

男儿有泪不轻弹，可是那时候我真的哭了出来。

"你跟我说过，我不是为你生活的。我也就在 S 市默默努力，希望在这个地方扎根下来，"我对李然说，声音里有些自嘲的意味，"说到底，我还是在为你生活，因为你一句话就可以决定我的去向。"

电话另一头没有传出一点声音来，李然默默地听着，默然地接纳着我的躁动与不安。

"我都知道，你说的我都知道。"良久以后，李然才开了口："陈文武，你知道守护神的说法吗？据说每一个女孩子，都会有两个人是她注定要遇到的。一个是她割舍不下的情人，另外一个是她的守护神，陈文武，你是我的守护神。和你在一起，我会觉得很安定，很多无法解决的事情都不会再让我烦心，你说的话好像有魔力一样，能让人归于平静。但是我们，做不成情人。这些年我心里面牵挂的、想念的，始终只有那么一个人。虽然我把他隐藏到了我心里的最深处，可是我不能骗自己，我做不到……"

"好，我和你一起去。"

"你没必要……"这次轮到李然来劝我了。

"我哪里没有必要，一来我不放心你，二来何乔木也是我好兄弟。他的生死我本来也该关心。"我用强硬的口吻说道。

"我明天就去请假，你做好准备。把女儿托付给靠谱的托儿所或者朋友，然后我帮你订好机票，你记得带护照。"听出李然的声音里还有一丝犹豫后，我赶紧补上一句。

"好。"李然答应下来。

我挂断电话，长舒了一口气。

第二天的请假事宜还算得上顺利，我之前一直兢兢业业，从无迟到早退等不良记录，因此老板很快给我批了假。在得知我请假的缘由是因为好友生死未卜之后，老板更是用同情的眼神凝视了我良久，对我说："注意身体，安全回来。"

唯一的麻烦便是疯丫头的围追堵截。

她得知我请假的消息之后，彻彻底底地闹翻了天，老板都没有说的理由被她翻了出来，套用在了我的身上。

"陈文武同志，你作为公司的一员大将，鼎力支柱，怎么能在公司这么忙碌的时候只顾自己，不念他人，临阵逃脱？"疯丫头怒目圆睁，巧舌如簧。

"没有我公司照样运营，"我回答她，"老板已经准假，就犯不着你操这份心了。"

"我看你身体好好的，也没有什么病，请什么假啊？"疯丫头嘴巴撅上了天，"莫非你又是为了那个你割舍不下的人？"

唉，我真不该在那次吃火锅的时候把我的前程旧事和盘托出。

"你真是……"疯丫头想了半天也想不出合适的形容词，最后挤出来一句，"爱江山更爱美人。"

"我没有江山也没有美人，"我不由自主地笑出了声，"我就是请几天假，然后再回来上班。你要是还挡着不让我走，这一次的火锅又得你来请了。"

疯丫头信以为真，灰头土脸给我让了道——上一次我和她在火锅店大吃特吃，我还喝上了几瓶小酒，结账时候账单上的金额几乎让她眼睛都看直了，隔天还冲着我说我真是个名副其实的大胃王……

我扬长而去，走之前还冲着疯丫头抛了个媚眼。

疯丫头在我身后咬牙切齿，手指的关节交汇处发出清脆的"咔咔"声。

而事实上，我也的确低估了疯丫头的执行力和她锱铢必较的程度……

第二天，她就推着一个大箱子，叩响了我家的房门。

我打开门后看见是她，揉了揉眼睛，迅速地把门关上了……

"来人啊，救命啊。奸淫掳掠了，买凶杀人了！来人啊，救命啊！"疯丫头扯开嗓子就喊了起来，声音分外凄厉。

仿佛能看见邻居们不怀好意的眼神，听见他们议论纷纷的八卦声。

于是半分钟后，我铁青着一张脸，替疯丫头打开了房门。

"你到底想干吗?"我大声问她。

疯丫头得意扬扬地看着我，脸上洋溢着不怀好意的邪恶笑容。

"我跟你一起走啊。"疯丫头回答我说，她笑得纯真无邪，分外喜庆。

听到她这么说的时候，我整个脑子都几乎炸了。疯丫头跟我一块儿走? 这可真是古今奇谈……

"不行!"我"欣赏"着面前可以依靠精湛演技获得奥斯卡影后荣耀的疯丫头，冷冷地说了一句，"你去干吗呀?"

"陈文武你这话问得可不对啊!"疯丫头嚷嚷了起来，"我问你，你是不是我朋友?"

"算吧。"我犹豫着说，送佛送到西，这个时候我可不敢得罪了面前的这位姑奶奶。

"那你的朋友就更是我的朋友了!"疯丫头冲着我翻了一个大大的白眼，"朋友有难，鼎力相助。此乃我辈侠义道精神。"

说完这番让人哭笑不得的高谈阔论后，疯丫头就轻轻推开了站在她前方发愣的我，把她的行李箱往屋子里一放，大大方方坐到了我家的沙发上，打开了电视机还拿起了桌子上的一个苹果吃了起来……

"那你的工作呢?"我贼心不死，问她道。

"我请假了，请了跟你一样长的假，老板也批准了!"疯丫头的声音从房间里幽幽地飘了过来。

二

最终，我、疯丫头、李然，三人共同登上了通往新西兰的航班。

十多个小时的飞行，让我们三个人身心俱疲。晚上，机舱里熄了灯。无边无际的黑暗笼罩了一切，李然和疯丫头都入睡了，我独自一人，靠在座位上，望向窗外没有边际的黑暗，以及间或出现的星星点点的光亮，一切都显得渺茫，包括我们之间的爱恨情仇。

却有一处地方，现出璀璨的光芒，宛如成千上万的钻石放在了聚光灯下一般，我惊诧地看着那片美丽景色，飞机却已然加速，美景一掠而过，世界又恢复了一片寂然景象。

我闭上眼睛，眼前历历闪现一路上看到的风景，觉得旅行是如此，人生亦然。我们从平静中降生，用半生追逐灿烂的昙花一现的缥缈云烟，然后终究又归于平静。

于是我安心下来，渐渐入眠。

再次醒来之时，飞机已经降落在惠灵顿机场。而疯丫头和李然，怎么说呢？她俩志同道合狼狈为奸，很快勾搭到了一起。

而她们所说的那些话，的确让我有些……不忍卒听。

"真的呀？李然姐，你结过婚了呀。"疯丫头操弄着大嗓门，百无顾忌，直接地向李然提出了心中疑问，而且还补一句："那你身为一个有夫之妇，怎么也跟着陈文武发疯啊，我原来以为就陈文武一个人精神不正常呢……"

我脸迅速地黑了下来……

原来以为李然的反应应该和我步调一致，不想她却分外淡定，对着疯丫头来了一句："我离婚了……"

疯丫头的嘴巴应景的"O"成了一个鸡蛋形。

"离婚了的女人故事可以写本书了，一时半会儿也讲不完，所以你不用多问了。这个人其实才是我要找的，陈文武不放心我，所以才跟着来。"

疯丫头冲我瞥去一眼，目光分外复杂。

随后她在机场，高声歌唱着"爱我中华，中华雄姿英发"之类让人心神激荡的歌曲，也不再理会我和李然，踏着铿锵有力的步伐，扬长而去……

我和李然紧紧跟在她身后，看着她傻笑着冲着金发碧眼的国际友人一个个打招呼，并且用类似酒店迎宾员的甜腻嗓音大声说："Hello, My name is Wen Jing"的时候，我们对视了一眼。我可以确定当时李然跟我的想法是一样的，我们这一次也许最终要找的是两个人。其中一个就是面前这位跨越山山水水千万重，在异国他乡纵情高歌的文静小姐。

"她其实是个挺单纯的小女孩儿啊，"李然凑到我面前问我，"她喜欢你？"

我苦大仇深地点了点头。然后又问了李然一句："刚才她问你离婚的事儿……"

"我不在意这些事儿，做都做了，还怕别人知道，"明白我说的话是什么意思，李然回答我说，"而且我也不亏啊，我从她那儿知道了挺多跟化妆有关的知识，她还告诉了我好几个衣服实惠又好看的淘宝店呢。"说完之后，李然冲着我眨了眨眼睛，跟上了文静的节奏。

读懂了李然那个讳莫如深的表情的含义后，我内心霎时有千万匹马狂奔而过，猛追上去，就想大声对着李然怒吼一句："她喜欢我，可是我不喜欢她啊！"

不过很显然，我并没有文静那么……乐观豁达……

何乔木所在地区的机场已经关闭，我们抵达的是相邻的最近的一个机场。在下了飞机之后，我们三个人迅速去了最近的一家商店，买上了求生用品，然后拎着两个大袋子，东绕西绕开始找出租车。

所幸李然英文很顺溜，和外国人沟通交流完全没有压力。

何乔木所在的地方没有任何车辆肯去，我们一路好说歹说，开出高价也没人愿意拿命来赚这笔钱，而那时文静终于明白过来我和李然去这千里之外的异国他乡，目的究竟是什么。

"害怕了？害怕了就不用跟我们一起走。"看着脸色变得煞白的文静，我轻轻对她说。

"不，我不害怕。"文静强装镇定。

在走了接近五个街区之后，李然终于有了收获。她找到了一辆正好要开向受灾区域的车，那是一伙学电影的大学生，想把危难之中人们的义举记录下来，听说我们要找人，便义不容辞让我们上了车。

我们三人都甚是感激，李然与我前来之时就已经知道这趟路会很难走，所以我们两个都带上了充足的现金，现在这些钱也派上了相应的用场，我们买了充足的食物和药品。

一行人浩浩荡荡，去往这座陷于灾难与困境之中的城市。

38.

乌龙寻人纪

我们到达克莱斯特彻奇之后，才知道我们之前的生活真的太过平顺了。

在自然的侵袭下，一切人工的设施都不堪一击。

只有少数的建筑裸露在水面之上，狂风猛烈冲撞着所能见到一切，整个城市满目疮痍。

人已经完全不能进入了。所幸与我们同行的几位大学生在当地大学还有朋友，找人截到了摩托艇，我们才搭上了顺风车。

整个城市俱是一片死寂。

而李然，瘦瘦小小，肩不能抗手不能提的李然在那一刻绽放出了无限的生命光彩。她提上了所有的东西，独自一个人就要前去。

"你要干吗?"我赶紧阻止了她，"没有方向没有目的，你能去哪儿?"

"我要找到他，生要见人，死要见尸。"李然回答我说。

"我们现在怎么能找得到人？你别为这件事反而丢掉了自己的命！"我冲到李然面前，大吼道，"你清醒点儿李然，现在的状况我们控制不了！生死由命，富贵在天，何乔木没有出事就没有出事，出事了我们也没办法阻止！"

"我已经到这里来了，我走到了这一步，我不会放弃，不会的。"李然半截身子都浸泡在泥水里，她划开身前的浑水，就想往更远处走去。

文静和我同时拉住了她。

"李然姐，"文静看着面前一脸狼狈的李然，轻声劝她，"你别这样……那个人如果看见你这个样子，一定也会伤心的。"

"如果不能见到他，我就彻底没有心了。"李然双眼无神，目光空洞，似乎除了何乔木以外，世间万物之于她，再无半点联系，也没有半分意义了。

"文静，你待在这里，不要动，等我和你李然姐回来。"我当机立断，抢过李然手中一半物品，一手拿住手机和导航仪，一边拉住李然的另外一只手，乘上了在前方等待着我们的摩托艇。

"可是……"文静看着我和李然，支支吾吾的。

"没有什么可是不可是的，现在我们多一个人，就多一份危险。你明白吗？"我冲着文静吼道。

摩托艇扬长而去。将我和李然送到了灾民集中区，克莱斯特彻奇的大体育馆中。

在一路上，我们看到了露出尖尖一角的超市，沾满了泥泞的尸体，听到了接连不断的呼救声。

李然闭上眼睛，不忍多看。呼救声句句锥心刺骨，可是对此刻的李然和我来说，脑子里都只有一个念头，找到何乔木。

　　我们很快便抵达了体育馆，进入安全区域后，映入我们眼帘的是满地的狼藉——四面八方俱是哀鸿遍野，受伤的人伤口正向外流出汩汩鲜血。几乎所有的人都是衣衫不整的，衣服上全都沾满了泥土、鲜血一类污垢。

　　受伤后的人们更是彻底失去了理性，看到长角面包、方便面一类的食物便全都一哄而上，争抢起来。我和李然的包裹被他们看见之后，顷刻之间已被抢得一丝不剩了。

　　我和李然走在了人群中，彻彻底底融入了他们，从中搜寻着何乔木的身影。

　　从这么一大群人里头找人几乎是沧海一粟，即使在我们搜寻的是一个中国人的前提下。

　　过了好一会儿，看见我和李然全都精疲力竭，倒在地上休息起来的时候。和我们同行的大学生才给予了我们一个善意的提醒："其实你们完全可以找这里的警察，他们有登记表，说不定能找到你们要找的人。"

　　李然听到这句话之后立马站起了身，大声向着面前的警察打着招呼，挥舞着手臂。

　　"这儿这儿，"李然疾呼，迅速地走到警察面前，焦急的询问道，"你们这儿有没有一位受伤的先生？他个子挺高的，是中等体型，是一个中国人。"李然一边说话，一边配合打着手势。

　　"他的名字，女士。"警察拿着手中的表格，向李然询问道。

　　"何乔木，不，不对。"李然想了想说："他的英文名叫 Chris，Chris He。"

　　警察翻遍了手中的目录，皱着眉头说："没有，女士。或许他没来得及被抢救。"

　　李然听到这句话后，绝望地瘫在了地上。

过了一会儿，她的情绪彻底爆发了。

"何乔木你个混蛋！"她大声哭诉，梨花带雨。

周围的人都用好奇的眼光看着面前这个不断啜泣着的中国女人，他们不明白她究竟在哭什么，但是可以从她的哭泣声中，感受到那种巨大的、摧枯拉朽的悲伤。他们也感同身受。

"这算怎么回事，何乔木？"李然彻底瘫倒在了地上，"我原谅你，什么事我都原谅你，只要你再回来，让我看见你平平安安的，精力旺盛的样子。现在过去这么久了，以前的事情我们彻底抹掉了，好不好？我什么都原谅你，你回来啊……"

"你这个混蛋，一下子跑到这么远的地方去，以为这样我就找不到你了是吗？"李然忽然又来了精神，站起身来，一边擦着泪水一边咬牙切齿地说，"掘地三尺我也要找到你。何乔木，你他妈现在究竟在哪儿！冲我说句话，打声招呼啊，你以为捉迷藏的游戏很好玩吗？你现在究竟在哪里……"

李然绝望的喊叫声响彻天地之间，在场的所有人无不为之动容。

我想上前，想替她拭去泪水，想带她回家，回到中国，可是我知道现在去劝她，必然只会收到反效果，于是我远远地看着她，带着悲伤，安安静静地注视着她。

李然仍旧跌跌撞撞地在人群中穿行着，看得出来她的精神和体力都已经达到了极限，但我却没有任何的办法可以把她哄走。

在大自然面前，人类的一切努力似乎都是徒劳无功的。

或许一切都是必然，在这时我的手机突然地响了起来。

我不耐烦，本打算立马挂断电话，却在看见呼叫我的人的号码时，大大吃了一惊，慌慌张张地接起了电话。

这通电话，竟然是何乔木打过来的。

"喂，双全，你在哪儿?"这小子有点儿犯贱的那副嗓子此时听起来无比亲切。

我正想回答，李然一声夹带着中文和英文的凄厉高呼却已经穿透耳膜，传到了电话另一头。

"何乔木! Chris He! 你给我滚出来!"李然大叫着。

"听到了吗?"我向何乔木没好气地说，"我和李然去新西兰找你了。"

"找我……不是，你们现在去新西兰干吗呀? 克莱斯特彻奇发了洪水!"何乔木意识到了问题的严重性，大声问道。

"还不是担心你小子一命呜呼了!"我没好气地说道。

"赶紧回来吧。"何乔木连忙说:"我人好好地在中国呢，不止我现在好好地在中国，家人也在。在几天前我考虑清楚了，想再回来，找到李然。"

这乌龙事件闹得……我站起身来，看着面前心力交瘁的李然，只觉得上天有时候真的爱开玩笑。

39.

相约这一生

一

从生死一线间穿行走过，我和李然，甚至包括疯丫头的心态都平和了下来。

在回 S 市的飞机上，我们三个人都没有从那种绝望、无力的氛围中脱逃出来，那些触目惊心的景象好像仍旧触手可及。那是我们从未见到过的场面，活人与死人几乎无法分别，目力所及之处，所有的人眼神里都透露着深沉的绝望。还有那彻底沦为大自然玩具的城市，那漂浮在浑浊的洪流上的砖瓦杂物。

"原来真的有命这回事情，"良久，李然方才对我低声说，"我在找何乔木，何乔木也在找我，这就是命。"

"那你回去之后，还要不要和他在一起？"看着身边睡得香甜的疯丫头，我也放低了声音，向李然问道。

李然摇了摇头，说："我不会，我去找他是因为事关生死，我不能接受他的生命就此消逝……可是如果要我接纳他，那也许还需要时间。"

是啊，他们之间横跨着生死的时候，所有紧闭的心门都会被推开。可是当这个问题变化成"我们要不要继续在一起"这些切身的，有关于柴米油盐的现实问题的时候，李然便不得不又多想一步，考虑他们两个人究竟合不合适继续在一起，考虑何乔木这些年的变化……毕竟生活是漫长的，一辈子好几十年。已经有过一次失败婚姻的李然在择偶的问题上，也只能慎重慎重再慎重。

人实在是太过矛盾的动物，可是也正是这些矛盾的存在，才使得人的一生变得丰满，解决这些矛盾的过程，往往便是我们审视自己内心的过程。

"一切都会好起来的，李然，你要相信。"此时此刻，任何的词汇都显得贫瘠无力，我只有轻轻握住李然的手，对她说。

李然点点头，回应我："会好起来的。"

二

或许冥冥之中，真的有上天的安排。

李然在回到 S 市不到一个月后，便找到了适合自己的工作。

她之前一直做她前夫的随身翻译，陪她前夫出差，已经走过不少山山水水，见识可算广阔。那时候博客也正好开始盛行，李然将自己的生活时不时地写成日志，分享到博客上头，久而久之，竟也有了一定的关注度，累积了不少粉丝。

李然将她在新西兰的亲身体验，同样写成了日志。这独特的体验吸引了许许多多人的目光。

本是无心插柳的事情，却不想无心插柳柳成荫。不久，旅行网站和各大酒店便纷纷给李然发来了邀约。这时，也正是各类新职业兴起的年代，李然便成了第一批"吃螃蟹的人"——她成了一位酒店体验师。

她的工作，主要是拍照。然后将酒店的环境和她的建议分享给网友。至于有些酒店的内部测试，因为已经和这些酒店签署了保密协议，李然不便与我细说。

李然的生活重新步入了正轨，她也开始日益忙碌了起来。

几乎有一半的时间，她是在飞机上度过的。她甚至在飞机上看完了整整一部《在云端》，然后带着孤独和飞机降落时的巨大轰鸣声，踏向了她要去体验的下一家酒店。

她的生活表面上看起来无比光鲜，大批的粉丝都听从她的建议，追逐她的步伐。只有她自己知道，这种生活的实质究竟是什么。

她的生活，除去短暂的睡眠时间，其他时间都是在工作。不，甚至包括睡眠的时间，也可以算得上是在工作。因为酒店体验，第一要检验的便是床，酒店的床能否让人身心放松，好好地睡上一觉，是她评测时的第一要务。

她受到的关注越来越多，完完全全可以用这份职业支撑自己的生活，并且让自己过得不错，于是李然便也不再像以前那样仓皇地四处找工作，犹如无头苍蝇一般。她彻底接受了这份职业，开始全职担任酒店体验师。

她的女儿也因为她工作的关系，被送去了托儿所。

何乔木无法和李然有太多的交集，便把这份情感移到了李然的女儿身上。李然的女儿也生得着实可爱，有一双和她的母亲一样，乌黑溜圆、透露着灵气的大眼睛。

何乔木常常去探望李然的女儿，一来二去，两人之间便建立起了深厚的友谊。托儿所的生活单调乏味，何乔木便常常给李然送去漫画书，零食和各类玩具。好几次还抱着她，给她讲故事。

托儿所的幼师将此事告知了李然，李然听到何乔木的名字后，先是一愣，很快又回答："不用管他，他会对孩子好好的，我相信他。"

不过那时，何乔木还以为李然并不知情。每一次他来看望李然的女儿，总会对小女孩说上一句："叔叔算是你秘密的朋友，你不要把叔叔的事告诉妈妈，好不好？"

小女孩儿不懂事，挂着泪珠问何乔木："为什么不能够告诉妈妈？我想要叔叔做我的爸爸！那我在妈妈不来看我的时候，就可以让爸爸每天都看我。"

何乔木长叹一口气，前尘旧事宛如昨日一般，在回忆里泛着光芒。

但他也终究只能给予小女孩一声轻叹，告诉小女孩："叔叔以前对妈妈做了很不好、很不好的事情。妈妈现在还没有原谅叔叔，所以我们一起等妈妈原谅叔叔的那一天，好不好？"

小女孩重重点了点头，伸出手，和何乔木拉了拉钩。

两人嘴里念念有词："拉钩，上吊，一百年，不许变！"

说完后，两人便相视而笑。

而我和疯丫头，也恢复了从前的生活状态。

与此同时，疯丫头成了李然的粉丝，彻彻底底的。

她关注了李然的博客，并且永远抢在李然的新日志发布之后的第一秒，就急不可耐地读上一番，然后还要给李然留言，更会仔仔细细看李然博客下的每一条留言，看见了对李然有所怀疑的留言她还会奋勇上前，大力反驳。她的疯狂行为几乎有当年"超女"红火的时候那些玉米、凉粉们的架势了。

大概是共同见证了生死的缘由吧……尽管我不想承认，但我和疯丫头的关系，却莫名地往前递进了一大步。

比如，她又开始恢复了给我买早餐的习惯了，而我也没有拒绝。

比如，她经常会以"询问李然姐姐的往事"为缘由，要我请她吃火锅，而我也没有拒绝，于是一顿饭下来，脸变绿的那个，顺理成章变成了我。

这样的例子还有许多……我跟疯丫头之间，开始产生了一种超越朋友，更像是亲人的关系。

三

"何先生，李和静从托儿所走丢了。"那天何乔木午睡之后，便接到了托儿所老师的电话。

"孩子的妈妈呢？告诉孩子的妈妈了吗?"何乔木反应过来，连忙问道。

"没有，我们给李然女士打了半个钟头电话，同时也开始了对李和静的搜寻。但是李女士的电话始终不能打通。"电话另一头，托儿所的老师也显得十分焦急。

那时的李然，正在飞机上，去奔赴下一个工作的场地。

"先找孩子！我跟你们一起找。"何乔木回答一声后，便挂断电话出了门。

何乔木在托儿所附近的街道上，一遍又一遍，仔仔细细地搜寻着。一草一木都没有放过，可是还是没能找到李和静的半点踪迹。

他不死心，打电话叫来了我，我们两个人一路问着，一路找着。

　　李和静那一天穿的，是一件黑白格子的衣服，还扎着两个羊角辫。那件衣服是何乔木送给她的，而她扎羊角辫用的两条红发绳，也是何乔木送给她的。

　　那是一种亲情的羁绊——纵使两个人并无半点直接的血缘关系，也是何乔木必须找到她的原因。

　　"请问你有没有，看到这么高的一个小女孩，穿一件黑白格子相间的衣服，扎红头绳的?"

　　得知了否定的答案后，何乔木和我又赶向了下一家杂货店，重复着一样的问句："你有没有看见这么高的一个小女孩……"

　　时间接近7点钟，夜幕低垂。

　　托儿所幼师在下午3点，打通了李然的电话，告知了她女儿走失的消息。李然当即搭乘最近的一趟航班返回，她回到托儿所的时间，也正好是7点。

　　搜寻无果的何乔木和我回到托儿所，准备和老师会合，再前去报案的时候，何乔木推开托儿所的大门，便正好看见失神的李然，站在他眼前。

　　李然的身边，放着一个大的行李箱。

　　两个人对视着，相对无言。

　　"没有什么时间了，李然你去派出所报案，陈文武你跟我一起，继续去找小孩。"何乔木看着呆若木鸡的李然，焦急地说道。

　　"我现在就去。"李然回答她说。

　　何乔木看着李然失魂落魄的样子，也不能放心得下。他走上前，轻轻拍了拍李然的肩膀，对她说："总会找到的，小孩子都贪玩，你也别太担心了。"

　　李然没有回答何乔木，匆匆离去了，在大街上她拦住一辆的士，便一头钻了进去。

她回馈给何乔木的，是她离去前的一个眼神。她的眼神里交织着，混杂着很多东西，有感激，有信任……还有其他。据何乔木说，在那个眼神里，他看到了李然的一切。

直到精疲力竭之后，何乔木才回到了家。

回到家后，他第一眼看到的，是沙发上他给李然女儿买的那件黑白格子的衣服。

他大吃一惊，喊起了李然女儿的名字来："李和静，李和静？"

他的母亲与睡眼惺忪的李和静同时走了出来，李和静看到他的时候，眼睛亮了亮，大声地喊他："何叔叔！"

那一刻的何乔木，悲喜交织。他抱起李和静，亲了又亲，一遍又一遍。直到他的母亲提醒他，要他放开小女孩，人家还得睡觉的时候，他才依依不舍的松开那双紧紧抱着李和静的手。

后来，何乔木从他母亲和李和静的嘴里，得知了完整的情况。

原来李和静那天中午在操场玩球，却不慎把球丢出了围墙外。而托儿所的老师忘记了锁门，于是李和静便走了出来，四处寻找着球。但她走错了路，而且走着走着便迷了路。

于是她顺着街道，越走越远。

暮色降临的时候，何乔木的母亲从超市买菜回来，正好看到一个小女孩，坐在他们家小区花园的长椅上哭着鼻子，那是一张生面孔。何乔木的母亲觉得好奇，便前去询问小女孩。

李和静的回答并不十分清楚，只是说她是走了很远很远的路过来的，而她现在也不知道该怎么走回去了。

于是何乔木的母亲，顺理成章地收留了小女孩，可她也万万没有想到，这个小女孩竟然会是李然的女儿！

上天真的有一台超级精密的电脑，将一切安排得有条不紊。

找到李和静后，何乔木给李然打去了电话。

李然知道女儿已经找到的消息后，悬着的一颗心终于彻底放了下来，直呼谢天谢地。

"李然，安定下来吧。你女儿还这么小，她需要你。"何乔木趁热打铁，对李然说道。

"李然，用去这么多年的时间。我什么都想清楚了，彻底明白了。你是我生命里最不可割舍的那一部分，我爱你，也爱你的女儿，和我结婚吧，李然。"何乔木颤抖着说。

电话那一头的李然，很长时间里都没有任何的回应。

"李然，你现在不答应也没有关系，"何乔木害怕自己操之过急，赶紧补上一句，"未来等你想清楚了，你一定会答应我的。这一次，我不会再辜负你了，李然。"

"可是到未来等我想清楚的时候，也许我都已经老了。"李然轻声回答何乔木。

"所以，还是在现在没有想清楚的时候，答应你吧。谁叫你人这么讨厌，使用了先讨好我女儿、后讨好我的战略呢。"尽管两人并不是面对面在说话，但李然还是如同少女一般羞涩万分，两边的面颊都泛起了阵阵绯红。

"你刚刚说什么？"何乔木不能相信自己的耳朵，问李然。

"好话不说两遍。"李然回答他，同时脸上又泛起了一阵浅浅的红色来。

40.

重归于南城

一

何乔木和李然，要结婚了，在南城。

这么多年过去了，经历无数分分合合，他们终归还是走到了一起。

也许他们终归是要在一起的，这一点，也许在 16 岁的那个夏天，便已经注定了。

那时候我们年纪还小，夏天炫目的阳光洒在并排行走的我们三个人身上……

我回忆这段往事的时候，正坐在 S 市通往南城的高铁上，我的身边坐着疯丫头——文静。

"喂，我说啊，"我皱了皱眉头，问身边的疯丫头，"我好朋友结婚，你干吗也跟过去啊？我是给何乔木做伴郎的，你去那儿干吗呀？"

疯丫头满不在意地咬着苹果，斜着眼看了看我，懒洋洋地回答我说："做伴娘啊，我跟李然姐姐越来越熟了，她人生的第二春我当然也得带来自己的诚挚祝福啊。"

我一时语塞，无言以对。

我看着窗外那些飘忽闪过的巨大樟树，南城的点点滴滴又闪现在了我眼前。

久违了的南城——我人生的迁徙路途，从南到北，从南城到 S 市，甚至还去了国外。但我知道，我总会回来的，不管是为了什么，我，和我们，终究会回来的。

如同落叶归根的大树一般。

南城的一草一木都让我万分想念。

那些纵横交错的电线杆。

那些曾经热热闹闹的，现在却被画上了大大的红叉，写上了"拆"字的弄堂里的小房子。

还有我、何乔木和李然一起念书的那所高中，我们的那栋校舍成了危房，被围了起来，计划在学生完全放假后拆除。

……

南城在改变，她的面貌再也不同于以往了。

抵达南城后，我带上文静，两人共同去了夏叮咚的墓地。

"夏叮咚，是我，你还好吗？陈安有没有来看过你？"我低声问她，将一瓶酒洒在她的墓前："我记得你最爱喝酒，夏叮咚，这算我请你的，我们畅畅快快地喝一回吧。"

墓碑上，夏叮咚的黑白照片对着我微笑着。我将手往前伸展，做出和她碰杯的样子来。

"在认识你的时候，我不了解爱，也无从懂得爱。但现在我明白了，爱我的人和我爱的人一切都安好，不就是最好的事吗？"

"夏叮咚，我走了，以后我会再来看你，我不会忘记你的。其实像你这样的人，想要人遗忘，大概也很困难吧？"我轻轻微笑着，对她说。

"老朋友，再见吧。"

二

何乔木和李然结婚的那一日，天朗气清，惠风和畅。

我跟着何乔木，看着缓步走来的李然和她身后的文静。李然踏着一双近 20 厘米的高跟鞋，每一步都走得极其郑重辛苦。

李然走到何乔木跟前时，流行歌曲《今天我要嫁给你》奏响，何乔木满面通红，吻上了李然。

那时的我和文静，也正躲在他俩的身后，两只手紧紧相握着，像在握着我们一生一世的承诺。